KATE FREY

CAT DEAL

DIE KUNST ZU STEHLEN

ueberreuter

INHALT

TRACK: 01
TITLE: HOCHMUT KOMMT VOR DEM FALL

Mein Name ist Deal – Cat Deal. Und ja, du vermutest richtig: Dieser Name steht nicht auf meiner Geburtsurkunde. Er steht auf keinem offiziellen Dokument. Es ist mein Künstlername. Welche Kunst ich betreibe? Ich bin Fassadenkletterin und Diebin. Und zwar die beste, die die britische Hauptstadt derzeit zu bieten hat.

Okay, das mag man kaum glauben, wenn man mich hier zehn Meter über dem Londoner Straßenpflaster hängen sieht, doch es ist wahr. Bis heute ist nicht einer meiner Jobs je schiefgelaufen. Aber wenn immer alles glattgeht, dann wird man eines Tages unvorsichtig. Und genau das schien mir passiert zu sein.

»Könnte mal jemand die Drecksalarmanlage abdrehen?«, brüllte ich wütend in die dunkle Nacht hinaus. Meine Nase war nur fünf Zentimeter von der Hauswand entfernt, doch nicht mal ich hörte meinen Schrei. Oh Mann, hätte ich bloß noch meine Kopfhörer auf, dann wäre das Sirenengeheul aus dem Inneren der Stadtvilla an der Kensington Park Road vielleicht nicht ganz so schrill.

»Mir platzt gleich das Trommelfell. Ich krieg garantiert einen Hörschaden von dem Mist!«, murmelte ich. Was allerdings das kleinere Übel gegenüber dem Gefängnis wäre.

Irgendwie schien mir die Alarmanlage lauter als alle, die ich jemals gehört hatte. Mussten diese Megareichen eigentlich mit allem übertreiben?

Immer wenn es gefährlich wird, geht es in meinem Hirn drunter und drüber. Statt mich auf die Situation zu konzentrieren, fällt mir nur Blödsinn ein! Ich hing hier an einer Hausmauer in einem Viertel, in dem die Polizei weniger als sieben Minuten zu einem Tatort braucht. Und es fiel mir nichts Besseres ein, als mir Gedanken darüber zu machen, ob die Superreichen in allem mega sein müssen?

Aus dem Erdgeschoss loderten die ersten Flammen. Spitze, jetzt brannten auch noch die Gardinen!

Das Feuer hatte mir meinen geplanten Fluchtweg über die Treppe versperrt. Mir blieb nur der Weg aus dem Fenster im zweiten Stock an der Hauswand entlang nach oben aufs Dach.

Beim Klettern braucht man mindestens zwei Kontaktpunkte mit der Wand. Ansonsten stürzt man ab. Der einzige Kontakt, den ich hatte, lag unter meinen Fingern. Auf der Suche nach etwas mehr Halt kratzte ich vorsichtig mit meinen Zehenspitzen an der Wand herum. Doch das Mauerwerk war unheimlich rutschig.

»Verdammte Hitze. Was für ein Idiot sucht sich so eine schwülwarme Nacht für einen Einbruch aus? – *Ich!*« In den vergangenen Wochen war die Temperatur nicht unter 25 Grad gefallen. Nicht mal in der Nacht! Eigentlich ungewöhnlich für London, vor allem Anfang Juni – ein Dank an die globale Klimaerwärmung. Dazu kam die Dunstglocke aus Abgasen aller Art, die Menschen, Tiere – ja, selbst Häuser – schwitzen ließ.

Entschlossen drückte ich meine Fußsohlen gegen den Putz, presste meine Fingerspitzen tiefer in den Mauerspalt und zog mich ein paar Zentimeter hoch. Mit der linken Fußspitze ertastete ich einen kleinen Vorsprung, drückte mich hinauf und konnte endlich meine Finger ein wenig entspannen, weil ich den Hauptteil meines Gewichts auf die Zehen verlagerte.

Erleichtert blinzelte ich kurz nach oben zur Dachkante, an der mein Freund aufgeregt hin und her rannte.

»Halt die Füße still, Simon! Ich schaff das schon. Bin gleich oben«, rief ich in der Hoffnung, dass er mich über den Krach hinweg hören konnte.

Simon ist mein bester Freund, nur leider in schwierigen Situationen nicht immer Herr der Lage. Aber ich will nicht ungerecht sein. Selbst wenn Simon gewusst hätte, wo sich der Sicherungskasten für die Alarmanlage befand, hätte er sie nicht abschalten können. Denn Simon ist eine Ratte – im wahren, nicht im übertragenen Sinn des Wortes. Das Einzige, was er im Moment tun konnte, tat er.

Meine Füße kamen langsam aber sicher auf der Schicht aus Staub, Ruß und Vogelkot ins Rutschen.

Vorsichtig schielte ich an meiner Hüfte vorbei nach unten. Wenn ich mein rechtes Bein anwinkelte, dann konnte ich den oberen Rand des Fensters erreichen, aus dem ich vorhin ausgestiegen war! Im Stillen dankte ich Gott, oder wem auch immer da oben, für die alten Gebäude der Stadt, deren Fensterflügel sich nach außen öffneten. Ich hielt den Atem an und schaukelte hinüber.

Mit der Fußspitze zog ich den Flügel näher zu mir und schob ihn zwischen meine Beine. Blitzschnell griff ich mit den Händen über und setzte mich auf den schmalen Mauervorsprung über dem Fenster.

»Wow, das war knapp!« Behutsam lehnte ich mich mit dem Rücken an die warme Mauer und ließ meine Beine baumeln. »Einen Moment Ruhe, um meine Gedanken auf die Reihe zu kriegen. Ist das zu viel verlangt?«, schrie ich meinen Frust heraus.

Solofreeclimbing ist normalerweise nicht mein Ding. Genauso wenig wie eine überstürzte Flucht. Wenn ich schon eine Hauswand hinaufsteige, dann sichere ich mich mit Seilen. Aber an diesem Einbruch war irgendwie nichts normal! Mit den Zähnen zog ich die Handschuhe aus und wischte mir die schwitzigen Hände an der Hose ab. Ich trug Handschuhe. Bei jedem Job. Keine Fingerabdrücke – keine DNS-Spuren – keine neugierige Polizei, die nach mir sucht.

Ein Lächeln huschte über mein Gesicht. Die Handschuhe hatte mir mein Vater zu meinem fünften Geburtstag geschenkt. Sicherheitshalber zwei Nummern größer, damit ich hineinwachsen konnte. Ich hatte ihm ein halbes Jahr in den Ohren gelegen, endlich reiten lernen zu dürfen. Dabei hatte ich Angst vor Pferden! Ich wollte einfach nur die Handschuhe haben, weil ich sie in einem Reitkatalog an einer wunderschönen Frau gesehen hatte. Zu meiner Entschuldigung: Ich war mal wieder in meiner Das-könnte-meine-Mutter-sein-Phase.

Es war meine letzte.

An jenem Tag starb mein Vater, bevor er mir das Geschenk selbst geben konnte.

An jenem Tag dachte ich das letzte Mal an die Frau, die mich geboren hatte.

Ich schüttelte die Erinnerung ab.

Wie dem auch sei. Die Handschuhe waren das Beste, was ich jemals für meine Jobs gefunden hatte. Einweghandschuhe kamen für mich nicht infrage. Einer meiner Beiträge zum Umweltschutz. Außerdem konnten die Kriminaltechniker mittlerweile Fingerabdrücke von der Innenseite solcher Handschuhe abnehmen.

Der höllische Lärm der Alarmanlage zerrte an meinen Nerven, und ich roch den Rauch. Ich tastete nach dem kleinen Beutel an meiner Hüfte: Das Armband war noch da!

In der vergangenen Woche hatte ich jedes nur erdenkliche Detail zu dem Job recherchiert und alle Sicherheitsfaktoren doppelt und dreifach gecheckt. Ich wusste, dass die Besitzerin des Armbands – na ja, die ehemalige Besitzerin – mit ihrem Mann ins Theater gehen würde. Das Personal hatte einen freien Abend. Der Safe, ein feuerfester Harkman 307, besaß ein einfaches Sicherheitsschloss. »Einfach«, weil sich der Hausherr jeden Schnickschnack wie Finger- oder Irisscanner sparte. In dcm Tresor verwahrte er ja nur Wertgegenstände unter der Rubrik *täglicher Bedarf*. Worunter dieser Typ auch millionenschwere Armbänder verstand, in deren Platinfassung Rubine und Diamanten in unterschiedlichen Größen eingearbeitet sind. Ich würde dieses potthässliche Ding nicht mal tragen, wenn ich tot wäre!

Die Villa selbst war über ein Eagle-One-Alarmsystem gesichert. Was bedeutete, dass jedes Nummernschloss über ein und denselben Code deaktiviert wurde. Ein Code, der auch den Safe öffnete. Niemand konnte dem Hausherrn besondere Intelligenz unterstellen. Der würde die Juwelen und seinen ganzen Schotter wahrscheinlich offen in den Räumen liegen lassen, wenn die Versicherung nicht auf einen Safe bestehen würde.

Ich hasste diese Neureichen, die ihr Vermögen mit dem Leid anderer verdient hatten. Der Typ, den ich gerade bestahl, betrog seine Regierung um Milliarden. Mit dem Geld kaufte er Immobilien in ganz London. Und seine verzweifelten Landsleute brachten ihre Kinder in SOS-Dörfern unter, weil sie sie nicht ernähren konnten. Und das in Europa!

Das Armband stammte von einer Athener Familie, deren kleines Restaurant er vorher mit überhöhten Hypothekenzinsen in den Ruin getrieben hatte. Das Schmuckstück war über Generationen weitergegeben worden und hatte neben dem materiellen einen hohen emotionalen Wert, auch wenn es hässlich war.

Der Job schien so megaeinfach.

Rein, raus in 4:35 Minuten. Exakt die Länge des Songs *Strong* der Band *London Grammar*. Ich choreografiere jeden Bruch wie ein Ballett, und dazu gehört natürlich die passende Musik, deren Länge sekundengenau auf die Zeit und den Schwierigkeitsgrad des Jobs abgestimmt ist. So werde ich nicht abgelenkt. Ich kann mich einfach besser konzentrieren, wenn die Musik superlaut in meine Hirnwindungen schmettert.

Was war hier nur schiefgelaufen? Was hatte ich übersehen? Und warum stand das ganze Haus plötzlich in Flammen?

Wütend schlug ich meinen Hinterkopf gegen die Hauswand. Der kreischende Signalton hallte weiter durch die Nacht.

Auf der Straße unter mir regte es sich langsam. In den Nachbarhäusern gingen die Lichter an. Der erste Streifenwagen kam gerade mit quietschenden Bremsen vor dem Hauseingang zum Stehen. Ein zweiter bog zeitgleich um die Ecke.

»Na, gut. Zeit, die Party zu verlassen!« Ein kurzer Blick zum Dach und … »Simon?« Irritiert suchte ich nach meinem Freund, der bis vor Kurzem noch seinen Kopf über den Rand gestreckt hatte. Auch wenn Simon für eine Hausratte ungewöhnlich anhänglich war, so sind Ratten von Natur aus nun mal Fluchttiere. Etwas Unbekanntes musste ihn aufgeschreckt haben. Und der Instinkt siegt immer.

Egal.

Ich hatte keine Zeit, mir darüber Gedanken zu machen. Er würde sicher irgendwo auf mich warten. Entschlossen zog ich meine Handschuhe wieder an, schob mich mit dem Rücken an der Wand hoch und drehte mich vorsichtig um. Jetzt musste ich nur noch den Rand der eingemauerten Dachrinne erwischen. Ich streckte mich voll durch. Meine Fingerspitzen reichten knapp hinauf. Ich stieß mich mit den Füßen nach oben ab. Gerade als ich mich mithilfe meines Unterarms auf das Dach hieven wollte, fiel mein Blick auf ein Paar schwarze Sportschuhe. Noch bevor ich einen klaren Gedanken fassen konnte, hob mich etwas in die Luft und schleuderte mich auf die feuchtwarme Teerpappe, mit der das flache Dach überzogen war. Ich knallte auf die Seite. Vor Schmerz blieb mir die Luft weg. Ein Schatten schritt langsam auf mich zu. Er war größer als ich und kräftiger.

»Was zur Hölle …!?« Ich spuckte etwas Blut aus. Bei dem Sturz hatte ich mir auf die Zunge gebissen.

Das konnte unmöglich ein Polizist sein! So schnell waren die niemals aufs Dach gekommen. Nicht wenn sie vorschriftsmäßig erst einmal die Umgebung sicherten. Die durften ein brennendes Haus gar nicht betreten!

Der Angreifer riss mich an den Armen hoch und stellte mich auf die Füße. Er musterte mich von oben bis unten. In seinem Blick lag etwas, das mich irritierte. Mein Atem ging schneller, aber Angst hatte ich merkwürdigerweise keine. Ich war eigentlich nur verwirrt.

Sein ganzer Körper war unter schwarzem Stoff versteckt. Bis auf die Augen sah ich nichts von ihm. Seine Haut war weiß und die Augen graublau, wie meine. Vermutlich hatte er blonde Haare.

»Was willst du?«, brachte ich hustend hervor. Wortlos kam er näher.

»Nimm deine Pfoten weg!«, schrie ich. Instinktiv griff ich nach dem Beutel an meiner Hüfte, genau wie der Typ.

»Echt jetzt!?« Ich konnte es nicht glauben. Er wollte mir meine Beute abjagen. Nicht mit mir!

Mit voller Kraft rammte ich ihm meine Faust in den Bauch.

Ein dumpfes Stöhnen drang aus seiner Kehle. Aber er sackte nicht zusammen, wie ich gehofft hatte. Stattdessen riss er mich herum und drückte meinen Rücken an sich, die Hände vor meiner Brust überkreuzt, so als wäre ich in einer Zwangsjacke gefangen. Aber er hatte den Beutel losgelassen.

»Halt still, dann passiert dir nichts! Verstanden?«

Seine Stimme jagte mir einen Schauer über den Rücken.

Ich spürte seinen Atem in meinem Nacken. Er roch nach Haselnüssen und Milch mit einem Schuss Vanille. Es gibt Menschen, die ein fotografisches Gedächtnis haben, bei mir ist ein Geruch der Auslöser für eine Erinnerung. Ich verbinde Bilder mit einem Duft, ob nun gut oder schlecht. Und das hier war garantiert ein schlechtes Bild! Vielleicht konnte ich mich aus der Umklammerung lösen? Ich meine, irgendwann würde der Typ mich loslassen müssen, oder!? Allerdings konnte es dann für mich zu spät sein, wenn er mich direkt in die Arme der Polizei übergab. Er könnte ja einfach so tun, als hätte er mich gefangen, als ich über das Dach flüchten wollte. Für seine Anwesenheit hätte er bestimmt auch eine schöne Ausrede parat.

»Konzentrier dich«, feuerte ich mich leise an.

»Wie bitte?« Für einen klitzekleinen Augenblick ließ die Aufmerksamkeit meines Angreifers nach.

Jetzt! Mit aller Kraft stemmte ich meine Beine in den Boden, holte Schwung und kickte meinen Kopf nach hinten. Zuerst hörte ich ein leises Knacken, gefolgt von einem dumpfen Schrei. Mein Schlag hatte ihm mit Sicherheit die Tränen in die Augen getrieben. Und mit etwas Glück auch die Nase gebrochen.

Der Kerl ließ von mir ab und hielt sich die Hände vors Gesicht. Unter seiner Maske überschüttete er mich mit nicht sehr netten Ausdrücken und Flüchen.

Die Alarmanlage verstummte mit einem Mal.

Blaue und rote Lichter flammten abwechselnd von den Polizei- und Feuerwehrfahrzeugen durch den schwarzen Rauch zu uns hinauf. Die irritierende Stille wurde von einem schrillen Schrei durchschnitten. Wie von der Tarantel gestochen hüpfte der Kerl vor mir auf einem Bein und riss seine Arme in die Luft. Was war denn jetzt auf einmal los?

Dann entdeckte ich Simon, der sich in das Hosenbein meines Angreifers verbissen hatte. Im ersten Moment wusste ich nicht, ob ich lachen oder das Weite suchen sollte. Aber ich konnte meinen Freund ja schlecht so hängen lassen, oder?

Voller Panik riss der Mann an ihm herum und schleuderte ihn in die Luft. Ich sprintete los und konnte Simon gerade noch auffangen. Erleichtert atmete ich auf und streichelte ihm beruhigend über den Rücken. Da spürte ich einen heftigen Ruck am Gürtel.

Ich fuhr herum. Der Typ jagte quer über das Dach davon, einen kleinen Beutel in der Hand. Mit offenem Mund starrte ich ihm nach. Geschickt sprang er von einem Dach zum anderen. Seine Bewegungen waren geschmeidig wie die einer Katze. Beim letzten Haus in der Reihe öffnete er das Dachfenster, drehte sich um und …

»Was, verdammt …?« Hatte der Typ mir gerade zum Abschied gewunken? Ich wollte ihm gerade ein richtig fieses Schimpfwort hinterherbrüllen, als ich die ersten Feuerwehrmänner durchs Haus poltern hörte. Rasch verstaute ich Simon in seiner Transporttasche an meiner Hüfte und nahm die Beine in die Hand. Sekunden später rutschte ich zwei Häuser weiter die Metallleiter unter der Dachluke hinunter, die mein Angreifer zur Flucht genutzt hatte. Dann huschte ich, vorbei an Schleifgeräten, Farbeimern und Pinseln, durch ein in Plastik gehülltes Treppenhaus. Die Haustür war offen. Ungläubig schüttelte ich den Kopf. Es schien fast so, als wollte der Unbekannte sich mit dem Hinweis auf einen Fluchtweg für seine Frechheit entschuldigen. Mein Blick glitt schnell nach rechts und links. Niemand hatte mich bemerkt. Ich atmete kurz durch und schlurfte wie jeder andere Teenager, der zur U-Bahn wollte, in Richtung Ladbroke Grove Station.

Dunstschwaden waberten in kleinen Fetzen zwischen den Bäumen und Sträuchern der Eaton Square Gardens und verflüchtigten sich in den Straßen Belgravias. Lord Peter schaute nachdenklich aus dem Fenster seiner Bibliothek und zupfte ungeduldig am Revers seines dunkelrot karierten Morgenmantels. Er spürte die dumpfe Atmosphäre des Raumes in seinem Rücken und atmete die abgestandene Luft von Jahrhunderten ein.

Angespannt griff Seine Lordschaft nach dem Buch, das er erst vor ein paar Sekunden auf dem kleinen Tisch neben dem Fenster abgelegt hatte. Der Familiensiegelring mit dem Löwenkopf im Wappen blitzte für einen kurzen Moment im Schein der schmalen Tischlampe auf. Er schlug die Seite auf, an deren Stelle sich das lederne Lesezeichen befand. Doch auch diesmal schweiften seine Gedanken ab, anstatt sich auf die Zeilen zu konzentrieren, die ihm eine wahre Geschichte aus dem zweiten Weltkrieg nahebringen wollten. Er starrte wieder auf die Straße vor seinem Haus. Keine Veränderung! Sollte etwas schiefgelaufen sein? Unmöglich: Ihr Plan war bis ins kleinste Detail perfekt ausgearbeitet.

Mit einem dumpfen Plopp ließ er das Buch zuschnappen und warf es genervt zurück auf das Tischchen. Der Schein der Lampe zitterte über das nussbraune Parkett. Entschlossen machte der Hausherr auf dem Absatz kehrt und schritt mit wehendem Mantel in den Flur. Wobei *Flur* ein absolut unzutreffender Ausdruck war für das, was die Zimmer in diesem Haus miteinander verband. Eine breite Treppe erhob sich im Eingangsbereich und führte in den ersten Stock. Dort mündete sie in einen umlaufenden Balkon, von dem die Räume der Familie abgingen. Das Gleiche wiederholte sich im zweiten Stock. In die darüber liegenden Stockwerke kam man nur über die Dienstbotentreppe, die versteckt hinter einer weiß getünchten Tür in der Eingangshalle des Hauses ihren Anfang nahm. Lord Peter drehte den kleinen Türknauf und verschwand wie ein Geist. Schon als Kind hatte er sich jedes Mal wie Alice im Wunderland gefühlt, wenn er sich hinter dieser Tür vor seinen Privatlehrern versteckte. Im Gegensatz zu den prächtigen Räumen, die die Familie Seiner Lordschaft bewohnte, war dieser Bereich weitaus spartanischer. Es war, als würde man hinter die Kulissen eines Theaters schauen und die Wirklichkeit sehen. Die Wirklichkeit, die aus Holztreppen ohne Teppichboden, aus unverputzten Backsteinmauern und dunklen Gängen bestand. Leichtfüßig erklomm Lord Peter die schmale Stiege und betrat den Raum, der direkt über der Bibliothek lag. »Wie sieht's aus, Asim?«

»Alles in Ordnung. Wieso?«, erwiderte ein Jugendlicher, der mit dem Rücken zur Tür vor einer Wand aus Monitoren saß. Das bläulich schimmernde Licht erhellte die fein geschnittenen Gesichtszüge des Jungen. »Beruhigen Sie sich, Peter. Vor vier Minuten hat der Bote die Ware an sich genommen und ist über die Dächer verschwunden. So wie wir es geplant haben. Obwohl er wahrscheinlich ein kleines Extra verlangen wird. Kosmetische Eingriffe sind ja nicht billig!« Asim grinste.

»Kosmetische Eingriffe?« Lord Peter war irritiert. Der Auftrag ging nicht im Geringsten in diese Richtung.

»Das Mädchen hat es wirklich in sich. Sie ist mit Sicherheit die Richtige für uns – wenn wir sie bändigen können.« Lachend spielte Asim eine nur wenige Minuten alte Aufzeichnung ab.

»Braves Mädchen!«, murmelte Lord Peter. Dann legte er die Hand auf Asims Schulter. »Der Kauf der Drohne hat sich wirklich gelohnt. Ich bin froh, dass ich auf dich gehört habe. Erinnere mich daran, dem Jungen einen Bonus zu zahlen. Schmerzensgeld für die Nase und sein angekratztes Ego. Das Veilchen muss er auch erst mal erklären können!«

Beide lachten, und Asim freute sich über das Lob. Wochenlang hatte der Junge auf den Lord eingeredet, endlich das flugfähige Spielzeug besorgen zu dürfen, das man mit einer leistungsstarken Kamera bestücken konnte. Der Quadrocopter, ein Air-Robot mit vier Minihelikopterantrieben, ließ sich mittels eines speziellen Computerprogramms von einem Rechner, Laptop oder Smartphone aus steuern. Um Lord Peter vollends zu beruhigen, zeigte Asim ihm auch die Aufnahmen von der Flucht des Mädchens. In ihrem schwarzen Catsuit war sie auf dem Dach zwar nur als Schatten auszumachen, aber man erkannte, dass sie dem Jungen in das als Fluchthaus vorbereitete Gebäude folgte und von dort aus zur nächstgelegenen U-Bahn-Station lief.

»Ich sagte Ihnen doch, wir haben alles unter Kontrolle.«

Lord Peter seufzte. »Das kann ich nur hoffen. Was wir vorhaben, ist gefährlich. Es kann uns das Leben kosten, wenn die falschen Leute davon Wind bekommen.« Er schaute zu, wie Asim erneut mit schnellen Tastenanschlägen diverse Kameras steuerte, auf die er legal eigentlich keinen Zugriff hätte haben dürfen. »Ist sie noch unterwegs?«

»Ja.« Asim wies mit dem linken Zeigefinger auf einen Monitor und tippte ohne Unterbrechung mit der rechten Hand ein paar Befehle in den Computer. Ein kurzes Zucken auf dem Bildschirm, und schon sahen sie die Bilder einer Überwachungskamera der Londoner Tube. Sie zeigten ein blondes Mädchen in Bluejeans und schwarzem Hoodie, auf dessen Schulter eine Ratte thronte. Mit gesenktem Kopf saß sie auf einer Bank und beugte sich tief über ein Smartphone. Sehr geschickt, denn so blieb ihr Gesicht den Kameras verborgen.

»Das ist sie?« Lord Peter zog anerkennend seine rechte Augenbraue nach oben. »Sie hat unterwegs ihre Kleider gewechselt und sich sogar eine Perücke aufgesetzt.« Dann schaute er Asim an. »Kannst du rausfinden, was sie mit den Sachen gemacht hat? Ich sehe keine Tasche bei ihr.«

Asim zapfte sämtliche Kameras an, an denen die Zielperson auf dem Weg zur U-Bahn vorbeigekommen war. Und das waren nicht wenige.

»Stopp!«, rief Lord Peter. »Zoom mal hier ran.«

Asim bewegte einen Ball, der in das Steuerpult vor ihm eingelassen war, und konnte das Bild auf die Zehntelsekunde genau einfrieren.

»Da! Ein toter Winkel. Hier um die Ecke ist sie stehen geblieben und hat sich umgezogen. Auf den Bildern dieser Kamera sieht man den schwarzen Anzug. Und auf den Bildern ab hier taucht er nicht mehr auf.« Seine Lordschaft nickte anerkennend.

Asims Finger flogen über die Tastatur und vergrößerten den rechten Rand des Bildes. »Die Kleine ist wirklich gut! Sie hatte einen Notfallplan. Sie muss in diesem Mülleimer einen Beutel mit Klamotten versteckt haben. Dann hat sie sich im toten Winkel umgezogen und die alten Sachen irgendwo entsorgt.«

Lord Peter richtete sich auf. »Das *entsorgt* macht mir Kopfschmerzen. Wenn sie die Sachen einfach in einen anderen Mülleimer geworfen hat, dann kann die Polizei ihre Spur aufnehmen. Schick ein Team hin. Sie sollen alles beseitigen und zusehen, dass sie den Anzug finden. Und …« Lord Peter senkte seine ohnehin tiefe Stimme noch ein wenig. »Asim, lösch bitte die Aufnahmen der Überwachungskameras. Ich will nicht, dass die Behörden noch auf den letzten Metern auf uns aufmerksam werden.«

»Schon geschehen«, meldete Asim grinsend. Lord Peter nickte anerkennend. Er schätzte Menschen, die vorausdachten. »Ich habe der Polizei das alte Fernsehtestbild mit Carole Hersee und dem Clown aus den 80ern aufgespielt.«

»Witzbold«, meinte der Lord und ließ schmunzelnd die Tür hinter sich ins Schloss fallen. Er ging zurück in die Eingangshalle. Jeden Moment würde ein Bote an seiner Tür läuten. Der junge Pakistani hingegen verfolgte das Mädchen bis zu ihrem Zuhause. Erst als das Licht im Schlafzimmerfenster erlosch, schaltete er die obere Reihe der Bildschirme aus. »Gute Nacht, Prinzessin!«, raunte er und ließ für einen kurzen Augenblick die Hand auf einem der Monitore ruhen.

Im Augenwinkel nahm Asim einen Schatten wahr. Er sah zu dem Bildschirm hinüber, der den Eingang des Hauses im Blick hatte. Ein Jugendlicher wurde von Lord Peters Butler Vincent ins Haus gebeten. Mit den strohblonden zurückgegelten Haaren und dem aristokratischen Auftreten war der Besucher äußerlich das genaue Gegenteil Asims. Wortlos nahm Vincent ein Paket von dem aufgeblasenen Schnösel entgegen und übergab ihm auf dieselbe arrogante Art einen Briefumschlag. Danach entließ er den Boten wieder in die Nacht. Einige Sekunden später hörte Asim das schwere Stottern einer startenden Zündapp DB 200.

»Idiot!«, murmelte Asim neidisch. Er fragte sich immer wieder, wie der Kerl ein so auffälliges Motorrad fahren konnte. Das typische Geräusch des Einzylinder-Zweitaktmotors war unverkennbar. Jeder Polizist würde sich an ein deutsches Motorrad erinnern, das in keinem Film über den letzten Weltkrieg fehlen durfte. Außerdem konnte er beim besten Willen nicht begreifen, warum sich der Lord mit diesem Möchtegerndieb überhaupt abgab. Er wusste immer alles besser, hielt sich nicht an Absprachen und bekam mit seiner aufdringlichen Art jedes Mädchen rum.

»Asim!«

Der junge Mann schreckte beim Klang seines Namens auf. Lord Peter winkte in die Kamera der Gegensprechanlage der Bibliothek.

»Das war eine lange Nacht. Geh ins Bett und schlaf noch ein wenig. Wir haben ein paar anstrengende Tage vor uns. Ich brauche dich ausgeruht und fit im Kopf.«

Asim nickte. Es wäre sehr unklug, die Anweisungen dieses

Mannes nicht zu befolgen. Eines Mannes, der ein sehr hohes Ansehen in der britischen Aristokratie genoss: Peter Charles Michael William Haversham der Vierte, Baron von Leonwood Castle.

TRACK: 02
TITLE: WAS GEHT HIER AB?

Kontrolle ist gut. Kontrolle ist wichtig. Aber hey! Ich bin ein Teenager. Ich bin 16 Jahre alt und habe ein Riesenproblem am Hals. Da kann ich mir ja wohl ein bisschen Panik leisten, oder?

Vorsichtig schaute ich mich um. Niemand zu sehen. Verfolgungswahn ist leider eine Nebenwirkung, wenn man sich als Dieb durchs Leben schlägt. Zumindest ist es bei mir so.

Ich bin in allem immer etwas vorsichtiger. Um keinen Preis der Welt möchte ich auffallen. Nicht nur, dass ich knallrot werde, wenn mich jemand anspricht. Ich weiß meistens auch nicht, was ich antworten soll, weil sich mein Gehirn anfühlt wie Brei und in meinem Magen der Punk abgeht. Deshalb bin ich still und denke mir meinen Teil. Ich beobachte die Menschen lieber. Nach meiner Erfahrung lernt man dadurch mehr, wie Menschen wirklich ticken, als durch das, was sie erzählen.

Die Fenster meiner Nachbarn waren dunkel, und ich hörte nur die üblichen Geräusche der schwülwarmen Nacht. Mein Boot lag fest vertäut am Ufer der Andrews Road unweit der Bahnstrecke. Träge plätscherte das Wasser des Regent's Canal gegen die Betonwände am Ufer. Ich nahm meinen Hausschlüssel aus der Bauchtasche meines Hoodies. Kaum hatte ich die Tür geöffnet, sprang Simon von meiner Schulter auf das Geländer der Treppe und sprintete zu seinem Fressnapf neben dem Kühlschrank.

»Wie kannst du nach all dem Stress nur an Essen denken?«, wunderte ich mich und stieg die vier Stufen hinab in den ehemaligen Laderaum des Bootes. Das alte Narrowboat hatte im vergangenen Jahrhundert als Koks-Transporter gedient. Also Koks, den man im Ofen verheizen kann, nicht den, den sich einige durch die Nase ziehen oder in die Venen drücken.

Simon und ich hatten den Raum offen gestaltet. Ringsum waren Fenster eingelassen und Trennwände gab es nicht, damit so viel Tageslicht wie möglich hereinkam. Kochen, essen, fernsehen, lesen – leben, alles in einem Raum. Lediglich das Schlafzimmer am anderen Ende oder vielmehr dem Bug des Bootes war durch eine Milchglastür vom Raum getrennt. Simon legt sehr viel Wert auf Privatsphäre.

Und, na ja, das Bad war natürlich auch hinter Wänden versteckt. Direkt unter der Eingangstreppe. Etwas eng, aber für mich reichte es allemal.

»Oh Gott, ich stinke!« Angewidert hielt ich den Atem an und riss mir meine Perücke vom Kopf. »Erinnere mich das nächste Mal daran, die Fluchtklamotten nicht in einem Mülleimer zu verstecken.«

Simon interessierte sich nicht für mein Gejammer. Er saß vor seinem leeren Napf und schaute mich anklagend an.

»Ist ja schon gut. Darf ich mich erst einmal umziehen und vielleicht eine kurze Dusche nehmen?« Ich schnappte nach Luft.

Natürlich nicht! In Simons Knopfaugen lag die pure Anklage gepaart mit einem kleinen Grinsen.

Können Ratten grinsen?

»Na gut. Aber so spät in der Nacht gibt es nur einen Snack«, warnte ich ihn mit liebevoll erhobenem Zeigefinger und nahm aus dem Kühlschrank ein Blatt Eisbergsalat.

»Hier mein tapferer Held.« Ich streichelte ihm kurz über den Rücken und beobachtete, wie sich Simon auf das Blatt stürzte.

Am liebsten hätte ich den kleinen Kerl in den Arm genommen und ganz fest gedrückt. Meine Nase tief in sein Fell vergraben. Aber Simon war keine Schmuseratte. Er ertrug meine Streicheleinheiten tapfer ein paar Sekunden. Das war es dann aber auch. Genau wie ich mochte er keine Gefühlsausbrüche.

Wir blieben eben cool!

Ein Jahr war es jetzt her, dass ich Simon hinter dem Pub meiner Tante J. gefunden hatte. Ich war gerade dabei, den Müll rauszubringen, als mir ein merkwürdiges Quieken auffiel. Ich ignorierte es, denn in dieser Gegend kümmerte sich jeder besser um sich selbst.

Doch beim Gläserspülen hinter dem Tresen ging mir das Geräusch nicht aus dem Kopf. Oder besser aus dem Magen, der sich bei jedem Gedanken daran noch ein bisschen mehr zusammenzog. Also lief ich wieder nach draußen in den strömenden Regen und lauschte. Es war noch da, und es klang jämmerlicher als beim ersten Mal. Ich suchte die dreckige Gasse ab und fand schließlich einen zugeklebten Karton, in dem sieben neugeborene Hausratten eingesperrt waren. Alle waren tot, bis auf Simon. Ohne lange zu überlegen, schob ich den nackten kleinen Körper unter meinen Pullover, um ihn zu wärmen. Dann schaffte ich ihn ins Haus. Damals wohnte ich in einem schmalen Zimmer über dem Pub meiner Tante. Ich wärmte Simon und klaute im Store eine Bratenspritze, mit der ich ihn fütterte.

Ratten sind eigentlich Rudeltiere, doch ich hatte nicht den Eindruck, als würde der kleine Kerl etwas vermissen. Zum ersten Mal seit Jahren gab es wieder jemanden, dem ich alles erzählen, alles anvertrauen konnte. Und er widersprach nicht! Simon war Familie.

Leider sind Ratten in einem Pub schlecht fürs Geschäft, vor allem wenn das Hygiene-Amt davon Wind bekommt.

Ich wollte Simon aber nicht hergeben. Und wenn ich etwas wirklich wollte, dann konnte mir das niemand ausreden. Mein Dickkopf war stärker, und so besorgte uns Tante J. das heruntergekommene Hausboot von einem Kunden, der Schulden bei ihr hatte. Der Rest ist, wie man so schön sagt, Geschichte.

»Igitt. Ich stinke wie eine Müllhalde.« Entschlossen rieb ich mir die Tränen aus den Augen. »Die Dämpfe ätzen mir noch alles weg.« Ich zog meine Klamotten aus und warf sie auf den Berg zu der restlichen Schmutzwäsche.

Nie wieder würde ich weinen, das hatte ich mir vor langer Zeit geschworen. Nie wieder würde jemand sehen, wie es in mir aussah. Nie wieder. Das eine Mal hatte völlig gereicht. Und geholfen hatte es auch nicht. Mein Vater wurde dadurch nicht mehr lebendig.

»Ich spring mal schnell unter die Dusche«, rief ich Simon zu. Doch der ließ sich bei seinem Mahl nicht stören.

Auf dem Weg ins Bad startete ich noch schnell das MacBook, damit es meine Nachrichten abrufen konnte.

Als ich, das Badetuch fest um mich geschlungen, wieder rauskam, war Simon verschwunden. Ich lief ins Schlafzimmer und fand ihn in seinem Körbchen. Er schnarchte fröhlich vor sich hin.

Leise warf ich mich in eine ausgebeulte Jogginghose und zog ein verwaschenes Hemd meines Vaters über. Ich hatte es behalten, um seinen Geruch immer bei mir zu haben. Mit der Zeit verblasste neben seinem Duft auch die Erinnerung an ihn. Doch solange ich das Hemd trug, konnte ich mir wenigstens einbilden, mein Dad würde mich in den Arm nehmen.

Ich holte mir ein Glas Traubensaft und setzte mich auf die Couch, die ich aus alten Europaletten und diversen Matratzen und Kissen zusammengebaut hatte. Den Laptop auf den Knien scrollte ich im Schnelldurchlauf durch Facebook. Nichts Besonderes, außer einer Einladung zu einem Rap-Konzert. Keine Ahnung von wem die kam. Ich und Rap – das ging gar nicht!

Dann checkte ich meine Nachrichten auf WhatsApp. Hier war schon etwas mehr los. Alle aus meiner Klasse waren ausnahmslos hier vertreten. In den vergangenen Jahren waren die meisten von Facebook auf WhatsApp, Instagram oder Snapchat umgestiegen. Es war privater und ging einfach schneller, weil man nicht mit so viel Zeug zugemüllt wurde. Und nachdem Eltern und Großeltern auch in Facebook Einzug hielten, machten wir uns davon.

Ethan wollte wissen, wann wir uns endlich wegen des Mathereferats zusammensetzen würden. Nicht, dass wir uns freiwillig dafür gemeldet hätten. Unser Mathelehrer war auf die tolle Idee gekommen, Gruppen aus Schülern zu bilden, die nichts gemeinsam haben. So wollte er das Gemeinschaftsgefühl der Klasse verbessern. Ich hasste es, wenn die Lehrer an uns irgendwelche Sachen ausprobierten, die man ihnen bei diesen bescheuerten Fortbildungsseminaren eintrichterte.

Anstelle einer Antwort schickte ich Ethan alles, was ich zu Ada Lovelace recherchiert hatte, der Mathematikerin, die das erste Computerprogramm der Welt geschrieben hatte. Wir hätten vielleicht auch in der Schule direkt miteinander reden können. Aber in der realen Welt hatte ich Angst vor Ethans Freundin mit den waffenscheinpflichtigen Fingernägeln. Sie war durchgeknallt eifersüchtig.

Ich trank einen Schluck Saft und schaute schnell noch die Tweets meiner Lieblingsbands durch, bevor ich mich auch ins Bett legte. Der Wecker zeigte 03:43 Uhr.

Um 04:04 Uhr lag ich noch immer wach.

Ich drehte mich hin und her. Aber mehr als völlig zerwühltes Bettzeug kam dabei nicht heraus.

Mir ging der missratene Job einfach nicht aus dem Kopf. Ich konnte meine Gedanken nicht abstellen.

Wie sollte ich meiner Hehlerin erklären, was passiert war? Dass man mir einfach das Armband abgenommen hatte. Mein Geld konnte ich in die Tonne treten. Keine Ware – kein Cash.

»Verdammter Mist!«

Ich setzte mich auf und verschränkte wütend die Arme vor der Brust. »Dieser elende Mistkerl! Wenn ich den in die Finger kriege, werde ich …«

Tja, was würde ich dann tun? Er war einen Kopf größer als ich und kräftiger. Einen direkten Kampf würde ich verlieren, das war mal sicher.

Simon grunzte stockend auf. Besorgt schaute ich zu dem braunweißen Fellbündel hinüber. Doch er drehte sich nur einmal und schlief dann ruhig weiter.

Mein Blick glitt zu dem Fenster über ihm. Draußen war es stockfinster. Und statt der Uferbegrenzung sah ich mein Spiegelbild.

Dunkelbraune Haare – raspelkurz geschnitten – über einem ovalen Gesicht, in dessen Mitte eine kleine Stupsnase thronte. Meine Augenfarbe variierte zwischen graublau und violett, je nachdem wie meine Stimmung war. Meine Haut zeigte einen kleinen Stich ins Olive. Ihre Farbe hatte sie aus der Familie meines Vaters. Ich war Engländerin griechischer Abstammung.

Da ich meine Mutter nicht kannte, war es schwer einzuschätzen, welche Merkmale oder Charaktereigenschaften ich von ihr oder ihrer Familie geerbt hatte.

Ich schüttelte den Kopf und kroch aus dem Bett.

»Was auch immer! Du hast echt wichtigere Probleme«, schimpfte ich.

Schlafen konnte ich jetzt vergessen.

Ich musste mir etwas überlegen. Nachdenken gelang mir am besten, wenn ich in Bewegung war. Auf der digitalen Anzeige meines Weckers flimmerte die Zahl 04:18.

Ich schob die Schiebetür meines Schlafzimmers auf.

Im Dunkeln tappte ich barfuß zum Kühlschrank. Ein Schwall angenehmer Kälte umfing mich. Ich blinzelte in den Lichtschein und griff nach einem Himbeerjoghurt, schloss die Tür wieder und nahm einen kleinen Löffel aus der Schublade. Ich lehnte mich mit dem Rücken an die Arbeitsplatte und stopfte mir nachdenklich eine Portion Joghurt in den Mund.

»Okay. Was ist passiert?«

Den Löffel in der Luft schwenkend unterstützte ich meine Worte.

»Simon und ich haben den Nummerncode an der Vordertür über die Kamera aufgenommen, die wir in dem Baum gegenüber versteckt hatten. Das Signal ist online über eine sichere Leitung übertragen worden. Mit dem Code sind wir durch die Hintertür ins Haus gekommen. Keine Kameras, keine versteckten Signalgeber oder Lichtschranken. Der Safe im oberen Stockwerk lag hinter einem Gemälde von Wassily Kandinsky.« So weit, so gut. »Mit der gleichen Zahlenkombination habe ich den Safe aufgemacht und das Armband herausgenommen. Das Geld – rund 20 000 Euro – habe ich nicht angerührt, weil im Boden dieses Harkman-307-Modells ein Druckschalter installiert war. Hätte ich den Inhalt komplett ausgeräumt, wäre ein stummer Alarm direkt in die nächstgelegene Polizeiwache gesendet worden. Außerdem hätten die ein nettes Selfie von mir bekommen, weil der Schalter auch die Safekamera ausgelöst hätte.«

All das wusste ich. All das hatte ich beachtet!

Ich löffelte weiter meinen Joghurt und begann im Raum herumzulaufen.

»Ich hab den Safe zugemacht. Das Gemälde wieder davorgehängt. Und wollte auf dem gleichen Weg verschwinden, auf dem ich gekommen war. Rein, raus in 4:35 Minuten.«

Aber so war es nicht gelaufen! Ärgerlich kickte ich gegen ein Sofakissen, das auf den Fußboden gefallen war.

»Okay. Konzentriere dich, Cat! Wie hättest du so einen Steal Deal durchgezogen?«, ermahnte ich mich, wusch den Löffel ab und warf den Becher in den Müll.

Im Augenwinkel sah ich einen kleinen hellen Punkt. Neugierig schaute ich zum Küchenfenster hinaus. Bernie, einer meiner Nachbarn, zündete sich gerade eine Zigarette an. Er war Busfahrer und auf dem Weg zur Frühschicht.

Plötzlich schoss es wie ein Blitz durch mein Hirn.

»Ich würde einen Molly benutzen«, quietschte ich laut.

Die Erleuchtung war da!

»Ja, genau. Die Flasche mit dem Brandbeschleuniger fliegt durch das Fenster der Eingangstür und zerbricht unter dem marokkanischen Wandteppich neben der Treppe. Der brennende Lappen entzündet das Benzin und das geht auf den Teppich über. In kürzester Zeit wird das Treppenhaus unpassierbar.«

Ich nickte.

»Ja, dann bräuchte ich nur noch durch einen anderen Aufgang aufs Dach des Hauses zu laufen und dort auf mich zu warten!« Ich atmete tief ein. »Genau so würde ich es machen!«

Das klärte das Wie, aber nicht das Warum!

»Vielleicht war es, weil ich einfach eine gute Diebin bin. Ich hätte mich auch eher abgezogen, als den Job selbst zu machen. Der einfachste Weg, wenn man nichts von Ehre hält.«

Die Sonne ging langsam auf. Ich schaute erneut auf die Uhr: 04:40.

Jetzt erreichte ich meine Hehlerin sowieso nicht und auch keinen anderen, der mir vielleicht Hinweise auf den Dieb geben würde. Da konnte ich genauso gut vor der Schule noch ein paar Bahnen schwimmen und mich abreagieren. Mit einem kühlen Kopf denkt es sich besser.

Ich lief hinüber ins Schlafzimmer und kramte nach meinen Schulklamotten.

Uniformen sind Scheiße. Mal ehrlich: Wem stehen Mausgrau, Grellblau und Schwarz? Und die Krönung ist diese komplett bescheuerte Krawatte für Mädchen!!!

Das einzig Gute daran ist, dass alle gleich blöd aussehen.

Ich stopfte den Faltenrock, graue Söckchen, Slip und BH, ein T-Shirt und ein Handtuch in meinen Seesack und warf die schwarzen Halbschuhe oben drauf. Mein Duschzeug klemmte ich in die schmale Seitentasche, zusammen mit meinen Papieren und dem iPhone.

Ich habe einen Deal mit dem Hausmeister des Hallenbades in der Nähe des Olympischen Dorfes. Für ein paar Kröten lässt er mich immer außerhalb der Öffnungszeiten rein. Es ist himmlisch, denn ich habe das gesamte Becken ganz für mich allein.

Den Schwimmanzug zog ich schon mal an. Darüber eine schwarze Skinny-Jeans, ein schwarzes Oversize-Shirt und meine unverwüstliche Lederjacke. Ich füllte Simons Futternapf, schnappte mir die Sporttasche und schlüpfte draußen in meine Bikerboots.

»Mach's gut, Simon. Bis später!«, rief ich noch einmal in den Raum und drehte dann den Schlüssel im Schloss. London war nicht gerade die sicherste Stadt der Welt. Wer wusste das besser als ich!

Ich startete meine quietschgelbe Vespa mit Elektroantrieb und machte mich auf in Richtung London Field. Vorbei an versprengten Nachtschwärmern, die fast täglich die Aufhebung der Sperrstunde feierten, schlängelte ich mich durch die Straßen Hackneys. Der Verkehr hielt sich in Grenzen. Hier erwacht der Tag immer etwas gemütlicher. Die, die in der Innenstadt arbeiteten, waren entweder schon längst in der Tube verschwunden oder würden sich erst in drei Stunden in die Masse der Lohnsklaven einreihen.

Gab es etwas Deprimierenderes?

Ich stellte den Motorroller am Hintereingang der Schwimmanlage ab.

Heute musste ich mich selbst hineinlassen. Vor einer Woche war Paul, der Hausmeister, auf die Malediven verschwunden. Keine Ahnung wie ihm das gelungen war. Solange ich ihn kannte, hatte er nie mehr als eine Handvoll Pennys in den Taschen gehabt.

Das Schloss an der Hintertür war kein Problem für mich. Es war so alt, dass ich dafür lediglich meinen Büchereiausweis brauchte. Mit einer fließenden Bewegung schob ich die Karte in den Schlitz zwischen Tür und Rahmen, stoppte kurz auf der Höhe des Schlosses und drückte den Schnapper etwas zur Seite. Als ich spürte, dass der Metallbolzen nachgab, zog ich die Karte weiter nach unten und klemmte sie zwischen Bolzen und Rahmen. Jetzt nur noch ein leichter Druck gegen das Türblatt, und schwups – huschte ich hinein. Ich schulterte den Rucksack und schlurfte den Gang hinunter zum Eingangsbereich, um mir einen Schlüssel zu den Umkleidekabinen von der Theke zu klauen. Ich wollte gerade nach der Nummer 13, meiner Glückszahl, greifen, als ein lautes Klappern meine Hand zurückzucken ließ. Blitzschnell drehte ich mich um und sah mich Auge in Auge mit einem älteren Mann.

»Kann ich Ihnen helfen, junge Dame?«

Argwöhnisch zog ich meine Augenbrauen zusammen.

»Nein, danke. Ich habe alles im Griff«, brummte ich abweisend.

Laut lachend zog der Mann seinen Blecheimer über die Fliesen zu sich heran, ohne den Mopp herauszunehmen. Bei dem quietschenden Geräusch meldeten sich schmerzend die Amalgamfüllungen in meinen Backenzähnen. Es war nicht so schlimm wie der berühmte Fingernagel, der über die Schultafel rutscht, aber nahe dran.

»Was machst du hier? Soweit ich weiß, ist das Bad nicht geöffnet, und ich habe weder die Vorder- noch die Hintertür aufgeschlossen.«

»Die Hintertür hab ich übernommen. War ein Kinderspiel!«

Der Typ irritierte mich. Sein gepflegter weißer Bart und der exakte Kurzhaarschnitt passten so überhaupt nicht zu dem Blaumann. Und trotzdem hatte ich ihm gegenüber gerade einen Einbruch gestanden. Was er einfach ignorierte. Sein Lachen lenkte mich von dem Gedanken ab.

»Du musst Cat sein!« Der alte Mann streckte mir lächelnd seine Hand entgegen. »Ich bin Charlie, der neue Hausmeister!«

Ich nahm sie an. Sie war weich. Der nächste Punkt, der meine Alarmglocken wenigstens leise hätte klingeln lassen müssen. Aber sie blieben still.

»Paul hat mir von dir erzählt. Er meinte, ihr habt eine Übereinkunft getroffen und du könntest so oft hier schwimmen, wie du willst.«

Übereinkunft – was für ein komisches Wort, dachte ich für einen kurzen Moment. Das klang so gar nicht nach Paul.

»Von mir aus kannst du hier jederzeit rein. Ich hab dir einen Schlüssel nachmachen lassen. Irgendwann nutzt sich auch der beste Büchereiausweis ab.« Er zwinkerte mir verschwörerisch zu und legte einen schmalen silbernen Schlüssel in meine Hand. »Wir Vollwaisen müssen zusammenhalten, nicht wahr?«

Und wieder dachte ich mir nichts bei seinen Worten, obwohl ich mich hätte fragen müssen, woher er so viel über mich wusste.

Er begann den Boden zu wischen, während ich mir den Schrankschlüssel griff.

»Bist früh dran heute, Cat. Sonst kommst du doch immer später, oder!?«

»Kurze Nacht«, gab ich schulterzuckend zur Antwort.

»Neuer Freund?«

Ich starrte den Mann an. Was sollte das denn?

Die Stille zwischen uns begann ins Peinliche abzurutschen. Ich spürte, wie mir das Blut in den Kopf stieg, und wollte nur noch weg.

»Na, du solltest mal ins Wasser gehen. Ich werde mir in der Zwischenzeit ein Tässchen Tee bereiten. Täte dir bestimmt auch ganz gut«, unterbrach Charlie den merkwürdigen Moment und verschwand an mir vorbei in Richtung seines Hausmeisterraumes. Kopfschüttelnd lief ich in den Umkleideraum.

Charlie alias Lord Peter schloss die Tür der Hausmeisterkammer hinter sich. Er war sich sicher, dass er gerade einen Fehler begangen hatte. Der abgetragene Blaumann täuschte nicht darüber hinweg, dass er sich für etwas ausgab, was er nicht war. Was hatte er sich nur dabei gedacht, sich so aus der Deckung zu wagen? Nun, die Antwort war ihm bis zu diesem Moment plausibel erschienen: Er wollte sich von dem Mädchen im wahrsten Sinne des Wortes ein Bild machen. Er wollte sehen, ob die Chemie zwischen ihnen stimmte. Und dafür hielt er es für angebracht, ihr auf Augenhöhe zu begegnen. Hätte er sich Cat direkt als Adliger vorgestellt, hätte er sie nur unnötig eingeschüchtert. Wenn die Zeit nicht so drängen würde, dann hätte er seinen Auftritt geschickter arrangieren können. Doch der Termin für den nächsten Job, für den sie Cat unbedingt brauchten, stand bereits unverrückbar fest.

Seine Lordschaft öffnete das vergitterte Fenster. Weiter grübelnd füllte er den völlig verkalkten Wasserkocher und schaltete ihn an. Er pfiff und quietschte in den höchsten Tönen, und Lord Peter war sich sicher, dass er einen Tinnitus riskierte, wenn er sich hier mehr als einmal eine Tasse Tee zubereitete. Es würde eine Weile dauern, bis das Wasser die korrekte Temperatur für den Earl Grey erreicht hatte. Der Mann, der noch nicht einmal in seinen Träumen einen Hausmeister gespielt hatte, fuhr sich nachdenklich mit der rechten Hand über seinen Bart.

»Gut«, murmelte er. »Zeit, eine gewisse Person zu kontaktieren.«

Er griff nach dem Laptop in seiner Tasche, als das Wasser für den Tee zu kochen begann. Er schaltete den Kocher aus, maß die Teeblätter ab und gab sie in eine passende Kanne, die er sicherheitshalber von zu Hause mitgebracht hatte. Während er das heiße Wasser darübergoss, füllte sich der kleine Raum mit dem einzigartigen, kräftig würzigen Aroma des Tees, und im Stillen schickte er seinen Dank an die Chinesen, die dieses Getränk kultiviert hatten. Nach exakt drei Minuten nahm er das Tee-Ei aus der Tasse heraus. Dabei schaute er auf seine Schaffhausen-Armbanduhr, die er von seinem Großvater geerbt hatte, um die Zeit genau einzuhalten.

»Noch so ein dummer Fehler«, brummte er besorgt. Der Wert der Uhr überstieg den Jahreslohn eines Hausmeisters deutlich. Behutsam verwirbelte er mit seinem Atem den aufsteigenden Dampf über der Tasse und probierte einen Schluck des belebenden Getränks.

»Ah, genau richtig!«

Er setzte sich auf einen klapprigen Stuhl. Dann griff er erneut zum Laptop, öffnete ihn und tippte das achtzehnstellige Passwort ein, eine scheinbar willkürliche Folge von Ziffern und Buchstaben. Für jemanden, der ihn gut kannte, machte diese Abfolge jedoch durchaus Sinn. Asim hatte ihn gewarnt. Er sollte keine Passwörter verwenden, die irgendetwas mit seinem Leben zu tun hatten. Aber sein Gehirn funktionierte nun mal nicht wie das eines Computergenies. Er brauchte eine Gedächtnisstütze. Dieses Passwort konnte er sich gerade noch so merken. Über eine SILC-Datenleitung kontaktierte er die beste Hehlerin der Stadt. Da eine solche Verbindung über weltweit verstreute Server lief, war es praktisch unmöglich, sie anzuzapfen. Außerdem gab es keine Netzunterbrechungen, die die Kommunikation erschwerten. Und das war alles, was Lord Peter interessierte.

»Wo sind Sie?«, tippte er.

»Im Büro«, kam innerhalb von Sekunden die Antwort.

»Nehmen Sie sich den späten Mittag frei.«

»Wozu?«

»Sie müssen Cat überreden, sich heute Abend mit mir zu treffen.«

»Heute Abend?« Lord Peter hörte geradezu, wie sich die Stimme seines Chat-Partners überschlug, nur um Sekunden später wieder in den Geschäftsmodus zu schalten. »Was soll ich tun?«

»Treffen Sie sich mit Cat und unterbreiten Sie ihr unser Angebot.«

»Sie wird nicht darauf eingehen. Sie ist noch nicht so weit.«

»Dann bringen Sie sie dazu.«

»Ich werde mir etwas einfallen lassen. Aber ich muss improvisieren. Können Sie damit leben?«

»Kein Problem.«

»Gut. Der ganze Einsatz kostet Sie ein bisschen was extra.«

Lord Peter lächelte. Nicht einmal der Tod war umsonst, der kostete einen das Leben.

»Keine Sorge. Sie werden in den kommenden Tagen einen großzügigen Bonus auf Ihrem Konto in Guernsey finden.«

»Angenommen. Sie hören von mir«, antwortete seine Kontaktperson und beendete die Kommunikation.

Sofort griff Lord Peter nach seinem iPhone und wählte eine bestimmte Nummer – auf einer sicheren Leitung selbstverständlich. Der Anruf erreichte einen ehemaligen Marinesoldaten in einem Anwesen südlich von London.

»Seid ihr bereit?«

»Wir liegen exakt im Plan«, kam die zackige Antwort. Am anderen Ende der Leitung hörte Lord Peter im Hintergrund das friedliche Muhen von Kühen, gelegentlich unterbrochen von Twinkles hellem Bellen. Die Australian-Shepherd-Dame tobte wohl gerade über die ausgedehnte Wiese vor einem der Nebengebäude. Nur selten war ihm ein Hund begegnet, der dermaßen ausgeglichen und friedlich mit Mensch und Tier gleichermaßen umging. Und doch fragte er sich unwillkürlich, ob sich Twinkle auch mit einer Ratte verstehen würde? Die Stimme des Mannes drang wieder an sein Ohr. »Die Bauarbeiten sind fertig. Nur der Haupttrakt und die Trainingshalle müssen noch gereinigt werden.«

»Hervorragend. Dann halten Sie sich bitte bereit.« Mit diesen Worten legte der falsche Hausmeister auf. Er räumte seine Sachen zusammen und schaute sich ein letztes Mal in dem engen Raum um. Er wollte sicher sein, dass er nichts zurückließ, was auf ihn hindeuten würde. Zufrieden nickend lief Lord Peter den Flur hinunter und verschwand durch die Hintertür. Drei Querstraßen weiter stieg er in eine schwarze Limousine, die in diesem Stadtviertel so wenig auffiel wie ein rosa Elefant auf dem Trafalgar Square.

Ich stieg an der flachen Seite des Beckens ins Wasser. Die Oberfläche war glatt und unbeweglich wie ein Spiegel. Nicht eine Welle kräuselte sich darin. Ich atmete noch einmal tief durch, zurrte meine Schwimmbrille fest und ließ mich unter die Wasseroberfläche gleiten. Nach einem Meter tauchte ich auf und schwamm im Bruststil los. Schon bei den ersten Zügen umschlang mich das kühle Nass wie eine zweite Haut.

Ruhe und Gelassenheit hüllten mich ein. Die Welt da draußen war ausgesperrt. Ich hörte nicht einmal ihre Geräusche. Nur ein stilles Blubbern drang an meine Ohren, wenn die Wellen, die mein Körper erzeugte, an die Beckenwand schlugen. Ich machte einen Purzelbaum, stieß mich von den Kacheln ab und zog meine nächste Bahn.

Den Blick auf den babyblauen Boden des Beckens gerichtet, folgte ich dem schwarzen dicken Streifen, der meine Bahn markierte. Von Runde zu Runde entspannten sich meine Muskeln immer mehr und ich konnte klarer denken. Alles rückte an seinen Platz.

Ich hatte schon vor Jahren aufgehört, mich vor mir selbst zu entschuldigen, weil ich tat, was ich tat. Meine Tante J. hatte nicht viel Geld, als sie kurz nach dem Tod meines Vaters den Pub kaufte, in dem sie als Bedienung gearbeitet hatte. Der Besitzer wollte in Rente gehen. Sie war damals 21 Jahre alt.

Ich weiß bis heute nicht, wie sie es geschafft hat, der Bank einen Kredit aus den Rippen zu leiern. Die Wirtschaft lag am Boden. Keiner traute dem anderen. Die Menschen verloren erst ihre Arbeit und dann ihr Heim. Sicher, getrunken wurde immer, aber nicht mehr so viel. Der Pub meiner Tante hielt sich gerade so weit, dass wir die Kreditraten pünktlich zahlen konnten. Eine Waisenrente bekam ich nicht, da meine Mutter nie offiziell für tot erklärt wurde. Fürs Jugendamt war ich damit keine Waise. Die Schule kostete eine Menge Geld. Aber Bildung war Tante J. sehr wichtig. Zumindest meine. Aus mir sollte mal was richtig Gutes werden. Aber es gab Tage, wenn alle Rechnungen bezahlt waren, da lebten wir von Kartoffeln, Milch und Quark.

Ich schwamm ohne Pause. Mit ruhigen Bewegungen teilte ich das Wasser und hielt konstant meine Geschwindigkeit.

Als ich älter wurde, hätte ich mir auch einen Job suchen können, aber meine Tante brauchte mich im Pub: unbezahlt. Und für die Schule lernen musste ich auch noch.

Dann, eines Tages, änderte sich alles.

Ich war in der Stadt unterwegs, um mich mit einer Freundin für einen Flashmob vor Starbucks zu treffen. Es sollte eine Protestaktion gegen die Versklavung der Kaffeebauern in Mittel- und Südamerika werden. Jedenfalls wollte ich über den Camden Market abkürzen, und da sah ich diesen Jungen. Er war gerade dabei, eine Touristin um ihr Geld zu erleichtern, indem er ihr das Portemonnaie aus dem Rucksack stahl. Es war eine Sache von Sekunden. Augenscheinlich war ich die Einzige, die was von der Aktion mitbekommen hatte.

Ich starrte ihm mit offenem Mund hinterher. Es sah so einfach aus. So elegant und kunstvoll. Niemand, vor allem nicht die Touristin, hatte auch nur das Geringste mitbekommen. Ich war so begeistert, dass ich zu Hause anfing zu üben, wie man Handtaschen öffnete und Schlüssel aus Manteltaschen fischte. Dann trainierte ich im Pub sozusagen am lebenden Objekt. Und es klappte! Okay, der Großteil meiner Opfer war sternhagelvoll und hätte nicht einmal gemerkt, wenn er vom Stuhl gefallen wäre. Aber trotzdem.

Alles lief wie am Schnürchen. Allerdings meldete sich mein schlechtes Gewissen. Egal wen ich am Ende ausnahm: Es waren zu oft Menschen, die selbst nicht viel hatten. Auch wenn es Tante J. und mir noch so schlecht ging, wir bereicherten uns nicht an Leuten wie uns. Was wusste ich denn schon von den Touristen? Vielleicht hatten sie seit Jahren auf ihren Urlaub in London gespart, und nun nahm ich ihnen auch noch die Reisekasse ab! Fair war was anderes. Aber aufhören konnte ich einfach nicht. Ich war wie in einem Rausch. Es ging mir nicht mehr darum, mich zu bereichern. Es ging mir um den Kick bei der Sache. Es war wie ein Spiel, bei dem ich mir nie sicher sein konnte, dass meine Strategie aufging. Und wenn ich gewonnen hatte, kam ich mir vor, als hätte ich die Welt besiegt. Der Nervenkitzel war phänomenal. Vor allem, wenn ich die Dinge, die ich gerade gestohlen hatte, wieder an ihren ursprünglichen Ort zurücksteckte.

Mit der Zeit erweiterte ich meinen Radius auf beliebte und belebte Touristenorte, von denen es in London jede Menge gab. Die Olympiade 2012 war auch für mich ein großes Fest.

Ich beobachtete die Menschen. Studierte, wie sie sich bewegten, und ahmte sie nach. So näherte ich mich ihnen und stahl zuerst die Sachen, an die ich ohne viel Mühe herankam. Und das waren erstaunlich viele: Handys, Portemonnaies, Pässe, Kreditkarten, kleine Fotokameras, Schlüssel und Hotelzugangskarten.

Dann erhielt ich meinen ersten bezahlten Auftrag. Ein Mädchen, zwei Klassenstufen über mir, verfluchte im Pausenhof lautstark ihren Ex-Freund, der sie mit Fotos erpresste, auf denen sie einen Joint rauchte. Wenn ihre Eltern das sehen würden, dann konnte sie das College vergessen, meinte sie. Sie würden sie garantiert auf eine Militärschule schicken. Ich fand das zwar ziemlich übertrieben. Aber hey, was wusste ich schon von Eltern? Als sie dann noch meinte, sie würde das Erpressungsgeld lieber einem Killer in den Rachen werfen, machte ich ihr den Vorschlag, dem Arsch das Handy zu stehlen und die Bilder vor ihren Augen zu löschen. Quasi als Beweis für die Erledigung des Auftrags. Danach würde ich das Handy wieder an Ort und Stelle zurückbringen. Dem Kerl würde gar nicht auffallen, was passiert war. Ich sicherte auch ab, dass es keine Kopien der Bilder gab, und erledigte den Job. 500 Pfund für ganze zwei Stunden Arbeit. Kein schlechter Stundenlohn!

Dummerweise ahnte ich nicht, dass es nicht nur eine legale Landkarte der Stadt gab, sondern auch eine, die die Bezirke der Gangs beschrieb. Harte Banden, die sich ihre Stadtviertel mit Blut erkämpft hatten. Niemand durfte sich ohne Erlaubnis in die Geschäfte einer Gruppe einmischen. Auch ich nicht! Ich war ein Risiko, vor allem, weil ich gar nicht richtig stahl. Ich versaute den Banden den Ruf, und so waren sie hinter mir her. Ich sollte für sie arbeiten.

Ich wollte das aber nicht. Ich treffe alle Entscheidungen allein und muss auch die Konsequenzen dafür tragen. Ich brauche niemanden.

Dann begegnete ich Sofie. Sie hatte von mir gehört und schlug vor, mein Talent zu Geld zu machen. Sie würde mir die Aufträge verschaffen und die Gangs vom Hals halten. Natürlich für eine angemessene Beteiligung. Von da an verlängerte sich meine Strafakte, hätte ich denn je eine gehabt. Meine Aufträge wurden im wahrsten Sinne des Wortes hochkarätig. Mit dem Wert der Jobs stieg aber auch der Schwierigkeitsgrad, um an die Beute heranzukommen. Ich lernte, wie man in Häuser einbrach, ohne die Schlösser zu beschädigen oder den Alarm auszulösen. Und was noch viel wichtiger war: Ich lernte, mich elegant an den Fassaden der Häuser abzuseilen und schnell zu verschwinden.

Mein Geheimnis: Ich bin immer zu hundert Prozent auf alles vorbereitet. Jede noch so unwahrscheinliche Falle spüre ich auf. Bei mir gibt es nicht nur Plan A oder B. Meine Pläne umfassen alle Eventualitäten des Alphabets. Was übrigens auf mein ganzes Leben zutrifft. Ich mache für alles einen Plan, vergesse dabei aber nie Raum für Improvisation zu lassen. Was soll ich sagen: Ich bin einfach perfekt.

Alles lief gut.

Bis jetzt!

Wütend schlug ich mit der rechten Faust gegen die Kachelwand des Beckens und wendete in die letzte Bahn. Klar könnte ich jetzt sagen, es wäre nicht so schlimm, weil es nicht die Polizei war, die mir die Beute abgenommen hatte. Doch das änderte nichts an der Tatsache: Das Armband war weg!

Wenn sich das rumsprach, dann konnte ich meinen Ruf in die Tonne treten. Wer würde mich noch beauftragen? Ausgelaugt erreichte ich die Leiter und schnappte nach Luft. Ohne es zu merken, war ich von Bahn zu Bahn immer schneller geschwommen.

Auf der Bank neben meinem Handtuch dampfte ein Becher Tee vor sich hin. Ich lächelte und nahm einen tiefen Schluck erstklassigen Earl Grey mit einem Spritzer Sahne.

Meine Lieblingsmischung!

Zufall – oder?

TRACK: 03
TITLE: VERLORENE ZEIT

»Geduld ist eine Tugend – jede Lady sollte sie beherrschen!« Jetzt bin ich zwar keine Lady, aber kann mir bitte jemand einen Kanister Geduld besorgen?!

Das Wasser hatte meine Wut vertrieben. Mein Hirn war leer. Ein durchaus angenehmer Zustand, wenn ich nicht gerade einen millionenschweren Job verbockt hätte.

Ich zog mich an und kontrollierte mein iPhone.

Null Nachrichten.

Meine Hehlerin Sofie hatte noch keine Ahnung, was geschehen war.

Ein paar Stunden blieben mir noch. Ich musste mir nur einen Plan überlegen, wie ich das Armband zurückbekam. Das war mein einziger Ausweg. Schadensersatz für die Auftraggeber war nicht drin. Mal ehrlich! Wie sollte ich eine halbe Million in was auch immer für einer Währung besorgen? Ich war am Arsch – aber so richtig!

Ich steuerte die Middleton Road entlang, vorbei an den typischen zweigeschossigen Reihenhäusern der Londoner Randgebiete. Hier lebten die, die es auf legale Weise zu etwas Geld gebracht hatten. Mein Viertel war bunt gemischt: Weiße, Schwarze, Asiaten – alles, was man sich wünschen konnte. Ich finde das super: Wenn man kein Geld hat, um durch die Welt zu reisen, dann holt man die Welt einfach zu sich in die Stadt. Früher – also vor Olympia 2012 – galt Hackney als gefährlich.

2011 herrschte hier Krieg. Die Occupy-Bewegung war auch in Hackney auf ihrem brennenden Höhepunkt. In diesen Tagen entwickelte ich eine ausgeprägte Abneigung gegen Schusswaffen aller Art.

Heute ist wieder alles ruhig. Schläfrig. Hackney ist friedlich. Neu besiedelt von Künstlern und Superschlauen, die aus dem East End fliehen, weil Banker und Immobilienhaie ihnen die Hütten über dem Kopf wegkaufen.

Leute wie ich zogen weiter nach Tottenham. Oder auf den Kanal.

Meiner Tante war es schnuppe. Alle Leute tranken, egal aus welcher Schicht sie kamen. Alkohol, die Droge, die alle Menschen gleich macht: besoffen.

Ich kam gut durch die Straßen und bog in einen kleinen Garagenhof ein. Direkt gegenüber meiner Schule hatte ich einen Schuppen angemietet, in dem ich meine Vespa unterstellte und meine Sachen für die Arbeit lagerte. Kein Dieb mit Grips im Hirn bewahrt sein Werkzeug in unmittelbarer Nähe seiner Wohnung auf. Die richtig guten legen, über die gesamte Stadt verteilt, Verstecke mit etwas Geld und gefälschten Pässen an, falls sie schnell untertauchen müssen.

Ich nahm den Helm ab und fuhr mir mit der linken Hand über die Haare. Die Sonne brannte schon erbarmungslos und heizte den gepflasterten Hof vor dem niedrigen Schulgebäude auf. Im Inneren des Gebäudes würde es bald unerträglich sein. Trotzdem war das für die kommenden Stunden der sicherste Ort für mich. Mein Versteck in einer Parallelwelt. Selbst wenn mich hier jemand fand, kam er nicht an mich ran. Die Schule war sicherer als jeder Knast.

Ich verstaute meine Schwimmsachen in der ausgedienten Tiefkühltruhe, die ich mit einem riesigen Sicherheitsschloss verschönert hatte. Dann strich ich den Faltenrock glatt, tauschte meine Boots gegen die unbeschreiblich hässlichen Uniformschuhe und nahm die Schulbücher aus der Kiste.

Die ersten Jungs aus meiner Klasse schlurften mit gesenkten Köpfen über den Schulhof. An der Eingangstür drehten sie ihren Handys den Saft ab. Und erst jetzt nahmen sie ihren Nebenmann wahr und grüßten sich mit einem Schlag gegen die Faust.

Die Mädchen in meiner Klasse waren der übliche Durchschnitt. Sie zeigten keinen Ehrgeiz. Aber wer hat den schon in einer Einrichtung, die alles und jeden erstickt. Uns wird nicht nur eine Uniform verpasst. Uns wird auch vorgeschrieben, welchen Schmuck wir tragen dürfen und vor allem was wir denken sollen.

Ich atmete tief durch und lief auf das Schulgebäude zu.

Freitag – fünf Stunden Folterkammer.

Kopfnickend grüßte ich die Direktorin am Eingang, die mich mit einem falschen Lächeln bedachte. Dann legte ich meinen Rucksack auf ein Transportband und trat durch die elektronische Schleuse, die mich nach metallenen Gegenständen wie Messern, Kalaschnikows oder einem schnuckeligen Schlagring abtastete. Wenn mein Rucksack den Durchleuchtungstest überstanden hatte, bekam ich ihn wieder und durfte meinen Weg in den Tempel der Bildung fortsetzen.

Kampf herrscht nicht nur auf den Straßen. Wenn ich eines in der Schule gelernt hatte, dann wie psychologische Kriegsführung funktioniert: mit Angst den Gegner klein machen, bis zur Selbstaufgabe.

Vereinzelt gab es noch den ein oder anderen Schüler, der sich wirklich anstrengte, um Algebra zu begreifen. Oder sich tatsächlich dafür interessierte, warum Napoleon auf die Insel Elba verbannt worden war. Ich beneidete sie sogar ein wenig. Aber den meisten meiner Klassenkameraden wurde von der fünften Klasse an eingeredet, dass sie nicht viel wert wären und es im Leben sowieso zu nichts bringen würden. Und wie das mit der Selffulfilling Prophecy so ist: Wenn ein Lehrer nur lange genug behauptet, deine Intelligenz würde lediglich zum Wechseln einer Glühbirne reichen, dann wirst du dich mit Sicherheit einmal um die Glühbirnen im Tube-Labyrinth kümmern. Was meiner Meinung nach ein ziemlich wichtiger Job ist, aber hey, was weiß ich schon, oder!?

Ich schlurfte durch die Vorhalle zum Treppenhaus und grüßte stumm nickend den ein oder anderen, den ich irgendwie kannte.

Ich kam als Erste im Klassenzimmer an. Lautstark ließ ich meine Bücher auf den Tisch fallen und quetschte mich auf den Stuhl.

»Hey, Cat!«, grüßte mich Sean, der kurz nach mir den Raum betrat. Ohne anzuhalten lief er nach hinten zum Fenster an seinen Platz. »Alles senkrecht!«

Ich winkte ihm mit dem Mittelfinger den Gruß zurück. Was sollte ich auf so was schon erwidern?

Er lachte kurz auf. Sean war einer der wenigen Jungen in meiner Klasse, mit denen ich mal ein normales Gespräch führen konnte. Allerdings nur, wenn seine Buddys nicht in der Nähe waren. Im Rudel waren die Kerle nicht auszuhalten. Aber die Mädchen auch nicht.

Nach ihm erschienen Ralph, Sam, Michael und Ethan auf der Bildfläche. Alle sahen komplett übernächtigt aus. Vor ein paar Wochen hatten die Jungs ein neues Online-Game entdeckt. *Ingres* war das aktuell angesagteste Augmented-Reality-Spiel, bei dem ein virtuelles Programm die Spieler in der realen Welt durch die Stadt schickte, um eine unbekannte Energie zu jagen. Das Spiel ist wirklich klasse, denn es baut zum Beispiel Denkmäler und Gebäude mit ein, die es tatsächlich gibt und die man als Spieler ablaufen muss. Da konnten »superwichtige« Eltern und Lehrer mal nicht gegen Online-Games meckern. Denn sie kamen an die frische Luft und lernten sogar noch etwas über unsere Stadt, ha!

Ethan murrte mich an. Seine Art eines Grußes. Ich hielt den Mittelfinger weiter in die Luft gestreckt.

Dann kamen Laura, Sara und Caitlin im Pulk an meinem Tisch vorbei. Genau genommen mussten alle an mir vorbei, denn ich saß direkt an der Tür. Sie wünschten mir einen guten Morgen, indem jede ihre rechte Augenbraue leicht hob. Ich grüßte wie üblich zurück. Mein Finger war noch in der Höhe, als George Mayor den Raum in Besitz nahm.

»Auch Ihnen einen guten Morgen, Miss Burke.«

Ich zuckte zusammen. Verdammt, mein Geschichtslehrer. Mir war bisher noch kein Mensch begegnet, der so spaßbefreit war. Schüler waren für ihn nur eine leidige Plage auf dem Weg zur Rente. Ich könnte darauf wetten, dass er zu denen gehörte, die vor zwanzig Jahren die endgültige Abschaffung der Prügelstrafe an englischen Schulen verflucht hatten.

»Und nun an alle. Da die Hälfte der Klasse meint, bereits das Wochenende einläuten zu müssen, dürfen Sie, meine Herrschaften, sich mit den Büchern befassen. Sie arbeiten die Kapitel sechs bis zehn durch. Am Montag erwarte ich einen ausführlichen Aufsatz über die glorreichen Jahre des Britischen Empire.«

Ein unterdrücktes Stöhnen war der ganze Protest. Mayor überhörte ihn, setzte sich auf seinen Stuhl und schlug die aktuelle Ausgabe des *Mirror* auf.

»Und noch eins!«, befahl Mayor mit einem Blick über den Rand der Zeitung. »Ich brauche ja wohl nicht zu betonen, dass die Aufsätze nicht aus dem Internet stammen sollten.«

»Na, super«, brummte ich. »Als hätte ich nichts anderes zu tun.«

»Guten Morgen, Asim. Wie sieht es aus?« Lord Peter betrat den Technikraum. Er war direkt von der Schwimmhalle nach Hause gefahren, hatte geduscht und wartete nun darauf, dass seine Köchin das Frühstück bereitstellte.

»Guten Morgen, Sir.« Asim drehte sich zu seinem Chef um und ließ seine Arbeit für einen Augenblick aus den Augen. »Cat ist in der Schule. Sie hat mit niemandem Kontakt aufgenommen wegen der Sache. Ich denke mal, sie hat keinen Verdacht geschöpft. Aber sie soll übers Wochenende einen Schulaufsatz in Geschichte anfertigen. Das könnte vielleicht noch ein Problem werden.« Bereits vor Monaten hatte sich Asim in das Computernetzwerk und die Sicherheitsanlage der Schule gehackt. Eine Sache von fünf Minuten, denn die Firewall war nicht der Rede wert. So erhielt er den Zugriff auf alle Kameras im Haus. Den Ton nahm Asim von der Gegensprechanlage ab, die er in eine Wanze umprogrammiert hatte.

»Ein Grund mehr, die Aktion vorzuziehen!«

»Sir?«, warf Asim irritiert ein.

»Nun«, gestand Lord Peter ein, »es war wohl keine gute Idee, den Hausmeister zu spielen.«

»Hat sie was gemerkt?« Asim schaute auf den Bildschirm, der das Klassenzimmer von Cat zeigte.

»Nicht unbedingt. Aber sie könnte misstrauisch geworden sein. Auf jeden Fall dürfen wir ihr keine Zeit zum Nachdenken geben. Unser Termin steht fest. Übermorgen Nacht startet die Operation, so oder so!«, bestimmte Seine Lordschaft und fegte jeden Einwand hinweg. »Unsere Freundin ist instruiert und wird heute Mittag die Aktion in die Wege leiten. Der Außenposten steht bereit, wenn unser Plan aufgeht. Bleibt die Frage, ob dein Kontakt rechtzeitig liefern kann?«

»Das werden wir gleich wissen.« Mit wenigen Tastenanschlägen öffnete Asim eine Videoleitung zu einem Computer im Osten Londons.

»Was gibt's?«, tönte es aus den Tiefen eines Raumes, in dem ein unbeschreibliches Chaos herrschte. Regale voll mit Büchern, Papierrollen, Büchsen und Gläsern, gefüllt mit Nägeln und undefinierbaren Flüssigkeiten. Zahllose Putzlappen lagen herum und belegten jeden freien Zentimeter im Raum bis hinauf zur Decke.

Die Person zur Stimme war nicht zu sehen.

Bevor Asim antworten konnte, schob ihn Lord Peter zur Seite und übernahm das Gespräch. »Wir brauchen die Ware morgen Abend!«

Im Bruchteil einer Sekunde erschien das unrasierte Gesicht eines Mannes undefinierbaren Alters auf dem Bildschirm.

»Lord Peter höchstpersönlich!« Der Mann grinste breit und setzte sich betont langsam in einen Stuhl vor der Kamera. »Dann muss es wohl ernst sein.«

»Wenn Sie nicht liefern können, sehe ich mich nach jemandem um, der das kann«, pokerte Lord Peter, ungerührt von der Frechheit des Mannes. Er hatte schon oft mit Kriminellen aller Art zu tun gehabt und viel Übung im Pokern.

»Dann kann ich Ihnen nur Glück wünschen. Sie wissen, dass ich der Beste in meinem Fach bin.«

Genau genommen war er nicht der Beste. Aber er war gut genug und Lord Peter wollte keinen Streit vom Zaun brechen. Nicht jetzt. Deshalb entschloss sich der Adlige, seinem Gegner zu schmeicheln.

»Sie haben recht. Sie sind der Beste. Aber Sie vergessen, dass ich das Produkt nicht veräußern möchte. Es soll nur einer oberflächlichen Betrachtung standhalten. Und das schafft auch der Zweitbeste Ihrer Branche …«

Stille.

»… in der Hälfte der Zeit!«

Für die Zeit eines Augenaufschlags entgleisten dem Mann, dessen Computer laut IP-Kennung merkwürdigerweise in den Mooren von Mill Meads stand, die Gesichtszüge. Doch er fing sich schnell wieder. Der Auftrag brachte ihm eine ansehnliche Summe ein. Vielleicht war ja noch mehr drin?

»Ich hab schon mit der Herstellung angefangen. Aber Sie sind nicht mein einziger Kunde. Zurzeit laufen die Geschäfte sehr gut, müssen Sie wissen.«

»Dad!«, rief Asim wütend dazwischen. Er wusste, dass sein Vater log, um den Preis in die Höhe zu treiben.

Mit einer Handbewegung beruhigte Lord Peter ihn.

»Das verstehe ich vollkommen. Und selbstverständlich werde ich Sie für Ihre Mühen entlohnen. 25 Prozent zusätzlich auf den vereinbarten Preis. Das ist mein erstes und letztes Angebot.«

Beide Männer starrten sich über die Bildschirme in die Augen. Ein digitales Duell.

»Okay. Abgemacht. Sie zahlen mir 25 Prozent drauf und erhalten das Produkt in zwölf Stunden. Reicht das?«

»Es ist mir immer wieder eine Freude, mit Ihnen Geschäfte zu machen.« Lord Peter drückte eine Taste und das Bild auf dem Monitor erlosch.

Er drehte sich zu dem jungen Pakistani um und lächelte. »Dein Vater ist ein harter Knochen. Aber ich mag ihn. Er ist zuverlässig und verschwiegen.«

»Er ist ein gieriges Monster«, meinte Asim in einem Tonfall, der klarmachte, dass er keine Lust hatte, über seine Familie zu reden.

Lord Peter bohrte nicht weiter. Er wusste aus zuverlässiger Quelle, was zwischen den beiden vorgefallen war. Jeder, der mit und für ihn arbeitete, wurde regelmäßig überprüft.

Die Gegensprechanlage surrte kurz auf und die Stimme des Butlers ertönte im Raum. »Mylord, das Frühstück ist serviert.«

»Danke, Vincent«, erwiderte Lord Peter. »Halte dich bitte heute den ganzen Tag zur Verfügung, Asim. Wie du ja mitbekommen hast, müssen wir unseren Zeitplan straffen. Ich erkläre es dir später genauer.«

Asim nickte zerstreut. Er war mit seinen Gedanken immer noch bei seinem Vater.

Lord Peter betrat gerade den kleinen Salon, als Vincent den heißen Tee in eine Tasse feinsten Porzellans goss.

»Mein Timing ist ja perfekt!«

»Wie immer«, erwiderte Vincent trocken.

Lord Peter lächelte. Er liebte den Humor des Mannes, der weit mehr war als nur ein Butler.

»Danke, alter Freund. Ich komme dann alleine klar.«

Als die Tür hinter Vincent ins Schloss gefallen war, lief der Herr des Hauses zu einem kleinen Schrank und entnahm ihm einen Ordner.

Er setzte sich an den Tisch und genoss den ersten Schluck Tee. Dann bestrich er einen Toast dick mit Orangenmarmelade und biss hungrig hinein. Er wischte sich die Finger ab und zog einen Stapel Papiere aus der Akte mit der Aufschrift »Catherine Burke« zu sich heran.

Cat Deal alias Catherine Burke – 1,63 Meter groß – Diebin, wird als die aktuell beste in den einschlägigen Londoner Kreisen gehandelt. Ihre besondere Qualität: Fassadenklettern. Sie ist seit ihrem zwölften Lebensjahr im Geschäft und für eine Vielzahl hochkarätiger Jobs verantwortlich.

Bisher ist sie nicht ein einziges Mal in den Fokus der Polizei geraten. Sie gilt als sehr gewissenhaft und bereitet alle ihre Aufträge akribisch vor. Seit drei Jahren arbeitet sie für ein und die-

selbe Hehlerin, Sofie Norbel. Nebenbei macht sie ihren Schulabschluss. Bisher hat sie noch keine einzige Bewerbung für eine Lehrstelle geschrieben.

»Und trotzdem habe ich das Gefühl, dass sich dieses Mädchen nicht arbeitslos melden wird«, schmunzelte Seine Lordschaft und schenkte sich Tee nach.

Lord Peter biss erneut von seinem Toast ab. Das Aroma von karibischen Orangen kitzelte seinen Gaumen. Vor etwas mehr als einem Jahr hatte er einen Privatdetektiv beauftragt, Informationen über das Mädchen zu sammeln. Die Akte war noch nicht sonderlich dick, aber für den Anfang reichte es.

Catherine Burke wurde an einem Sonntag im Juli 2000 geboren. Das genaue Datum ist nicht bekannt, da die offizielle Geburtsurkunde erst einige Wochen später ausgestellt wurde.

Ein Umstand, der Lord Peter immer wieder stutzig machte. Eine solche Verfahrensweise ist äußerst – wirklich äußerst – selten. In seinem Leben, das mittlerweile fast 60 Jahre währte, war ihm bisher nur ein Fall dieser Art untergekommen. Man musste schon sehr gute Beziehungen haben, um das Ausstellen amtlicher Dokumente zu beeinflussen.

Die Mutter ist nicht bekannt!

Ihr Name tauchte nicht einmal in der Geburtsurkunde auf. In keinem einzigen Krankenhaus in England wurde die Geburt eines Mädchens verzeichnet, das zum DNS-Profil von Catherine Burke passte. Daraus schloss der Detektiv, dass das Mädchen bei einer Hausgeburt zur Welt gekommen war. Leider hatte er bisher keine Hebamme oder Hausangestellte auftreiben können, die an dieser Geburt beteiligt gewesen war.

Für Lord Peter stand jedoch fest, dass Cat aus einer Familie stammte, die über erstklassige Verbindungen und ein gut gefülltes Portemonnaie verfügte. Bis auf die Geburt tauchte die Mutter im Leben des Mädchens nie wieder auf.

Name des Vaters: Paul Burke, geboren 1978. Das Mädchen wächst bei ihm auf. Der junge Theater- und Filmschauspieler wird von seiner Schwester Jasmin Burke unterstützt. Mit 16 Jahren bricht sie die Schule ab und arbeitet als Bedienung, um Geld für ihren Bruder und das Baby zu verdienen. Dann kam der 7. Juli 2005.

Um 08:47 Uhr bestieg Paul Burke an der Haltestelle King's Cross St. Pancras eine U-Bahn der Piccadilly Line. Pünktlich setzte sich die Bahn in Richtung Heathrow in Bewegung. Burke war auf dem Weg zu einem Vorsprechen am Piccadilly Circle. Exakt um 08:50 Uhr beendete ein Selbstmordattentäter die Fahrt der Bahn vor der Haltestelle Russell Square.

Für einen Moment schloss Lord Peter die Augen. Er erinnerte sich an die Bilder der Anschläge, als wären sie erst gestern geschehen. Das gesamte Leben in seiner Stadt war zum Erliegen gekommen. Und bei all der stummen Hilflosigkeit, die die Menschen plötzlich umgab, rückten sie alle näher zusammen. Menschen der unterschiedlichsten Hautfarben und Glaubensrichtungen umarmten sich und hielten einander fest. Gaben sich Kraft und den Glauben daran zurück, dass alles wieder gut werden würde.

Nur für das Mädchen wurde nicht wieder alles gut. Denn Paul Burke überlebte den Bombenanschlag nicht. Soweit Lord Peter in Erfahrung bringen konnte, hatte die Schuldirektorin Catherine Burke von der Tragödie informiert. Catherines Tante Jasmin brachte sie nach Hause. Einen Tag später ging das kleine Mädchen wieder in den Unterricht. Laut des Berichts eines Kinderpsychologen schien sie zu trauern, aber kein Trauma erlitten zu haben.

An diesem Tag starb Catherine Burke, und Cat Deal wurde geboren.

»Was wissen Psychologen schon davon!« Angewidert warf Lord Peter die Papiere auf den Tisch. Der Tee in seiner Tasse bewegte sich leise. Sein Blick glitt über die goldenen Zeiger der Kaminuhr aus dem späten 19. Jahrhundert.

»Zeit, ihr Leben ein zweites Mal in eine andere Richtung zu drehen.«

Lord Peter erhob sich und verließ mit den Papieren in der Hand den Speisesalon.

TRACK: 04
TITLE: SCHADENSBEGRENZUNG

»Mögest du in interessanten Zeiten leben!«, lautet ein chinesisches Sprichwort. Was bitte habe ich in meinem ersten Leben verbrochen, dass dieser Fluch jetzt über mich kommt? Also ganz ehrlich, ein langweiliges Leben wäre mir im Moment lieber.

»Endlich!« Ich blinzelte in den Sonnenschein. Schnell lief ich über den Schulhof. Im Gehen streichelte ich mein iPhone und tippte den Sicherheitscode ein. Ein helles Pling ertönte mehrmals hintereinander. Zehn Nachrichten – im Minutentakt – alle von Sofie. Sie wollte sich dringend mit mir treffen.

»ES IST WICHTIG! ASAP!«

Konnte ich mir denken! Ich scrollte im Kontaktemenü auf ihren Namen. Sekunden später ertönte der Rufton.

»Wo bist du?«

»Komme gerade aus der Schule.«

»Wir müssen uns treffen. Gleich.«

»Sofie. Ich muss dir was …«

»Spar's dir. Ich warte auf dich im *Hung Drawn & Quartered*. Gib Gas. Ich hab nicht viel Zeit.«

Klick! Sie hatte aufgelegt.

Mein Magen sank mir bis zu den Knien. Sie war sauer – richtig sauer.

Ich gab meinem Roller die Sporen und rauschte in Richtung Innenstadt. Genauer gesagt zur Square Mile. Unter der Woche brachten mich keine zehn Pferde auch nur in die Nähe des Finanzdistrikts. Schon gar nicht um die späte Mittagszeit, wenn die Straßen voller Männer in Nadelstreifenanzügen oder Frauen in blauschwarzen Kostümen waren. Sie sahen alle gleich aus! Ohne Ecken und Kanten. Konturlos bis zur Selbstaufgabe. Sie waren einfach von der Schuluniform in die Finanzuniform geschlüpft. Ich bekam eine Gänsehaut bei dem Gedanken, dass diese Leute vielleicht alle geklont waren. Diese Männer und Frauen jonglierten täglich mit Milliarden von Pfund, Dollar, Euro und Renminbi. Ich wusste nicht genau, was sie taten. Aber sie waren Diebe, so wie ich. Und die bestimmten über die Welt? Konnte es noch grusliger werden?

Geschmeidig legte sich meine Vespa in die Kurve und glitt in die New London Street mit ihren kleinen Pubs und Lokalen hinein. Wir nahmen gerade wieder Geschwindigkeit auf, als plötzlich ein silbergrauer Smart aus einer Tiefgarage geschossen kam.

Instinktiv riss ich den Lenker nach rechts, raste quer über die Gegenfahrbahn und hielt mit quietschenden Bremsen auf dem Bürgersteig. »Idiot!«, schrie ich laut auf und winkte dem Fahrer eine italienische Geste nach, die keine Liebesbekundung war.

Ich atmete kurz durch. Langsam beruhigte sich mein Herzschlag wieder und ich fuhr weiter über die Crosswall in Richtung Tower Hill Station. Dort angekommen parkte ich den Roller in einer Bucht am Straßenrand und schob die schwere Tür zum Inneren des *Hung Drawn & Quartered* auf.

Der Pub in dem alten Backsteinhaus liegt so zentral, dass er immer voll ist. Banker, Touristen und Familien quetschen sich in die holzgetäfelten Nischen oder versuchen, noch einen Platz an einem der Tische zu ergattern.

Der Pub ist traditionell englisch. Oder was sich die Leute darunter vorstellen. Alle Wände sind mit kastanienbraunen Holzpaneelen verkleidet. Tische und Stühle bestehen aus dem gleichen Material. Und selbst die Decke ist aus Holz.

Jeder reiche Engländer, der etwas auf sich hält, sargt sich schon zu Lebzeiten ein. Die riesigen Bibliotheken in den Herrschaftshäusern sind das beste Beispiel dafür – oder eben Pubs.

Langsam gewöhnten sich meine Augen an die schummrige Atmosphäre. Ich hängte meine Lederjacke und den Helm an einen freien Haken an der Garderobe. Dann schaute ich mich nach Sofie um. Sie saß an einem Tisch im hinteren Teil und winkte mir zu.

Als ich am Tresen vorbeikam, orderte ich beim Wirt gleich eine Cola.

Sofie nippte an ihrem Pint London Pride Ale. Wenn ich wetten sollte, dann hatte sie sich bestimmt noch ein Chicken-Chorizo-Pie dazu bestellt. Nicht meine Wahl, denn ich bin bekennende Vegetarierin!

Okay, es war und ist nicht einfach für mich, auf Fleisch zu verzichten, aber es gelingt mir jeden Tag besser. Und ich bin dem British Empire doch ein klitzekleines bisschen dankbar für seine ehemaligen Kolonien. Menschen aus aller Herren Länder kamen zu uns und brachten ihre Küche mit. Vor allem die indische hatte es mir angetan. Aber auf die reagierte meine Hehlerin allergisch. Deshalb trafen wir uns hier.

Für mich würde es schon irgendeinen Salat geben, falls ich überhaupt etwas runterbekam. Beim Gedanken daran, warum mich Sofie so eilig herzitiert hatte, zog sich mein Magen zusammen.

Ich quetschte mich an einer Familie mit zwei kleinen schreienden Kindern vorbei. Die beiden Blagen wollten unbedingt noch eine Portion Pommes. Die Eltern nicht. Ich gab den Zwergen noch eine Minute, dann würden ihre Eltern entnervt aufgeben. Mein Bein schlug gegen die Handtasche der Mutter, die unschuldig über der Stuhllehne baumelte.

Ein Kratzen am Knie – ein Griff – ein Schlenker mit der Hand – und schon steckte das Portemonnaie in meiner Hosentasche.

»Den Geldbeutel gibst du wieder zurück!«, begrüßte mich Sofie, als ich mich neben sie setzte.

»War nur 'ne Fingerübung«, grinste ich und gab ihr einen Kuss auf die Wange. »Keine Panik. Ich geb ihn wieder zurück.«

Der Wirt brachte meine Cola.

»Möchten Sie noch was bestellen?«

»Danke, ja. Ich nehm 'nen Sommersalat und ein Wasser dazu!«

»Dann bringe ich Ihnen die Sachen zusammen mit dem Pie«, sagte er zu Sofie. »Ist das okay?«

Sie nickte, und ich lachte laut auf.

»Was?« Meine Hehlerin schaute mich mit gespieltem Entsetzen an. »Ich mag das Zeug einfach. Mir reichen ein paar Salatblätter nicht. Ich bin schließlich kein Kaninchen.« Beäugte Sofie mich misstrauisch oder bildete ich mir das nur ein? »Siehst gut aus. Ich wünschte bloß, dass du dir endlich mal die Haare wachsen lassen würdest. Du wirkst wie ein Junge.«

Ich hörte das nicht zum ersten Mal. Also reagierte ich nicht mehr darauf. Ab und an versuchte sich Sofie als Ersatzmutter. Ich hatte mich mittlerweile daran gewöhnt. Ich brauchte zwar keine Mutter, aber eine Freundin war auch nicht zu verachten. Sie passte auf, dass ich keinen Unsinn machte, und schirmte mich vor Auftraggebern ab. Sie handelte das Honorar für die Jobs aus und kümmerte sich darum, dass die Klienten auch zahlten. Wenn der Preis einmal stand, wurde nicht mehr nachverhandelt.

Und es gab noch eine Bedingung: Niemals würde ein Klient mich zu Gesicht bekommen. Schließlich konnten wir nicht wissen, ob wir nicht einem verdeckten Ermittler der Polizei auf den Leim gingen. Oder noch schlimmer jemandem, der uns abziehen wollte.

Doch halt – das war mir ja gerade passiert!

Zitternd leerte ich mein Glas in einem Zug. Die Kohlensäure stieg mir in die Nase und mir traten Tränen in die Augen.

Sofie grinste amüsiert. »Schon mal was von Mäßigung gehört? Vielleicht solltest du lieber einen Tee trinken.«

»Nein, danke. Hatte ich heute schon genug. Bei all dem Tein, das ich intus habe, kann ich heute Nacht nicht schlafen«, winkte ich ab.

»Nee, ist klar«, erwiderte Sofie sarkastisch. »Koffein wirkt natürlich eher einschläfernd.«

Der Wirt brachte Sofies Essen, mein Wasser und den Salat.

Sofie schnitt mit ihrem Messer ein Kreuz in die Teigdecke des Pies. Sofort kitzelte eine scharf gewürzte Duftwolke meine Geruchsnerven.

Mmmh, Tomate, Sahne, Thymian, Oregano … yummy! Ich ging gern mit Sofie aus, weil Essen für sie ein Fest war und nicht nur eine notwendige Unterbrechung in ihrem Tagesablauf. Während sie ihren Pie genoss, ließ sie mich nicht aus den Augen. Ihr Blick nagelte mich regelrecht am Stuhl fest.

Verlegen drehte ich mein Glas zwischen den Fingern von links nach rechts und von rechts nach links. Ein unbeteiligter Beobachter würde mein Interesse an platzenden Kohlensäureblasen für ziemlich krank halten.

»Okay, hör auf mit diesen Foltermethoden. Ich sage dir alles!«, rief ich entnervt. Und die Geschichte des gestrigen Abends sprudelte aus mir heraus. Haarklein berichtete ich, was bei dem Job passiert war.

»Das gibt Ärger, oder?«, fragte ich in die Tiefen meines Glases.

Sofie legte ihr Besteck beiseite, tupfte sich mit der Serviette den Mund ab und schüttelte den Kopf. »Ich wusste es schon, wollte aber noch deine Version der Geschichte hören.«

Ich schaute angestrengt auf die Tischplatte.

»Der Auftraggeber hat sich heute Morgen bei mir gemeldet. Er war ziemlich verärgert.«

Ich wollte etwas sagen, aber Sofie legte ihre Hand auf meinen Arm und sprach weiter: »Ich hab es auf meine Kappe genommen. Hat ihn zwar nicht hundertprozentig zufriedengestellt. Aber wir haben Zeit gewonnen.«

Erleichtert atmete ich hörbar aus.

Sofie war so cool.

»Vielleicht solltest du aber endlich mal überlegen, ob du nicht mit einem Partner zusammenarbeiten willst! Der würde dir solche Typen vom Hals halten. Und du könntest Aufträge annehmen, die, nun ja, die etwas anspruchsvoller sind.«

Energisch schüttelte ich den Kopf. »Nein! Außerdem habe ich schon einen.«

Sofie lächelte und trank einen Schluck Ale. »Simon zählt nicht. Der kann nicht mehr tragen als einen Ring.«

»Ich könnte ihn trainieren«, argumentierte ich, musste aber selber lachen. »Für welche Jobs braucht man schon Partner? Es gibt nichts, was ich nicht allein erledigen kann!«

Hämisch zog Sofie eine Augenbraue hoch.

»Okay«, winkte ich ab. »Gestern wäre ein Partner nicht schlecht gewesen. Aber jetzt mal ehrlich. Bisher bin ich ohne gut klargekommen.«

»Bisher waren die Aufträge überschaubar und klein. Versteh mich nicht falsch, dafür bist du die Beste. Einfach unschlagbar. Aber ich bekomme jeden Tag Anfragen zu größeren Coups. Wir könnten in die Oberliga aufsteigen.«

Ich schwieg. Seit geraumer Zeit kam Sofie immer wieder auf dieses Thema. Aber ich sträubte mich gegen die Idee.

»Schätzchen!« Sofies Kunstpause zeigte mir an, dass jetzt etwas von großer Bedeutung kommen würde. »Der Markt ändert sich. Alle spezialisieren sich. Entweder auf den Diebstahl von Informationen und Computerdaten oder von Kunstwerken. Der Markt boomt.«

Ich war geplättet. Über solche Zusammenhänge hatte ich mir bisher keine Gedanken gemacht.

»Schön und gut«, stöhnte ich. »Vielleicht hast du recht. Ich sage vielleicht«, und würgte damit Sofies triumphierendes Lächeln ein wenig ab. »Aktuell habe ich ein ganz anderes Problem. Was soll ich machen? Soll ich dem Auftraggeber eine Entschädigung zahlen?« Oh Gott, wenn ich den Gedanken zu Ende brachte, bedeutete das, dass ich einen ordentlichen Schulabschluss hinlegen musste. Und dann würde ich eine Ausbildung machen müssen. Vor meinem geistigen Auge startete gerade ein Horrorstreifen: Ich als Bankangestellte im schwarzen Kostüm, das Geld fremder Leute zählend.

»Cat!« Ich hörte Sofies Stimme. »Cat, was ist los mit dir? Du bist plötzlich leichenblass! Hol Luft. Atme! Schätzchen, keine Panik. Ich soll den Kunden noch mal anrufen. Er wollte sich was überlegen. Ich telefoniere kurz draußen.«

Ich sah ihr nach, wie sie energisch vor die Tür des Pubs trat. Ihre fast hüftlangen Locken wippten mit jeder Bewegung. Ein Mann, der gerade an ihr vorbeilief, drehte seinen Kopf nach ihr, als hätte er ein Gewinde im Hals.

Ich mochte Sofie sehr. In ihrem normalen Leben arbeitete sie als Anwältin bei irgendeiner Versicherungsgesellschaft. Sie blieb Single aus Überzeugung. Selbstbestimmung war ihr unheimlich wichtig. Etwas, worin wir uns sehr ähnlich waren. Äußerlich könnten wir jedoch nicht unterschiedlicher sein, denn ich hatte weder ihre sommersprossige milchige Haut noch ihre ausladende Oberweite. Unsicher schaute ich an meiner Vorderfront hinab.

Nicht besonders beeindruckend. Dafür aber sehr nützlich.

Sofie würde sich in einem Lüftungsschacht schwertun. Und jeder Mann würde sich an so eine Frau erinnern, die ihm die Brieftasche aus der Innenseite des Mantels stahl.

Nicht bei mir. Bevor man mich überhaupt wahrnahm, hatte man mich schon vergessen. Unscheinbar zu sein hat auch seine Vorteile. Siehst du mich nicht, kannst du mich nicht aufhalten.

Dann kam Sofie zurück.

»Was ist? Was hat der Auftraggeber gesagt?« Ich trommelte mit den Fingern so stark auf der Tischplatte, dass selbst mich das Geräusch nervte.

»Ich will nicht lügen«, meinte Sofie. »Das habe ich dir gegenüber nie getan. Und ich fange jetzt nicht damit an.«

Uuuhh, das klang nicht gut. Gar nicht gut. Ich biss mir auf die Lippen.

»Was will er?«

»Also. Zuerst einmal – er ist ziemlich irritiert! Das Armband ist ihm von einer anderen Quelle zum Kauf angeboten worden. Für 750 000 Pfund!«

»Das ist nicht wahr«, hauchte ich mit erstickter Stimme. Ich würde mich bestimmt gleich übergeben müssen.

Mir ging der Arsch auf Grundeis.

Ich war ein für alle Mal erledigt.

»Doch es gibt einen Ausweg!«

Und schon beruhigte sich mein Magen und mein Hintern hob sich wieder ein Stück. »Egal was es ist. Ich mach's!«, rief ich, ohne auch nur einen Augenblick lang mein Hirn einzuschalten. Was übrigens eine meiner leichtesten Übungen ist.

Sofies Lippen kräuselten sich. »Ich denke, du solltest dir das Angebot erst einmal anhören.«

»Das muss ich nicht. Ich mach's. Überhaupt kein Problem!« Die Verzweiflung in meiner Stimme war bestimmt bis zum Tresen hörbar. »Also, was soll ich tun?«

Sofie seufzte tief. »Du kannst das nicht bringen. Nicht allein.«

»Das entscheide ich. Es war mein Fehler, also werde ich den auch allein wieder geradebiegen! Keine Diskussion!«

Heroismus wird überschätzt, maßlos überschätzt.

Ich hätte mir erst einmal anhören sollen, was Sofie zu sagen hatte. Ich blöde Kuh.

Lord Peter klatschte vor Freude in die Hände. Eine Gefühlsaufwallung, die er sich nur leistete, wenn er allein und unbeobachtet war. Einem Mann seiner gesellschaftlichen Stellung standen emotionale Ausbrüche vor anderer Augen und Ohren nicht zu. Solche schon gar nicht. Englischer Adel hatte nichts Menschliches, jedenfalls nicht in der Öffentlichkeit. Selbstbeherrschung bis zur Selbstaufgabe: Das war das Lebensmotto eines englischen Aristokraten von Geburt an. Wahrscheinlich war es auch der Grund für den berühmten schwarzen englischen Humor. Und was war die Entschuldigung für seine Ausschweifungen?

Sein Plan ging auf!

Es gab nur eine Unwägbarkeit, die sie nicht beeinflussen konnten. Cats Reaktion. Diebe sind wie Ratten, dachte Lord Peter bei sich, und das war in keiner Weise abwertend gemeint. Ratten sind hochsensible, intelligente Tiere, die Gefahr förmlich riechen und sich dann schnellstens aus dem Staub machen.

Lord Peter spürte, dass er eine Ablenkung brauchte, sonst wäre er bis zum Treffen mit seinen Nerven am Ende. Er hasste nichts mehr, als etwas nicht kontrollieren zu können.

Also rief er nach Vincent und bat ihn, den Range Rover Hybrid vor dem Haus zu parken. In seinen Kreisen war der nach außen eher schmucklose SUV das Erkennungszeichen schlechthin. Statt des langweiligen Graus hatte sich Seine Lordschaft aber für eine etwas auffallendere Farbe entschieden: Loire Blue Metallic. Ein wenig Exzentrik sollte sich jeder ab und zu leisten.

Er würde ein paar Stunden im Brooks's Club entspannen.

Eines hatte Seine Lordschaft bei dem Vergleich mit den Ratten jedoch nicht bedacht. Denn was tun Ratten, wenn sie in die Enge getrieben werden?

Sie beißen!

TRACK: 05
TITLE: IN WELCHEM FILM BIN ICH?

Quallen sind zu beneiden. Sie haben kein Gehirn und schweben einfach nur so durchs Wasser, ohne Sinn und Verstand. Ein Zustand, den ich nur zu gut kenne. Leider habe ich ein Gehirn und das schaltet samt Erinnerungen, Problemen und der Suche nach Lösungen irgendwann wieder ein.

Ich war supersauer. Aber so was von. Dieser dämliche Typ vom Dach! Nur seinetwegen musste ich mich auf diesen Deal einlassen.

Ich schwöre: Ich werde diesen Dreckskerl finden und ihn bluten lassen. Wortwörtlich. Nur nicht gerade jetzt. Jetzt stand ich erst einmal im Waschraum des *Hung Drawn & Quartered* und hielt meinen Kopf unter kaltes Wasser.

»Jetzt krieg dich wieder ein. So schlimm ist es doch gar nicht«, sprach Sofie auf mich ein. Ihre Hand lag auf meinem Rücken und brannte mir ein Loch in die Haut.

»Echt jetzt?«, prustete ich hervor. »Du bist ja nicht dabei!«

Sofie betrachtete sich ungerührt im Spiegel. Dann fing sie an, mit ihren Fingernägeln Essensreste aus ihrem professionell gebleachten Gebiss zu pulen. Erstaunlich, dass sich manche Menschen auf fremden Toiletten wie zu Hause fühlen können.

»Jetzt halt mal den Ball flach«, schmatzte sie. »Du gehst in die Tate rein, tauschst das Ding aus und verschwindest. Was soll daran so anders sein als bei deinen vorherigen Einbrüchen? Außer, dass du mal nicht allein arbeiten wirst.«

Ich tauchte unter dem Wasserhahn hervor und drehte die Düse des Lufttrockners nach oben. Dann hielt ich meinen Kopf darüber und schaltete das warme Gebläse an. Der Krach war ohrenbetäubend. So kam ich erst einmal um eine Antwort herum. Sofie verschwand in einer Toilettenkabine.

Also gut: Ich hatte den Job mit dem Armband vergeigt. Ich schuldete dem Kunden eine halbe Million. Ich hatte das Geld nicht! Ich gehörte dem Kunden mit Haut und Haaren. Und zum Ausgleich sollte ich einen anderen Job für ihn übernehmen.

Der Trockner schaltete sich aus. Ich strubbelte durch meine Haare und sah mir im Spiegel direkt in die Augen. Dieser Job, so schwer er auch sein würde, war meine einzige Chance, ungeschoren aus dem Schlamassel herauszukommen.

In der Kabine rauschte die Spülung. Sofie trat wieder zu mir, wusch sich die Hände und schaute mich durch den Spiegel an. »Das klappt schon. Ich kenn den Kunden. Vertrau mir.« Sie trat einen Schritt zurück. »Hey, ich arbeite nur mit den Besten. Sieh mich an! Hab ich dich schon jemals enttäuscht?«

»Gott verdammt!« Ich rieb mir mit der Hand über die Augen. »Ich steh zu meinem Wort. Ich mach's!«

Sofie klopfte mir aufmunternd auf den Rücken. »Du bist das toughste Mädchen, das ich kenne. So liebe ich dich.«

»Wann, sagtest du, soll ich bei dem Typen sein?«, seufzte ich.

»21:00 Uhr. Die Adresse schicke ich dir auf dein Handy. Verschlüsselt!«

»Na dann, los.«

Auf dem Weg zur Garderobe klatschte ich den gestohlenen Geldbeutel auf die Theke. »Hab ich im Klo gefunden«, sagte ich zum Wirt, schnappte mein Zeug und war weg.

Ein paar Stunden später, zur verabredeten Zeit, stand ich im Hof eines Hauses in Belgravia, der nobelsten Gegend Londons. Hier waren die Straßen geleckt. Die Fassaden sahen aus, als würden sie täglich gesandstrahlt. Diese adlige Welt war Milliarden Lichtjahre von meiner entfernt. Dabei lagen nur wenige U-Bahn-Stationen zwischen ihnen.

Mein Blick glitt über die hintere Fassade des Gebäudes. Und von meinem Standpunkt aus war das Haus weniger adlig: Rote Backsteine sind rote Backsteine sind rote Backsteine – egal in welchem Viertel.

Die Sonne war gerade untergegangen, aber richtig finster wurde es hier nicht. Das Licht war schummrig, und die Häuserwände gaben die Hitze des Tages an die Nacht ab. Es roch nach Moder, nach vornehmem Moder. Selbst die Mülltonnen wurden in dieser Gegend regelmäßig ausgewaschen.

Meine Hände schwitzten. Das hier durfte nicht schiefgehen. Ich hatte eine Scheißangst. Unter normalen Umständen hätte ich einem Treffen mit einem Auftraggeber niemals zugestimmt. Ich hatte schließlich meine Prinzipien. Absolute Anonymität war eins davon.

»Reiß dich zusammen. Die werden dich nicht umbringen. Es ist nicht so einfach, eine Leiche in London zu entsorgen. Vor allem nicht, wenn an jeder Ecke eine Überwachungskamera hängt«, sprach ich mir Mut zu und atmete tief durch. Ein Versuch, meine Nervosität unter Kontrolle zu bekommen.

Ich hielt inne und lauschte. Von der Straße her hörte ich die üblichen Geräusche fahrender Autos. Irgendwo schrie eine Katze, was Simon, den ich in seiner Tasche an meiner Hüfte spazieren trug, nervös zappeln ließ.

»Keine Sorge, Schätzchen. Die ist weit weg.« Beruhigend strich ich mit meinem Zeigefinger über sein pelziges Köpfchen. Seine Knopfaugen blickten mich zweifelnd an.

In diesem Moment wurde die hintere Tür zum Haus aufgerissen und ein spindeldürrer Schatten erschien im Türrahmen.

»Seine Lordschaft lässt bitten!«, näselte es mir entgegen, und ich schrie laut auf vor Schreck. Ich hatte genug Folgen von *Supernatural* gesehen, um zu wissen, was jetzt kam. Um keinen Preis der Welt würde ich dieses Haus betreten!

Ich schaute Simon an. Seine klugen Augen appellierten an meinen Verstand. Verwegen warf ich einen Blick in die Sicherheitskamera, die seitlich am Türrahmen befestigt war.

Der Schatten räusperte sich kurz und wies mit einer Hand hinter sich in den schummrigen Hausflur.

Mein Herz schlug bis zum Hals, als ich eintrat. Ich hörte ein leises Klicken, das Einrasten des Schnappers, und notierte in meinem Gedächtnis, dass die Tür nicht abgeschlossen wurde.

»Wenn Sie mir folgen möchten«, meinte der Mann, der ohne Weiteres einen Butler in einer uralten Schwarz-Weiß-Verfilmung von Mary Shelleys *Frankenstein* abgegeben hätte.

»Von möchten kann hier ja wohl keine Rede sein«, grummelte ich und sah, wie die Bohnenstange amüsiert die rechte Augenbraue hob. Betont lässig schlurfte ich hinter ihm her und nahm alles um mich herum auf. Der zwei Meter breite Gang war in einem hellen eierschalenfarbenen Ton gestrichen, der sehr gut mit der hüfthohen Eichenholzvertäfelung harmonierte. An den Wänden hingen keine Bilder, nur je zwei schmale Leuchten, deren Energiesparlampen gerade erst warmliefen. Daher das dämmrige Licht. Simon hob schnuppernd seine Nase. Sie war wie ein Detektor für giftige Stoffe. Wenn Simon Gas oder etwas anderes Gefährliches roch, dann suchte er sofort das Weite. Und ich ebenfalls. Doch bislang zeigte Simon keine Fluchtgedanken. Während ich mich auf Simons Näschen verließ, vertraute er der Fähigkeit meiner Augen und der Verarbeitung der Informationen in meinem Gehirn.

Vom Gang gingen keine Türen ab. Er war wie ein Tunnel, was mir einen eventuellen Kampf erleichtern würde, da ich keine Überraschungen fürchten musste. Gefahr kam entweder direkt von vorn oder von hinten. Instinktiv griff ich zum Viehtreiber in der linken Tasche meiner Skinny-Bluejeans. Er war nicht größer als eine zehn Zentimeter lange Stabtaschenlampe, nur dass er vorn zwei Metallzinken hatte statt einer Birne. Mit knapp tausend Volt schaltete er jeden Angreifer aus. Nicht für immer, aber lange genug, damit ich mich aus dem Staub machen konnte. Klar, die Dinger sind illegal – aber wer fragt schon danach, wenn es um das eigene Leben geht? Ich bestimmt nicht.

Erkennt einer die Ironie? Ich lief hier durch einen Flur hinter einem düsteren Typen her, in einem fremden Haus, das in einer Gegend stand, in der die Polizei schon vor dem Verbrechen auftaucht. Ich hatte keine Ahnung, auf was oder wen ich mich hier einließ. Ich wusste noch nicht einmal, ob ich hier wieder gesund rauskam. So viel zum Thema Vorsicht.

»Bitte hier entlang«, sagte mein Führer.

Wir waren in einer ovalen Eingangshalle angekommen, und ich starrte staunend auf das indirekt beleuchtete Oberlicht, das im Dach eingelassen war. Drei Stockwerke über meinem Kopf. So etwas sah man nur selten, selbst in solchen herrschaftlichen Stadthäusern. Das Oberlicht musste später eingebaut worden sein, denn in den Grundrissen des Archivs des städtischen Bauamtes war mir diese Besonderheit nicht aufgefallen. Diese Gegend um Buckingham Palast und Green Park war Anfang des 19. Jahrhunderts neu erbaut und seitdem äußerlich nicht mehr verändert worden. Genau auf der anderen Seite des Parks befand sich die Pall Mall, in der um 1809 die ersten Gaslaternen aufgestellt worden waren. Der Besitzer musste eine Menge Geld an den Beamten der Bauaufsicht gezahlt haben, dass er diese bauliche Veränderung nicht in den Unterlagen eingetragen hatte. So war das. Geld bewegte eine Menge. Es kam nur auf die Höhe der Summe an. Meine paar Kröten reichten lediglich für die Bestechung eines kleinen Stadtbeamten für eine unerlaubte Einsicht in Bauunterlagen aus.

Wie schon gesagt: Ohne gute Vorbereitung läuft bei mir nichts. Ich hatte mir den Originalgrundriss des Hauses genau eingeprägt, um einen Fluchtweg in der Hinterhand zu haben. Das Gebäude verfügte über einen Keller, in dem sich die sogenannten Wirtschaftsräume wie Küche, Waschküche und Aufenthaltsraum für die Bediensteten befanden. Von dort führte eine schmale Treppe hinter den herrschaftlichen Räumen hinauf in die oberen Stockwerke. Unter dem Dach lagen die ehemaligen Schlafräume der Angestellten, die heute nicht mehr benutzt wurden.

Ein leises Räuspern holte mich zurück auf die Erde. Der dünne Mann nickte mir aufmunternd zu und wies mit seiner Hand einladend auf eine geöffnete Tür.

Ich streckte meinen Rücken, atmete tief durch und schritt in den Salon.

Lord Peter stand am Fenster mit dem Rücken zur Tür. Seine Haltung drückte gespannte Erwartung aus. In der Fensterscheibe spiegelte sich sein Gesicht. Die ergrauten Haare, auf den Millimeter genau geschnitten, umrahmten ein kantiges Gesicht, in dem ein entschlossener Blick hinter einer schmalen randlosen Brille erkennbar war.

Ein leichter Luftzug versetzte den Vorhang neben ihm in Bewegung und lenkte seine Aufmerksamkeit auf das Spiegelbild von Cat, die energisch den Salon betrat.

Seine Lordschaft drehte sich auf dem Absatz um und schritt mit ausgestreckter Hand auf seinen jungen Gast zu.

»Charlie?«

Lord Peter sah den Schrecken der Überraschung in Cats Gesicht. Nur eine Sekunde lang, dann umwölkte sich ihr Blick mit einer Mischung aus Trotz und Wut.

»Cat! Ich darf doch Cat sagen? Oder ist dir Miss Deal lieber? Willkommen am Eaton Place. Ich hoffe, du hast gut hergefunden!« Seine Stimme blieb professionell freundlich. Nur an den Worten konnte ein geschultes Ohr erkennen, wie aufgeregt Seine Lordschaft war. Er klang, als wäre Cat zu einem Vorstellungsgespräch bei ihm eingeladen. Aber halt – im Grunde war sie das ja.

Cat schwieg und starrte ihn fragend an. In ihrem Kopf dürfte das Durcheinander schlimmer sein als in meinem, dachte er. Und er fragte sich, warum Cat eine Hand immer noch in ihrer Hosentasche versteckt hatte.

»Wollen wir uns setzen? Du weißt ja bestimmt schon, warum ich dich hergebeten habe.« Verunsichert, weil Cat seinen Gruß nicht erwiderte, wies er auf das weiße Ledersofa, dessen Lehne zur Tür zeigte.

Doch statt den ihr zugewiesenen Platz einzunehmen, begann das Mädchen im Zimmer herumzulaufen.

»Danke, Vincent«, sagte Lord Peter an seinen Butler gewandt. »Ich brauche Sie heute Abend nicht mehr.«

»Wie Eure Lordschaft wünschen«, verneigte sich der Butler kurz und verabschiedete sich mit dem Wort »Mylady« von Cat.

Sie drehte sich um und erwiderte amüsiert: »Nicht dass ich wüsste. Aber danke. Ihnen auch einen schönen Abend.«

Die Tür fiel lautlos ins Schloss.

Ich versuchte cool zu bleiben, so gut es ging. Aber was bitte war hier los? Charlie – *Seine Lordschaft*? Und warum beauftragte mich ein Adliger mit der Beschaffung eines teuren Armbands? Eines Armbands, das angeblich einer verarmten griechischen Familie zustand? Hier stimmte doch irgendwas nicht!

Aufmerksam scannten meine Augen den Salon nach Kameras, Mikrofonen oder anderem verdächtigen Zeug ab. Die Mitte des Raumes beherrschten zwei weiße lederne Dreisitzer. Dazwischen befand sich ein Couchtisch, auf dem weder eine Vase noch sonst irgendwelcher Kram den Staub fingen. Auch auf dem Kaminsims, der in die rechte Wand neben dem Eingang eingelassen war, fand sich weder ein Familienfoto noch etwas annähernd Persönliches.

»Willst du dich nicht doch setzen?«, bat mich mein Gastgeber. Oder wie sollte ich ihn nennen: Charlie, Lügner, Erpresser, Kidnapper, neuer Auftraggeber?

»Nein, danke. Ich steh lieber«, antwortete ich stattdessen boshaft, denn ich wusste, nach den Anstandsregeln dieser Aristokraten durfte »Seine Lordschaft« erst Platz nehmen, wenn ich mich setzte.

Ich muss zugeben, ich genoss mein kleines bisschen Macht.

»Auch gut. Aber bestimmt hast du ein paar Fragen?«, erwiderte Seine Lordschaft, und ich meinte eine Spur von Frust aus seiner Stimme zu hören.

»Warum ausgerechnet Basalt?«

Diese Frage brachte ihn aus dem Gleichgewicht. Wahrscheinlich hatte er mit so ziemlich allem gerechnet, zum Beispiel der Frage: Wer er wirklich war? Aber ich wollte ihn noch etwas zappeln lassen. Er hatte mich reingelegt und sich als Hausmeister im Schwimmbad ausgegeben, da konnte ich mich doch auch ein wenig rächen, selbst wenn es vielleicht kleinlich war.

»Ich kenne Basalt nur von Arbeitsplatten in Küchen oder auf einem Bartresen, aber nicht als Platte eines Couchtisches?« Ich grinste frech und schritt weiter über die Walnussholzdielen. An den Wänden hingen statt Gemälden gerahmte Fotos berühmter Londoner Bauwerke in Schwarz-Weiß. Alles schien so unwirklich. Für einen Moment dachte ich, ich wäre in einer Ausgabe von *Schöner Wohnen* gefangen, bis ich die winzigen Überwachungskameras entdeckte, die geschickt in den weißen Holzpaneelen zwischen den Deckenstrahlern platziert waren. Wirklich gute Arbeit. Aber ich war schon zu lange im Geschäft, um sie nicht zu bemerken. Ich winkte in die Linse der Lupuscam. Das Schätzchen machte bestimmt ein gestochen scharfes Bild meines Mittelfingers.

»Der Basalt stammt vom Svartifoss. Dem isländischen Wasserfall«, ließ sich Seine Lordschaft auf mein Spiel ein. »Auf einer Reise über die Insel habe ich mich in diese Gesteinslandschaft verliebt und wollte etwas zur Erinnerung mitnehmen.«

»Normale Menschen machen ein Foto«, meinte ich lässig und schmiss mich in das Sofa, das mir vor einer Weile zugewiesen worden war. Von hier hatte ich den besten Überblick über den Raum, auch wenn die Tür in meinem Rücken lag. Es war das kleinere Übel.

»Nun ja. Ich bin eben nicht …«

»… normal? Dachte ich mir. Warum haben Sie im Schwimmbad nicht einfach was gesagt? Da wussten Sie doch schon, wer ich bin, oder nicht? Und wie soll ich Sie eigentlich nennen – Charlie, Eure Lordschaft oder Herr Hausmeister?«

»Einfach Lord Peter. Mein voller Name Peter Charles Michael William Haversham der Vierte, Baron von Leonwood Castle ist ein bisschen zu umständlich.«

»Also gut. Dann sollten wir, Lord Peter« – wobei ich seinen Namen leicht übertrieben aussprach – »mal zum Punkt kommen. Ich habe nicht viel Zeit.«

»Einverstanden. Widmen wir uns ohne Smalltalk dem Thema deines Besuches.«

»Bitte. Es sei denn, Sie wollen unbedingt über die Vorzüge und Nachteile von Basalt reden«, meinte ich und beobachtete argwöhnisch, wie Lord Peter auf die Wand links von mir zulief. Er drückte auf einen Knopf neben dem Fenster und plötzlich öffnete sich eine schmale Tür. Ich war überrascht. Das Versteck war mir nicht aufgefallen!

»Bevor wir in die Einzelheiten gehen«, ignorierte er meine freche Bemerkung, »willst du vielleicht eine Kleinigkeit essen oder etwas trinken?«

Den Teufel würde ich tun! Schon mal was von Rohypnol gehört? Ich ließ mich nicht so einfach k. o. setzen.

Die Erwähnung von Essen machte jedoch Simon kribbelig, der bisher tapfer still gehalten hatte. Seine Barthaare zitterten vor Aufregung. Ich nahm ihn in die Hand, streichelte ihn kurz und setzte ihn auf meine Schulter. Seine Lordschaft reagierte völlig unaufgeregt.

»Und du musst Simon sein, hallo«, begrüßte er ihn. »Du hast bestimmt Hunger. Sind ungesalzene Käsecracker und Weintrauben gut für ihn?«

»Cracker und Trauben sind in Ordnung.« Obwohl ich es ungern zugab, staunte ich über seine Reaktion oder besser gesagt Nichtreaktion. Aber wahrscheinlich hatte Sofie ihn vorgewarnt. Lord Peter tat Simons Essen auf einen kleinen Teller, den er auf dem Holzboden neben dem Tisch abstellte. Simon sprintete sofort los. So viel zum Thema Loyalität.

»Ich habe viel von dir gehört. Du bist sehr gut.« Er lief wieder zum Wandschrank und kam mit einer geschlossenen Flasche Wasser und zwei halbhohen Kristallgläsern zurück, die er auf den Tisch zwischen uns stellte.

»Danke. Aber erzählen Sie mir was Neues!« Eine unangenehme Stille breitete sich aus. »Wow, das sollte nicht so überheblich rüberkommen.« Die ganze angespannte Atmosphäre machte mich nervös und unsicher.

»Ist schon gut«, wiegelte Lord Peter ab. »Ich war ja auch nicht besonders ehrlich zu dir. Das mit der Hausmeistersache tut mir leid. Ich wollte dich persönlich kennenlernen, ohne all das hier.« Er wies mit seiner linken Hand durch den Raum. »Mein Leben wirkt auf die meisten Menschen einschüchternd.«

»Da brauchen Sie sich bei mir keine Sorgen zu machen. Mich haut so schnell nichts um. Außerdem bin ich nicht zum ersten Mal in einer so stinkvornehmen Stadtvilla«, hielt ich dagegen und notierte in meinem Gehirn, dass mein Gegenüber Linkshänder war.

»Aber du bist zum ersten Mal eingeladen worden!«

»Punkt für Sie«, nickte ich. »Obwohl die Einladung ja nicht ganz stilecht war, oder?«

Lord Peter lachte kurz auf. »Ja. Ich beauftrage nicht jeden Tag eine Diebin mit einem Job, der schiefgeht, und treffe mich dann mit ihr, um den Schaden zu begrenzen.«

Zack, da war sie wieder, diese peinliche Stille.

Lord Peter räusperte sich. »Nun. Es ist niemand zu Schaden gekommen«, redete er weiter. »Die Versicherung übernimmt den Brandschaden. Die Polizei geht von jugendlichen Vandalen aus, die einen Brandsatz durch die Tür geworfen haben. Diese Vorgehensweise ist wohl ein beliebtes Aufnahmeritual einer Gang aus dem Süden.«

»Die kommen aber normalerweise nicht in diese Gegend«, hielt ich dagegen.

»Das weiß die hiesige Polizei aber nicht!«

»Und das klingt, als hätte Eure Lordschaft das so arrangiert!«, wagte ich mich mal ein wenig vor.

Er lächelte nur vielsagend.

»Wissen Sie, wo das Armband ist?«

»Ich habe es dem anderen Dieb abgekauft.«

»Aber ...!«, wollte ich protestieren.

Doch Lord Peter unterbrach mich. »Das war die beste Lösung.«

Was sollte ich darauf sagen? Meinem schlechten Gewissen wurde noch schlechter. Leicht verunsichert wandte ich den Blick ab, als es leise an der Tür klopfte.

»Es tut mir leid, Sie zu stören, Eure Lordschaft. Aber da ist ein dringender Anruf für Sie.« Vincent hatte sich den Abend scheinbar doch nicht freigenommen.

Seine Lordschaft nahm die Pause willkommen an.

Und auch ich hatte nichts dagegen einzuwenden. »Kein Problem. Wo kann ich mich mal frisch machen?«

»Vincent zeigt dir das Bad. Ich beeile mich. Es wird nicht lange dauern«, entschuldigte sich der Hausherr.

»Lassen Sie sich ruhig Zeit. Keine Eile«, antwortete ich und schnappte mir Simon, der sich nur widerwillig von dem Teller trennte, neben dem er satt eingeschlafen war. »Wenn du ganz lieb bist, bekommst du vielleicht noch ein Leckerli«, versuchte ich ihm die Trennung zu erleichtern. Ich war mir immer noch nicht im Klaren darüber, was hier eigentlich lief. Gut, Charlie war in Wahrheit kein Hausmeister. Überraschte mich das? Nicht wirklich!

Ich wusch meine Hände und spritzte mir Wasser ins Gesicht. Suchend tastete ich nach dem Gästehandtuch, das in einem verchromten schmalen Regal rechts von mir lag, und trocknete mich ab. Das Bad war eindeutig für einen Mann gestaltet worden. Dunkle Erdtöne beherrschten den schmalen Raum. Ich legte mein benutztes Handtuch auf die Ablage neben dem sandfarbenen Waschbecken, streifte mit dem Zeigefinger über die kantige Edelstahlarmatur und wischte einen verirrten Wassertropfen ab. Kein Gold, kein roter Plüsch, kein Pomp. Simpel und klar, so wie ich es mochte. Lächelnd sah ich Simon an, den ich auf die tintenschwarze Marmorablage unter dem Spiegel gesetzt hatte und der konzentriert seine Barthaare putzte.

Lord Peter hatte das Problem mit dem Armband aus der Welt geschafft. Und das für einen sehr hohen Preis. Dafür musste ich ihn entschädigen, das war mal sicher. Selbst wenn Seine Lordschaft das ablehnen würde, müsste ich darauf bestehen. Es gehörte zu meiner Ehre als Diebin, dass ich geradebog, was ich verbockt hatte. Entschlossen schaute ich mein Spiegelbild an. Die Entschlossenheit verlor etwas von ihrer Wirkung durch die unzähligen Sommersprossen, die sich auf meiner Nase und den Wangenknochen tummelten. Tante J. liebte die Teile, weil sie mir ein »so niedliches Aussehen« verliehen. Ich dagegen …

Schritte hallten über den Flur. Das Telefonat schien beendet zu sein. Schnell schnappte ich mir Simon und verließ das Gästebad, das größer war als mein Zuhause. Ich lief allein zum Salon, zwei Türen weiter, zurück.

»Die Unterbrechung tut mir leid, aber ich musste den Anruf annehmen. Es war wichtig.«

»Wie schon gesagt, kein Problem.«

Wir setzten uns auf unsere Plätze und das Schweigen war wieder da.

Ich sammelte all meinen Mut zusammen. »Also gut. Jetzt mal ganz ehrlich und ohne Ausreden: Was genau wollen Sie von mir?«

»Du sollst, gemeinsam mit meinem Team, ein Bild aus dem Archiv der Tate Modern austauschen.« Lord Peter kam direkt auf den Punkt.

»Kurz und knackig!« Anerkennend lupfte ich meine rechte Augenbraue. »Und dann sind wir quitt?«

Die Augen meines Gegenübers verengten sich leicht. Es schien, als würde Lord Peter überlegen, wie er auf meine Frage reagieren sollte. Anstatt mir zu antworten, öffnete er bedächtig den Schraubverschluss der dunkelblauen S. Pellegrino-Flasche und schenkte sein Glas halb mit Wasser voll. Eine Verlegenheitsgeste, um Zeit zu gewinnen. War die Antwort auf meine simple Frage wirklich so schwer?

»Nun«, begann er vorsichtig. »Es ist immer schwer, gute Leute zu finden. Ganz besonders in deiner Branche, Cat.

Ich würde natürlich hoffen, dass ich dich wieder ansprechen könnte, wenn ich noch mal einen Job hätte, bei dem ich deine Qualitäten bräuchte.«

»Hören Sie. Das ist nicht das, was Sie mit meiner Hehlerin abgesprochen haben. Es geht um diesen einen Job. Von weiteren war nie die Rede. Ich arbeite nicht im Team. Das Ding in der Tate Modern ist eine Ausnahme und wird es auch bleiben. Ich gehöre nur diesmal zu Ihrem Team, weil Sie darauf bestehen.« Ich beugte mich vor und goss mir ebenfalls einen Schluck Wasser ein. Seine Lordschaft hatte davon getrunken und zeigte keine Ausfallerscheinungen. Das Zeug war also clean. »Und jetzt hätte ich gern, dass Sie mir erzählen, was genau der Job ist.«

»Das ist nicht ganz so schnell erzählt. Dafür muss ich ein wenig ausholen.«

»Mir wäre die Twitterversion lieber. Ich muss nämlich noch Hausaufgaben machen.«

»Ich verspreche, ich versuche mich kurz zu fassen, aber in 140 Zeichen werde ich das nicht schaffen.« Die Bemerkung brachte uns zum Lachen und entkrampfte die Situation sichtlich.

»Kennst du den deutschen Maler Kurt Schwitters?«

»Ich glaube schon. War der nicht Expressionist wie Picasso und hat während des Krieges in London gelebt?«

»Nein und ja. Schwitters gehörte zur künstlerischen Strömung des Dadaismus, der sich in den Zwanzigerjahren in Deutschland entwickelte. 1940 floh Schwitters vor den Nazis zu uns nach England.«

»Und?«

»Schwitters hatte in Deutschland eine, wie man heute sagen würde, Fangemeinde. Vor allem jüdische Sammler waren schon früh auf seine Kunst aufmerksam geworden. Die Bilder, die damals noch zu erschwinglichen Preisen zu haben waren, verkauften sich ganz gut. Schwitters malte 1937 sein heute berühmtes Bild *Rote Linie 1*. Es gab aber noch eine weitere Reihe, aus der das Bild *Grüne Linie 2* stammt und von dem nicht allgemein bekannt ist, dass es überhaupt existiert.«

»Aber es gibt das Bild, und Sie wollen es jetzt haben!«

Lord Peter nickte bedächtig. »Vereinfacht ausgedrückt, also in der Twitterversion: ja.«

»Na gut. Dann die lange Version.« Meine Neugier gewann die Oberhand.

»Levi Markstein, ein Freund des Malers, kaufte das Bild für seine Kunstsammlung. Es war nicht das einzige Werk Kurt Schwitters', mit dem der Kaufmann seine Wohnung in Hannover schmückte. Die Machtübernahme der Nazis in Deutschland änderte alles.«

»Vor allem für deutsche Juden.«

»Ja, genau. Markstein fühlte sich aber nicht als Jude. Er war Deutscher und dachte somit, dass all das, was um ihn herum geschah, ihn nicht treffen würde. Er vertraute seinem Volk, seinen Nachbarn, seinen Freunden.«

»Fataler Fehler«, bemerkte ich.

»Mit Folgen.« Lord Peter beugte sich zum Boden und klaute sich einen Cracker von Simons Teller. »Markstein sah die Zeichen der Zeit nicht. Oder wollte sie nicht sehen«, sprach er weiter, nachdem er den kleinen Snack mit einem Schluck Wasser hinuntergespült hatte. »Auch als einige seiner Freunde ins Exil flohen. Er blieb. Bis seine Wohnung Anfang 1939 von der SS geräumt und seine Sammlung an einen Kunsthändler übergeben wurde. Erst da wurde ihm klar, dass er das Land würde verlassen müssen, um zu überleben. Am besten in die USA.«

Ich stieß einen leisen Pfiff aus. »Was wurde aus Schwitters' *Grüne Linie 2*?«

»Der genaue Weg des Bildes lässt sich nicht mehr nachvollziehen. Üblicherweise mussten die staatlichen Kunsthändler, und andere gab es nach 1933 in Deutschland nicht mehr, die erbeuteten Sammlungen auf Auktionen zu Geld zu machen. Fest steht, dass es irgendwie nach London gekommen ist.«

»Woher wissen Sie das?«

»Ich habe das Bild gesehen!«, antwortete Lord Peter. »Es ist mir vor einem Monat zum Kauf angeboten worden.«

»Echt jetzt!? Vom Kurator der Tate?«

»Nein, von einem Mitarbeiter des Archivs.«

»Und jetzt wollen Sie dieses Kunstwerk, von dem keiner außer dem Verkäufer und Ihnen etwas weiß, für sich selbst haben. Und damit Sie es nicht bezahlen müssen, soll ich es für Sie stehlen.« Ich beugte mich vor und trank so lässig wie möglich von meinem Wasser.

»Oh nein.« Er hob abwehrend die Hände und lehnte sich in seiner Couch zurück. »Ich will das Bild nicht für mich. Ich will es den Erben von Levi Markstein, den legitimen Besitzern, zurückgeben.«

»Okay.« Ich war ehrlich überrascht. »Warum zeigen Sie den Kunstdealer dann nicht einfach an und geben den Erben das Bild zurück?«

Lord Peter schaute mich an und ich meinte einen Anflug von Wut in seiner Stimme zu hören. »Weil das nicht geht. Denn nach dem Gesetz ist der Kauf eines Gegenstandes über eine öffentliche Auktion ein Akt, der den Gegenstand legalisiert. Das heißt, wenn ich ein gestohlenes Werk auf einer Versteigerung erwerbe, dann gehört es legal mir und kein Gericht der Welt kann es mir wieder wegnehmen.«

»Auch wenn man nachweisen kann, dass es Diebesgut ist?« Ich war entsetzt.

»Ja.«

»Na gut. Nehmen wir mal an, ich glaube Ihnen. Und das ist wirklich nur eine Annahme. Warum tun Sie das? Warum setzen Sie das alles hier …«, meine Hand schwang durch den Salon, »… aufs Spiel? Sollte irgendjemand Wind von der Sache bekommen, dann sind Sie und Ihr Team geliefert.«

»Das ist mein Problem. Nicht deines. Du sollst mir nur helfen, das Original aus dem Museum zu holen.«

Ich schüttelte den Kopf. »Nicht so schnell. Ihre Idee, *Grüne Linie 2* wieder den Menschen zu übergeben, denen es gehört, finde ich toll, und schon das allein wäre vielleicht ein Grund, diesen Job durchzuziehen. Aber ich werde es nicht angehen, wenn Sie mir nicht ehrlich sagen, warum ausgerechnet der hoch angesehene Peter Charles Michael William Haversham der Vierte, Baron von Leonwood Castle, sein Leben für ein einzelnes Bild riskiert. Hören Sie. Ich will Sie nicht der Polizei übergeben. Ich weiß so gut wie nichts über Sie. Nur dass Sie ein fairer Mensch sind, der mir eine Chance gibt, einen Fehler wiedergutzumachen. Aber wenn Sie mir nicht die Wahrheit sagen, kann ich Ihnen nicht vertrauen. Wenn es Ihnen wirklich ernst ist damit, dann raus mit der Sprache. Ansonsten verkaufe ich lieber mein Hausboot und zahle Sie aus.«

Meine Stimme und meine Körperhaltung strahlten Entschlossenheit aus. Innerlich zitterte ich, als steckte mein nasser Finger in einer 230-V-Steckdose. Ich hatte mich gerade ziemlich weit aus dem Fenster gelehnt und alles auf eine Karte gesetzt. Und wenn ich müsste, würde ich es auch durchziehen. Auf der anderen Seite hoffte ich, dass es nicht nötig wäre. Vertrauen ist keine Einbahnstraße!

Lord Peter machte eine Pause und schaute mir direkt in die Augen. »Die Nazis waren nicht die Einzigen, die sich an Raub- und Beutekunst bereicherten oder davon wussten. Einige der Menschen, die von diesen kriminellen Machenschaften profitierten, stammen aus meiner Familie.«

Erstaunt stieß ich einen Pfiff aus. Das war ja mal eine starke Ansage. Damit hatte ich echt nicht gerechnet.

»Mein Vater, mein Großvater und dessen Vater arbeiteten alle im diplomatischen Dienst Großbritanniens.« Lord Peter klang leise und konzentriert. »Über die Jahre lebte meine Familie in allen Winkeln der Welt und auf allen Kontinenten. In den Zeiten der Kolonialkriege und im ersten und zweiten Weltkrieg gingen über die Schreibtische meiner Vorfahren die Unterlagen über die Plünderung und Zerstörung historischer Stätten weltweit, inklusive den Angaben, welche Schätze nach England verschifft worden waren.« Lord Peters Stimme brach und er musste sich räuspern, bevor er weitersprechen konnte. »Sie machten Kopien von diesen Unterlagen und versteckten sie auf unserem Landgut. Nachdem mein Vater gestorben war, fand ich in der Bibliothek von Leonwood Castle die Tür zu einem geheimen Raum. Einem Archiv, in dem sie diese Kopien aufbewahrt hatten.«

»So haben Sie von *Grüne Linie 2* erfahren?«

»Nicht ganz. Ich erfuhr von der Sammlung, die sich einmal in Marksteins Besitz befunden hatte. Und dass einige der Werke als verschollen galten. Aber es schärfte meine Sinne, und als mir das Bild zum Kauf angeboten wurde, erkannte ich es sofort. Ich wusste, dass die Chance gekommen war, endlich aktiv zu werden.«

»Warum hat ihr Vater nichts getan?«

»Ich habe keine Ahnung, und fragen kann ich ihn nicht mehr. Ich kann nicht beeinflussen, was meine Familie getan oder nicht getan hat. Aber ich kann versuchen, den Schaden einzudämmen. Von Wiedergutmachung möchte ich nicht reden, denn die Vergangenheit kann man nicht auslöschen.«

Ich schwieg und schämte mich ein bisschen dafür, Lord Peter falsch eingeschätzt zu haben. Nach allem, was ich nun über ihn wusste, hatte er keinen Grund, sich illegal an etwas zu bereichern. Es sei denn der Spruch *Man kann nie genug Geld haben* stimmt.

»In den vergangenen Jahren habe ich ein weltweites Netzwerk gespannt, das mich über vermisste oder gestohlene Kunstwerke oder Kulturgüter auf dem Laufenden hält. Und ich werde die Listen abarbeiten, so gut es geht. Nur kann ich das nicht allein bewerkstelligen. Jedes Mitglied des Teams verfügt über ein besonderes Talent. Eine Begabung, die wichtig ist, um das Projekt erfolgreich zu machen.«

»Wer ist das Team?«

»Nun, bisher sind das Asim, ein Computergenie, und ich, der Planer und Geldgeber sozusagen.«

Lord Peters Geschichte klang ehrlich. Ich fasste einen Entschluss.

»Gut. Ich werde Ihnen helfen. Aber nur dieses eine Mal. Ich sagte Ihnen schon, dass ich kein Teamplayer bin. Ich arbeite allein.«

Ich sah, wie sich Enttäuschung in Lord Peters Gesicht ausbreitete. Nur für einen kurzen Augenblick, dann hatte sich der Mann wieder im Griff. Und irgendwie tat es mir leid, ihn seiner Hoffnung beraubt zu haben, aber ein Team war einfach nicht mein Ding.

»Dann bleibt nur noch eins zu klären«, meinte Seine Lordschaft und beugte sich zu mir. »Wirst du mich verraten?«

»Nein! Echt jetzt? Was denken Sie denn von mir? Nein. Sie kennen mein Geheimnis, und ich kenne Ihr Geheimnis, mit dessen Skandalpotenzial ich Sie fertigmachen könnte. Ich werde schweigen, solange Sie es tun. Sehen wir es als eine Art Rückversicherung der gegenseitig zugesicherten Vernichtung an.«

Lord Peter grinste, und zum Zeichen unseres Einverständnisses gaben wir uns die Hand. Genervt, weil wir ihn geweckt hatten, trottete Simon zur Tür des Salons, die sich just in dem Moment öffnete.

»Asim!«, freute sich Seine Lordschaft. »Komm rein. Dann kann ich dich gleich vorstellen. Asim, das ist Cat Deal. Sie wird uns bei der Tate unterstützen. Cat, das ist Asim, mein Computergenie.«

»Freut mich.« Doch so kurz angebunden klang es eher wie

das Gegenteil. »Ich hab hier die Akte mit den Informationen, die Sie Cat geben wollten.«

»Die kannst du mir auch direkt geben. Ich stehe neben dir!«

Asim hielt mir einen blauen Papierhefter hin.

Ohne mir die Seiten anzusehen, lief ich zum Kamin und zündete ihn an. »Wenn ich ins Team soll, dann müssen wir ein paar Regeln festlegen. Und die erste ist: keine schriftlichen Anweisungen, die Außenstehenden in die Hände fallen können. Was wir jetzt wegen des Bruchs besprechen, kann ich mir auch merken.« Ich tippte mir mit dem Finger an die Stirn, um zu signalisieren, was für ein helles Köpfchen ich war. Wortlos sahen Seine Lordschaft und Asim dabei zu, wie die Akte in Rauch aufging.

»Worauf warten wir noch? Ich hab nicht die ganze Nacht Zeit. Ich muss bis Montag eine Hausarbeit für Geschichte schreiben.«

»Du meinst die, die da gerade vor sich hinkokelt?« Asim konnte sich ein Grinsen nicht verkneifen. »Es war alles dabei. Und wie verlangt habe ich mich – entschuldige – hast du dich auf die Zeit zwischen 1815, dem Ende der Napoleonischen Kriege, und den ersten Weltkrieg 1914 konzentriert. Die Zusammenfassung mit deiner persönlichen Einschätzung war mir richtig gut gelungen. Aber leider ...!«

TRACK: 06
TITLE: UNGEDULD UND VORFREUDE

Adrenalin ist eine geile Sache. Die meisten machen Sport für den Kick. Auch ich muss für meine Jobs körperlich fit sein, Ausdauer haben und einen Gegner schlagen. Der beste Sport, oder?

Mitternacht war seit zwei Stunden vorbei, und ich fand immer noch keinen Schlaf. Wenigstens musste ich mir um die Schule keine Gedanken mehr machen. Asim, dieser Wichtigtuer, hatte tatsächlich die »Güte« besessen, den Aufsatz noch mal auszudrucken. Aber erst nachdem ich mich zum Affen gemacht und mich entschuldigt hatte.

Simon lag im Schlafzimmer und ließ sich vom Schaukeln des Hausbootes ins Traumland lullen. Ich dagegen hockte auf meinem Sofa, klapperte mit dem Löffel in einer halbleeren Tasse Lemon-Ingwer-Tee und dachte über den Plan nach, den Lord Peter und Asim sich ausgedacht hatten.

Die Tate Gallery of Modern Art, besser bekannt als Tate Modern, liegt direkt am südlichen Ufer der Themse in Southwark. Das Gebäude gehört zu den größten Ziegelbauten Englands. Auf 200 Metern Länge konstruierte man Ende der späten 1940er-Jahre einen Stahlrahmen und verkleidete ihn mit Ziegeln, um darin ein Ölkraftwerk zu beherbergen. Beim Umbau des 1981 stillgelegten Geländes hatte man den Industrielook erhalten, inklusive des 99 Meter hohen zentralen Schornsteins.

Wie jeder Schüler Londons hatte auch ich vor zwei Jahren die Ehre, dem Museum auf einem Klassenausflug einen

Besuch abzustatten. Mich hatten allerdings weniger die ausgestellten Kunstwerke als vielmehr die Sicherheitsvorkehrungen interessiert. Das sollte mir jetzt zugutekommen. Zusammen mit dem, was mir Asim erzählte, hatte ich eine ziemlich genaue Vorstellung von dem, was mich erwartete.

Die ehemalige Turbinenhalle, das Herzstück der Tate, hat eine Höhe von 35 Metern. Sie ist 155 Meter lang, 23 Meter breit und in der Decke sind 524 Fenster eingebaut, die den gesamten Raum mit Tageslicht fluten. Einen Einstieg über das Dach würde, wegen der Höhe von zehn Stockwerken eines normalen Hochhauses, keiner versuchen, der nicht wahnsinnig wäre. Und genau aus diesem Grund hätte ich mir über das Dach Zutritt verschafft, wenn ich den Job geplant hätte. Hatte ich aber nicht.

Die Türen des Museums waren über einen Zahlencode gesichert, konnten aber von der Sicherheitszentrale aus entriegelt werden. Tagsüber waren die Türen natürlich für die Besucher geöffnet. Und alle Sicherheitsanlagen der Tate auf ein notwendiges Minimum heruntergefahren, damit niemand einen unliebsamen Fehlalarm auslöste. Die Kunstwerke wurden nur von Kameras überwacht und waren nicht extra durch Sensoren oder Ähnliches geschützt, sondern glichen in Echtzeit die aktuellen Aufnahmen mit einem Normalbild ab, das als Standard definiert war. Bei der kleinsten Abweichung von der Normalität löste das System einen Alarm aus, der an das Sicherheitspersonal gemeldet wurde. Das hatte zwei Vorteile: erstens Einsparung von Kosten. Jedes Exponat einzeln zu sichern wäre ein immenser finanzieller Aufwand, den die Museen nicht stemmen konnten. Zweitens beugte man Fehlalarmen vor. So mancher Besucher berührte die Bilder oder trat so nah an sie heran, dass jeder Bewegungsmelder sofort Alarm schlagen würde. Die einzige »Sicherung« der Werke während der Öffnungszeiten waren die Museumswächter in jedem Raum. – PS: Die verdienen so wenig, dass man sie locker schmieren konnte, wenn man wirklich an einem Gemälde interessiert war. – In der Nacht war das Personal auf zwei Wachleute reduziert. In dieser Zeit zeichneten die Kameras alles auf, was um die Kunstwerke herum passierte, und das war meistens: nichts! Wenn eine clevere Diebin wie ich ein Objekt aus der Ausstellung würde stehlen wollen, dann nicht ohne ihre trendige Stirnlampe mit Infrarotstrahl, die jede Kamerasoftware in die Knie zwingt. Ein einfacher Laserpointer täte es auch, ist aber nicht so cool.

Lord Peters Strategie setze an einem ganz anderen Punkt an. Eigentlich sollte die Ausstellungsfläche für Werke von Cézanne, van Gogh, Picasso, Matisse, Beuys oder Mark Rothko, Ed Ruscha und Jackson Pollock bis zur Olympiade massiv vergrößert werden. Weil nicht genug Geld aufgetrieben werden konnte, wurde der Anbau erst vier Jahre später fertig. 328 Millionen Euro hat der Turm, über den man geschmacklich wirklich streiten kann, gekostet. Und da nur ein Bruchteil der Summe durch Eintrittsgelder refinanziert würde, musste sich der Direktor was einfallen lassen. Immer eine gute Idee: Spendengalas für ganz besonders Zahlungskräftige und eine solche fand morgen Abend im Museum statt. Logisch, dass Lord Peter als Gönner des Museums eingeladen war. Er würde sich in den Räumen ungehindert bewegen können. Asim sollte in seinem Van hinter dem Museum in Position stehen und gemeinsam mit Simon alles überwachen. Mein kleiner Liebling konnte diesmal nicht bei mir bleiben. Ich würde nämlich, als Kellnerin verkleidet, mit dem Catering-Dienst ins Museum kommen. Wenn das Essen serviert werden sollte, würde ich mich ins Archiv schleichen und *Grüne Linie 2* mit einer Kopie vertauschen.

Das Bild ist 65 mal 54 Zentimeter groß und damit nur etwas kleiner als das A1-Papierformat. »Sollte kein Problem sein«, hatte ich zu Lord Peter gesagt. »Ich schneide es aus dem Rahmen, rolle es zusammen, mache Alufolie rum und tu so, als würde ich die Rolle zurück zum Cateringbus bringen.«

Wäre ja auch zu schön gewesen. Das blöde Bild ist auf Sperrholz gemalt! Ich hasse Künstler. Müssen die es einem so schwer machen? Na gut, sie konnten ja nicht wissen, dass man ihre Bilder mal eines Tages aus Museen würde stehlen müssen. Hätten sie es gewusst, dann hätten sie bestimmt Rücksicht darauf genommen.

Egal, Asim und Lord Peter hatten auch dafür eine Lösung.

Ich sollte die Kopie in der ausgehöhlten Deckplatte des Servierwagens verstecken, den Austausch vornehmen und dann mit dem Wagen auf den Hof fahren, wo ich Asim das Bild übergeben würde. Nach der Übergabe sollte ich mich wieder den normalen Aufgaben einer Kellnerin widmen. Und wenn meine Schicht bei der Gala beendet war, würde ich auf meine Vespa steigen, die in der Sumner Street parkte, über die Blackfriars Bridge zurück in den Norden fahren und endlich mal wieder richtig gut schlafen.

Ganz ehrlich, ich fragte mich, warum die beiden es so eilig hatten. Ja, die Spendengala war eine Supergelegenheit, um leicht in das Gebäude zu gelangen. Aber es war bestimmt nicht die einzige Möglichkeit. Der ganze Plan stammte von den beiden und ich sollte ihn nur ausführen. Das schmeckte mir nicht wirklich. So arbeitete ich nicht. Wenn irgendwas schieflaufen sollte, dann wäre ich auf mich allein gestellt. Es konnte mit Sicherheit nicht von Nachteil sein, wenn ich mich zumindest mit dem Grundriss der alten Bankside Power Station vertraut machen würde. Das hatte auch den Vorteil, dass ich während der Gala die Wege gut kannte und keine Zeit vergeudete.

Ich klappte mein MacBook auf und wählte mich ins Darknet ein. Dort gibt es so was wie ein Shoppingportal, in das man seine Bestellung eintippt und in kürzester Zeit die Ware, in meinem Fall Informationen, erhält. Natürlich wechselt kein echtes Geld den Besitzer, sonst könnte ich mir das überhaupt nicht leisten. Nein, ich beziehungsweise mein Alias bezahlte mit Gefallen oder Informationen, die ein anderer Teilnehmer brauchte. Ein Schulfreund, der eine Klasse über mir war, hatte mich vor zwei Jahren ins Darknet eingeladen. Niemand, dessen Vertrauenswürdigkeit nicht überprüft worden war, bekam Zugang zu diesem geschlossenen System. Mein Freund ist heute noch eines der bekanntesten Mitglieder. Er ist ein wahnsinnig guter Hacker und Experte für Verschwörungstheorien zum Thema Unterwasserkriegsführung. Na ja, wem's gefällt!

Mein Kontakt schrieb mir, dass er noch ein paar Minuten bräuchte, um das Material zu besorgen, also stand ich auf und holte mir einen kleinen Imbiss aus dem Kühlschrank. Auf meiner Heimfahrt vom Eaton Place hatte ich einen Zwischenstopp bei einem Inder eingelegt, der 24 Stunden geöffnet hatte, und mir ein Gemüsecurry mit Reis to go gegönnt. Die Portion war riesig, und da Simon so scharfes Essen nicht vertrug, hatte ich die Hälfte in den Kühlschrank gestellt.

Ich steckte die Gabel in den Styroporbecher und schaufelte mir die kalten Reste in den Mund, während ich wieder zu meiner Sitzecke zurücklief. Ein helles Pling ertönte. Ich stellte das Essen auf dem Tisch ab, rieb meine Hände an der Hose sauber und sah auf den Bildschirm. Gemma – der Name war natürlich auch nicht echt – meldete sich und schickte mir die Pläne, die ich brauchte.

Den Rest des Samstags prägte ich mir die Wege im Museum genau ein, ging noch einmal die Absprachen mit Lord Peter und Asim durch, probierte meine Uniform an und testete den Ohrstöpsel für unsere Kommunikation, indem ich mich kurz mit Asim unterhielt, der auch einen besaß. So würden wir die gesamte Zeit über Kontakt halten. Ich hätte auch mit Lord Peter sprechen können, aber der hatte seinen Ohrwurm nicht in Gebrauch. Er würde ihn erst am Sonntagabend tragen. Ein ausgeklügeltes Kommunikationssystem mit einem großen Nachteil: keine Musik! Damit fiel ein wichtiges Element meiner Arbeitsroutine weg. Noch ein Punkt, warum mir das Ganze schwer im Magen lag.

Am Abend schwamm ich noch ein paar Bahnen. Ich ging früh zu Bett, jedenfalls für meine Verhältnisse. Der Sonntag würde lang und anstrengend werden. Um 9:00 Uhr früh sollte ich in der Cateringfirma *Cuisine farci* antreten. Mitten in meiner Tiefschlafphase! Ob der Inhaber wusste, dass der Name seines Ladens *Küche Gemüse-Fleisch-Auflauf* bedeutete?

Oh Mann, Fremdsprachen sollte man beherrschen, bevor man sie benutzte.

Sonntag, 17:30 Uhr.
Zufrieden zog Lord Peter sein schwarzes Jackett über das einfache elfenbeinfarbene Hemd mit Kent-Kragen. Er stand vor dem mannshohen Spiegel in seinem Ankleidezimmer im ersten Stock und taxierte die Fliegen, die Vincent für das Ensemble bereitgelegt hatte. Er wählte die klassische Variante in einem tiefen Fliederton. Während die meisten Männer Krawatten bevorzugten, trug Seine Lordschaft lieber Fliegen. Sie entsprachen seinem leicht exzentrischen Wesen. Hose und Schuhe in Schwarz rundeten seinen Auftritt ab. Lord Peter wollte so auffällig unauffällig auftreten wie möglich. Die anwesenden Gäste auf der Gala sollten sich an ihn erinnern, aber nicht zu sehr. Er musste perfekt ins Bild passen.

Wie immer auf solchen Veranstaltungen würde er jede Menge Smalltalk halten, würde sich interessiert die Exponate ansehen und alles und jeden unauffällig beobachten.

Das war der Plan.

In einer halben Stunde holte ihn der Limousinenservice der Tate Modern ab. Der Fahrer würde ihn nach der Veranstaltung absetzen, wo immer er wollte.

Cat stand bereits unter Strom, und Lord Peter hatte ein ums andere Mal lachen müssen, wie sie mit dem Chef des Cateringservice, der sich selbst *Chef étoilé* nannte, aneinandergeraten war. Der Mann tat, als wäre er ein französischer Spitzenkoch, dabei hatte er das Land noch nie betreten, geschweige denn dort kochen gelernt. Er stammte aus Liverpool und hatte dort ein kleines, wirklich exquisites Restaurant geführt. In London wäre er mit einem solchen Lebenslauf nicht einmal in einer Fish-and-Chips-Bude angestellt worden. Deshalb hatte er sich ein exzentrisches Auftreten inklusive falschen Akzents zugelegt und so die Londoner Upperclass im Handumdrehen erobert. Es gab eine Welt, die betrogen werden wollte. Lord Peter gönnte dem Mann seinen kurzen Ruhm. In ein paar Monaten würde kein Hahn mehr nach ihm krähen.

Cat, Asim und er selbst hielten seit dem Aufstehen Kontakt miteinander, über ihre Ohrstecker. Die Geräte waren so klein, dass man sie kaum sehen konnte. Wenn er Asims Erklärungen richtig verstanden hatte, dann funktionierte das Gerät über die Leitung von Schallwellen, übertragen von den Knochen in Ohr und Kiefer. Selbst ein Flüstern wurde über eine sichere Funkfrequenz auf Asims Computer übertragen, der die einzelnen Tonspuren an die anderen Mitglieder des Teams weiterleitete.

Doch egal wie die Theorie aussah, die Hauptsache war, dass es in der Praxis funktionierte. Und das tat es, denn Seine Lordschaft hörte Asim laut und deutlich fluchen, als Simon versuchte, ein Kabel in seinem Van anzuknabbern.

»Guter Junge«, lachte Lord Peter leise.

»Ich kann Sie hören«, schimpfte Asim zurück, und Cat ließ auch nicht lange auf sich warten.

»Hey, ihr lenkt mich ab. Ich werde noch wahnsinnig, wenn ständig jemand in mein Ohr brabbelt. Und lass Simon in Ruhe, Asim! Oh verdammt, jetzt hab ich mich verzählt! Ich verstehe nicht, warum wir das Silberbesteck durchzählen sollen. So ein Schwachsinn. Das ist Sklavenarbeit!«

»Nein, ist es nicht.« Lord Peter schmunzelte. »Du wirst schließlich dafür bezahlt. Und ihr müsst alles zählen, weil ja jemand von den Gästen was stehlen könnte.«

»Genau«, meinte Asim. »Außerdem nennt man Sklavenarbeit heute Praktikum. Simon, lass das!«

»Haha, ich lach mich tot«, kommentierte Cat. »Ich nehm den Ohrstecker jetzt raus. Ich muss aufs Klo.« Und schon war sie offline.

»Setz Simon lieber in den kleinen Käfig, sonst dreht Cat noch durch. Sie ist schon nervös genug. Das wird kein Spaziergang.«

»Ich versuch es. Wann ungefähr treffen Sie ein, Lord Peter?«

»Der Service holt mich in zwanzig Minuten ab. Mal sehen, wie der Verkehr ist. Ich melde mich, sobald ich über den roten Teppich an der Pressemeute vorbeispaziert bin.«

»Okay. Bis dann.«

Lord Peter zog an seiner Fliege, als es an der Vordertür einmal kurz läutete. Das war das Zeichen, dass die Limousine angekommen war. Deshalb öffnete Vincent auch nicht die Tür, sondern überprüfte stattdessen noch einmal diskret die Kleidung seines Herrn. Alles war perfekt! Nur …

»Eure Lordschaft«, räusperte sich der Butler diskret und trat einen Schritt auf Lord Peter zu. »Die Fliege.« Er zupfte sie mit einer schnellen Bewegung an die korrekte Stelle, auf den Millimeter genau zwischen die beiden Kragenspitzen des Hemdes. »Eine hervorragende Wahl, wenn Eure Lordschaft mir das Kompliment gestatten.«

»Schmeicheln Sie mir nur, mein Lieber.« Belustigt schob Lord Peter seine rechte Augenbraue in die Höhe. »Sie haben mir die Sachen doch ausgesucht.«

»Nun, dann danke ich Eurer Lordschaft für das Lob.« Vincent nahm das vergoldete iPhone von der gläsernen Ablage des Beistelltisches und überreichte es Lord Peter. Der steckte das ultraschmale Smartphone, auf der die elektronische Einladung für die Gala gespeichert war, in die linke obere Innentasche seines Jacketts. Ein dunkelbraunes Lederetui mit zwei Kreditkarten und seinem Ausweis bewahrte er in der darunterliegenden Innentasche auf. Mehr brauchte er nicht, wenn er das Haus verließ.

TRACK: 07
TITLE: TATE MODERN

Es gibt Momente, in denen ich gern in die Zukunft schauen würde. Nur ein klitzekleiner Ausblick auf das, was kommt.

Asim kontrollierte das technische Equipment, das er eigenhändig im Van installiert hatte. Das Innenleben der Mercedes V-Klasse konnte es locker mit der Kontrollstation der NASA aufnehmen. Er war zusammen mit der Wagenkolonne von *Cuisine farci* am frühen Morgen hinter dem Museum eingetroffen. Alle Wagen waren weiß lackiert und mit dem verschnörkelten grün-roten Namenszug des Unternehmens auf beiden fensterlosen Seiten versehen.

Asims Van sah genauso aus. Das einzige Anzeichen, dass er nicht wirklich dazugehörte: Er stand ein wenig abseits der anderen.

Kaum geparkt, nahm Asim seine Arbeit auf und hackte sich in die Überwachungsanlagen des Museums. Das Stahlgitter, das früher den alten Ziegelbau stützen sollte, wirkte heute fast wie ein faradayscher Käfig und erschwerte das Hacken des Sicherheitssystems von außen ungemein, machte es aber nicht unmöglich. Über einen Verstärker das Signal abzunehmen wäre zu unsicher. Das Signal hätte aus den unterschiedlichsten Gründen unterbrochen werden können. Die elegantere Lösung war das Londoner Stromnetz. Asim dockte sich an den Stromverteilerkasten vor dem Museum an und nahm von dort aus das digitale Signal der Überwachungskameras ab. Dafür musste er sich lediglich in das interne

Power-LAN hacken. Eine einfache Fingerübung für jeden Hackerlehrling, denn die Firewall war zwar knifflig, aber am Ende nicht wirklich der Rede wert.

Die Hintertür des Museums stand weit offen, damit die Kellner und Köche unter den wachsamen Augen zweier Sicherheitsmänner schnell raus- und reinlaufen konnten. In einem Raum zwischen der Turbinenhalle und dem Archiv wurde eine mobile Küche für den abendlichen Empfang aufgebaut. In der Turbinenhalle selbst standen an den Längsseiten des Raumes zwei Bars, an denen sich die Gäste später erlesene, vornehmlich alkoholische Getränke einverleiben konnten. Das Essen würde direkt an den Tischen serviert werden, die zwischen den beiden Bars aufgebaut worden waren. Sie boten Platz für die 360 geladenen Personen. Cat hatte erreicht, dass sie hier als Serviermädchen eingesetzt wurde.

Alles war bereit.

Ich wusste, dass Asim über die Monitore beobachtete, wie ich gerade die Servietten auf den Tischen verteilte. Offenbar schien er wieder mal vergessen zu haben, dass ich jedes seiner Worte über die Intercom hören konnte, oder er legte es drauf an, mich zu ärgern.

»Schau mal, Simon«, hörte ich Asim. »Dein Frauchen sieht richtig niedlich aus in ihrer Uniform aus schwarzer Hose, weißer Bluse und der Weste.«

»Auch auf die Gefahr hin, dass ich mich wiederhole, aber: Ich kann dich hören!!!«

»Kein Grund, gleich sauer zu werden.« Asim schien sich köstlich zu amüsieren. Und versuchte mich weiter zu ärgern. »Wie gefällt dir dein Aufsatz? Zufrieden?«

»Hab ihn noch nicht gelesen«, knurrte ich zurück.

»Mit wem redest du da?«, wollte meine Kollegin Sara wissen, die plötzlich hinter mir aufgetaucht war.

Erschreckt fuhr ich herum. »Mit niemandem!«

»Uh, Selbstgespräche. Ist kein gutes Zeichen in deinem Alter.«

»Ich rede nicht mit mir selbst. Ich, ich hab nur noch mal die Servietten nachgezählt«, entschuldigte ich mich genervt.

Sara klopfte mir anerkennend auf die Schulter und rief im Weggehen: »Immer schön wachsam bleiben. Wenn du so weitermachst, dann engagiert dich der Boss auch für den nächsten Job.«

»Bloß nicht!«, rief ich ihr hinterher und erkannte die Ironie in dem Zusammenhang nicht. Aber ich hörte, wie Asim mal wieder über mich lachte. Was hatte der Kerl nur gegen mich? Hatte er Angst, dass ich »Daddys Liebling« wurde?

»Noch une Stündee, dann koommeeen die Gästö«, rief der Chef de Cuisine im miesesten Fake-Französisch, das ich je gehört hatte, laut in die Runde. Dabei klatschte er in die Hände, um seine Leute zur Eile anzutreiben. Ich hatte kein Problem damit. Die Art kannte ich von Tante J., wenn ich ihrer Meinung nach mal wieder die Gläser zu langsam spülte.

Ich kontrollierte noch einmal meine Tische und lief dann nach hinten. »Wo bleibt die Kopie?«, drängte ich Asim. »Ich muss das Teil noch in den Servierwagen einbauen.«

»Keine Panik. Mein Kontakt bringt sie jeden Augenblick.«

»Ich dachte, euer Plan wäre wasserdicht?«

»Ist er auch. Ich sag doch, mach dich locker. Wir liegen immer noch gut im Zeitplan.«

»Wer's glaubt«, brummte ich.

Wenn die Sache schon so anfing, dann wollte ich nicht wissen, wie sie zu Ende ging. Der Fälscher hatte heute Morgen angerufen und gemeint, er könnte die Kopie erst am späten Nachmittag liefern. Er dürfe den Ofen, in dem das Bild trocknete, nicht zu hoch einstellen, sonst würde man sofort sehen, dass es sich um eine Fälschung handelte. Das Risiko wollte Lord Peter nicht eingehen, denn es sollte so lange wie möglich geheim bleiben, dass das Original von *Grüne Linie 2* aus dem Archiv des Museums verschwunden war. Je länger niemand davon wusste, desto kälter würde unsere Spur werden. Im Idealfall käme der Austausch des Bildes nie raus.

»Ich geh mal meine Mails checken«, meldete ich mich bei einer Kollegin ab und trabte in Richtung Hintereingang. Im Gebäude hatten wir keinen Handyempfang. Als ich zu den Autos trat, war es, als liefe ich gegen eine Gummiwand. Die Luft war feucht und warm wie in einem Dampfbad. Der Schock war besonders unangenehm, weil die Räume im Museum über eine Klimaanlage konstant auf 22 Grad gehalten waren. Noch unangenehmer war, dass ich sofort anfing zu schwitzen.

Ein UPS-Transporter bog von der Sumner Street ab und stellte sich neben Asims Wagen. Der Fahrer stieg aus und nahm einen großen schwarzen Karton aus dem Frachtraum.

Das musste die Kopie sein!

Hastig rannte ich zu ihm hinüber. »Sie können das Paket gleich mir geben.«

»Das sind die Servierplatten, die Ihr Chef nachbestellt hat.«

»Ja, ich weiß«, lächelte ich den Boten an. »Er kriegt schon die Krise, weil Sie sich so viel Zeit gelassen haben.«

»Der Verkehr.« Der Mann zuckte mit den Schultern. Das reichte als Erklärung voll und ganz.

Ich kritzelte einen unleserlichen Namen auf das Display, das er mir hinhielt, und bestätigte damit die Lieferung. Er gab mir das Paket in die Hand, verabschiedete sich mit einem Nicken und ließ mich in einer Abgaswolke stehen.

»Die Kopie ist da.«

»Ich hab's gehört«, antwortete Asim. »Das Bild liegt zwischen den Servierplatten. Du musst es vorsichtig rausnehmen und in die ausgehöhlte Ablagefläche des Servierwagens schieben.«

»Ich weiß, was ich zu tun habe. Das haben wir jetzt wirklich oft genug durchgekaut.«

»Streitet ihr euch schon wieder? Haben wir dafür noch Zeit?«, motzte Lord Peter, der immer noch in der Limousine festsaß. Die Fahrzeugschlange kam extrem langsam voran, weil die prominenten und weniger prominenten Gönner der Galerie den Lauf über den Roten Teppich weidlich ausreizten. »Ich dachte, wir müssen uns auf einen schwierigen Job konzentrieren.«

»Machen wir doch«, riefen Asim und ich im Chor.

Während Seine Lordschaft sich dem Blitzlichtgewitter der versammelten Presse stellte, tat ich meine Arbeit. Ich stellte gerade die letzten Champagnerschalen auf der Servierplatte ab, als der Chef de Cuisine auf mich zurannte. »Wenn der noch stärker mit den Armen wedelt, dann hebt er ab wie ein Helikopter.«

Asim lachte bei meiner Bemerkung laut auf und ich lächelte verschmitzt in die Kamera, die über mir an der Wand angebracht war.

»Dü meune Göte, bist dü ömmer noch nieecht fertick?«

»Keine Panik, Chef«, rief ich und unterdrückte den Drang, mir die Ohren zuzuhalten. Die hysterische Stimmlage des Mannes hatte mit Sicherheit jeden Hund im Umkreis von einem Kilometer alarmiert.

Entschlossen griff ich nach dem Servierwagen und machte mich auf den Weg.

»Showtime, Jungs!«, flüsterte ich das Signal zum Start.

Als ich in die große Turbinenhalle trat, schlug mir ein Schnattern wie von einer Gänsefarm entgegen. Die Gäste nippten bereits an den ersten mit dem Begrüßungschampagner gefüllten Gläsern.

Ich nahm ein gefülltes Tablett und schritt zwischen den Damen und Herren entlang, die mir die Gläser förmlich aus der Hand rissen. Bei all dem kostbaren Schmuck, der den Damen um Hals und Arm hing, und den unbezahlbaren Uhren, die an den Handgelenken der Herren baumelten, wurde meine Selbstbeherrschung auf eine echt harte Probe gestellt.

»Pass auf deine Finger auf«, säuselte mir Lord Peter ins Ohr. Ertappt rollte ich meine Augen in Richtung Schädeldecke. »Und verdreh nicht die Augen. Ich kann dich sehen …«

»Wie?« Aufmerksam änderte ich meine Blickrichtung, indem ich so tat, als würde ich nach Gästen Ausschau halten, die noch keine Getränke in den Händen hielten. In der Mitte des Raumes bemerkte ich Seine Lordschaft, der vorgab, einem Mann zuzuhören, und währenddessen den Raum scannte. Ich wollte ihn gerade mit dem Winken meines Mittelfingers begrüßen, als eine solariumgegerbte Dame, auf deren faltigen Brüsten sich ein walnussgroßer Smaragd in Platinfassung kuschelte, auf mich zuwankte.

»Es ist ganz einfach – wirklich –, der will doch nur spielen«, hallte es durch mein Gehirn.

»Fünfzig Pfund, dass Cat sich nicht beherrschen kann!«, hörte ich Asim über die Intercomverbindung.

»Gehe mit und erhöhe um zwanzig, dass sie es schafft«, antwortete Lord Peter, der immer noch von dem Mann mit irgendwas über Rohmilchkäse vollgequatscht wurde.

»Habt ihr sie noch alle?«

»Ich muss doch sehr bitten«, näselte mich die Dame an.

»Nein, nein«, entschuldigte ich mich. »Sie sind nicht gemeint. Das war meine Kollegin«, stotterte ich aus dem Stegreif. »Wissen Sie, unser Chef hat darauf bestanden, dass wir alle über Funk verbunden sind, und das Gequatsche hab ich nun die ganze Zeit im Ohr und das geht mir ziemlich auf …«

Aber die Dame hatte schon glasige Augen und hörte mir gar nicht zu. Klarer Fall von Botoxhirnschäden.

»Schätzchen. Von dem Champagner bekomme ich Sodbrennen. Besorgen Sie mir Antazida.« Mit einer Handbewegung scheuchte sie mich davon. Da mein Tablett eh gerade leer war, lief ich zu meinem Servierwagen, der neben dem Tresen stand.

»Sag mal«, rief ich dem Barkeeper zu. »Haben wir was gegen Sodbrennen?«

»Hey, du sollst nicht die Reste aus den Gläsern trinken. Streng verboten.« Der Typ grinste mich an.

»Du bist ja so komisch, Ben. Sehe ich so aus, als hätte ich das wirklich nötig?«

»Noch nicht. Aber warte drei Stunden, dann kannst du garantiert eine Dosis Alk brauchen«, kommentierte Ben. Ich sah mich in der Turbinenhalle um und konnte ihm nicht wirklich widersprechen. Diese Menschen hier waren so überhaupt nicht meine Welt. Jeder hielt sich für das Zentrum des Universums, um das einzig und allein Sonne, Mond und Sterne kreisen. Die meisten der Männer und Frauen hatten ihr Vermögen geerbt und in ihrem Leben nie auch nur einen Finger krumm gemacht. Die anderen hatten ihr Geld mit der Ausbeutung von Menschen verdient oder waren durch Finanzspckulationen reich geworden, ohne zu bemerken, welches Leid sie verursachten. So viel, dass vor ein paar Jahren die Weltwirtschaft kollabierte. Und wer hatte damals die Zeche gezahlt? – Nicht die Typen hier, denn die zahlten so gut wie keine Steuern.

»Sag mal, wenn der Job hier vorbei ist, könnten wir doch zusammen was trinken gehen«, holte Ben meine Gedanken wieder in die Gegenwart zurück. »In Rotherhithe hat gerade ein neuer Club aufgemacht. Ein Freund von mir ist da Türsteher.«

»Jetzt brauchst du eine gute Ausrede«, hallte Asim in mein Ohr. »Oder du hältst ihn hin. So schlecht sieht er ja nicht aus.«

»Konzentriert euch«, mahnte Lord Peter. »In ein paar Minuten wird das Essen serviert. Das ist der perfekte Zeitpunkt für dich, um zuzuschlagen, Cat.«

»Cat? Alles in Ordnung mit dir? Ich will nur was trinken gehen. Wir müssen nicht gleich heiraten«, meinte Ben, als ich ihn, statt zu antworten, nur anstarrte.

»Nee, nee. Schon klar. Ich hab nur gerade überlegt. Rotherhithe klingt gut, aber lass es uns auf ein anderes Mal verschieben. Wir schreiben morgen einen Test in, äh, Mathe und ich muss heute Nacht noch lernen. Außerdem sind bald Prüfungen, da kann ich mir eine Abwechslung leisten«, setzte ich augenzwinkernd nach.

»Alles klar. Ruf mich einfach an, wenn's dir passt. Du hast ja meine Nummer.« Damit konzentrierte sich Ben wieder auf seine Bar.

»Und hier«, er griff in eine Schublade unter der Bar, »das hilft ziemlich gut gegen Sodbrennen. Besser ist aber, die Finger vom Champagner zu lassen.«

»Ich werd's der Tante ausrichten. Obwohl ich stark bezweifle, dass sie sich danach richten wird.« Ich winkte Ben und lief schnell zu dem Smaragd hinüber. Wenn ich ein Danke erwartet hätte, wäre ich ziemlich enttäuscht worden. Hatte ich aber nicht.

Ich schnappte mir wieder meinen Servierwagen und schob ihn nach hinten in die Küche. Hier war die Hölle los. Die ersten Teller wurden mit der Vorspeise bestückt und von den bereitstehenden Kellnerinnen nach draußen getragen. Eigentlich sollte ich mich unter sie mischen, aber in dem Gewimmel fiel es niemandem auf, wenn ich mich absetzte.

»Hast du die Kameras eingestellt?«, wollte ich von Asim wissen.

»Alles bereit. Ich hab eine Aufzeichnung auf die Monitore gelegt, die die leeren Gänge zum Archiv zeigen. Aber ich konnte keine Endlosschleife anfertigen. Dafür waren zu viele Leute unterwegs. Ich hoffe, dass die Typen nicht so genau hinsehen. Du musst dich also beeilen.«

»Du hoffst?«, quietschte ich. »Du hast gut reden. Du sitzt draußen in deinem Van und kannst jederzeit abhauen.« Das Klappern der Wagenräder hallte durch den Gang zum Archiv. Um mich herum hingen die bedeutendsten Werke von Mirò und Chagall, aber mir blieb keine Zeit, sie zu bewundern. Vielleicht beim nächsten Mal. Im Laufen zog ich meine Handschuhe über.

»Von wegen«, tönte Asim zurück. »Die BBC zeichnet im Globe Theater ein Stück auf. Hier steht alles mit Übertragungswagen voll, und ständig rennt irgendein wichtiger Redakteur über den Hof. Aber wenn ich den über den Haufen fahre, dann komme ich sicher schnell hier weg.«

»Ich bin da«, vermeldete ich, als ich vor der Tür zum Archiv stand.

»Sehr gut«, kommentierte Lord Peter und fügte als Erklärung für seinen Tischnachbarn, den Direktor des Museums, hinzu, dass er noch nie in seinem Leben eine solch gute Millefeuille von Gemüse mit Jakobsmuscheln und Sauce Bercy gegessen habe.

Ich zog einen schmalen Latexfinger aus meiner Westentasche, auf den Asim den Zeigefingerabdruck des Direktors kopiert hatte. Er hatte den Abdruck von einer Visitenkarte des Museumschefs genommen, die dieser Lord Peter einmal übergeben hatte. Ich legte die Fingerattrappe auf das Scannerfeld. Zum Glück handelte es sich um ein veraltetes Modell, denn die neuesten Abdruckscanner verfügten über ein Pulsmesssystem und reagierten auf Körperwärme. Dann hätte Asim sich was einfallen lassen müssen.

Ein Lichtsignal zeigte an, dass der Abdruck als rechtmäßig identifiziert wurde. Als Nächstes gab ich den Zahlencode ein. Keine Ahnung, woher Asim den hatte, aber er funktionierte. Die Tür öffnete sich. Ich schaute über meine Schulter. Niemand zu sehen. Schnell schlüpfte ich durch die Tür, zog den Wagen zu mir ins Archiv herein und ließ die Tür wieder ins Schloss fallen.

»Okay. Links von dir ist ein Lichtschalter.«

»Alles klar«, gab ich an Asim zurück, mit dem gleichen professionellen Ton in der Stimme.

Ich nahm eine Tischdecke vom Servierwagen und stopfte sie in den schmalen Spalt zwischen Türblatt und Fußboden. Erst dann schaltete ich das Licht ein. Wenn jemand an der Tür vorbeilief, würde er das Licht nicht bemerken. Ich sah mich um.

Der Raum war wie ein langer Schlauch. Vorsichtig zog ich die Kopie von *Grüne Linie 2* aus der Tischplatte. Das Papier, in dem das Bild zu seinem Schutz eingeschlagen war, knisterte leise.

Mann, das Archiv war gut gefüllt! An den zwanzig Meter langen Wänden standen deckenhohe Regale, wie man sie aus Getränkemärkten kennt. Nur waren diese hier vollgestopft mit Kisten und Transportrollen für Gemälde in allen möglichen Größen. In der Mitte des Raumes war ein meterlanger Tisch aus Metall aufgebaut. An dessen Enden waren offene Behälter festgeschraubt, in denen sich das Werkzeug für die Reinigung der Kunstwerke befand. Wie es aussah, konnte man hier aber auch kleine Reparaturen vornehmen. Jedes Museum, das etwas auf sich hielt, beschäftigte heutzutage wenigstens einen Kunsthistoriker, der sich auch auf dem Gebiet der Restauration gut auskannte.

»Okay. Wo ungefähr könnte das Bild sein?«, überlegte ich laut.

»Es ist nicht verpackt«, meinte Asim. »Wahrscheinlich steht es am Ende eines Regals hinter anderen Bildern versteckt. Der Verkäufer wird nicht riskieren, dass es jemandem auffällt, bevor der Deal über die Bühne gegangen ist.«

Ich lief zum Ende des Raumes und schaute dabei in die Regale. »Oder es steht gar nicht hier«, flüsterte ich, weil ich einfach nur meine Gedanken laut aussprach.

»Was meinst du?«

»Es gibt noch einen Raum. Hier hinten ist eine Tür, die man von vorn nicht sehen kann, weil das Regal sie verdeckt.«

»Wie ist sie gesichert?«

»Überhaupt nicht. Es ist ein einfaches Schließzylinderschloss, leicht angerostet, aber noch intakt. Ich brauche nur Werkzeug oder eine Büroklammer.«

In einem der Kästen wurde ich fündig. Zwei schmale Feilen waren perfekt. Ein paar Sekunden und einige Flüche später drehte ich das Schloss. Ich drückte mich gegen die Tür und schob sie in den Raum hinein. Es ging schwerer, als ich erwartet hatte. Anscheinend war die Tür in den vergangenen

Jahren nicht oft benutzt worden. Die Scharniere waren angerostet und das Holz fühlte sich rissig und trocken an. In dem fensterlosen Raum war es stockfinster und kalt. Tausende Staubkörnchen tanzten in dem blassen Lichtschein, der sich über meinen Körper in den dunklen Raum ergoss.

»Wenn hier drin eine Mumie steht, schreie ich!«

»Keine Panik. Das ist nicht das British Museum. Und selbst wenn, würden dich eher die Staubmilben kaltmachen, bevor dich eine Mumie erwischt.«

»Vielen Dank«, nieste ich zur Antwort. Suchend tastete ich beide Wände neben dem Türrahmen nach einem Lichtschalter ab. Fand aber keinen. Da ich jedoch immer auf alles vorbereitet bin, hatte ich eine kleine LED-Taschenlampe in meinem Servierwagen versteckt. Ich stellte die Kopie in den Türrahmen, holte die Lampe und betrat den kleinen Raum.

»Irgendwo hier hast du dich versteckt«, säuselte ich, als ob mich das blöde Bild hören könnte. Aber Mut machen war ja wohl noch erlaubt!

TRACK: 08
TITLE: FREIER FALL

Ein Bungee-Springer erreicht nach zwölf Metern Fallhöhe und zwei Sekunden Flugzeit eine Geschwindigkeit von rund siebzig Kilometern pro Stunde. Der Körper durchschneidet die Luft. Der Geist erhebt sich über die Schwerkraft. Nichts und niemand kann ihn stoppen. Bis das Gummiseil die Illusion von Freiheit jäh bremst.

Lord Peters Gelassenheit wurde auf eine harte Probe gestellt. Die Gespräche an seinem Tisch langweilten ihn zusehends. Statt über Kunst zu reden, jammerten alle nur über die niedrigen Zinssätze, eine drohende Inflation und die allgemeine Unfähigkeit der herrschenden Regierung. Niemand sprach offen aus, was auf der Hand lag: Alle hatten riesige Angst vor dem, was nach dem Ausstieg aus der Europäischen Union geschehen würde. Lord Peter hatte gegen den Brexit gestimmt, musste aber nun mit dem Ergebnis leben. Wie alle anderen auch. Auch die, die nicht zur Wahl gegangen waren, weil sie dachten, es wäre nicht nötig. Sich jetzt über den Ausgang aufzuregen machte keinen Sinn. Demokratie funktioniert nun mal nicht rückwirkend. Diesmal hatten die gewonnen, die es verstanden Ängste zu schüren. Die Angst vor anderen Kulturen, dem Verlust der eigenen Arbeit oder einfach nur der Zukunft. Innerlich schüttelte Lord Peter den Kopf. Er verstand nicht, wie Menschen sich so emotional steuern lassen konnten. Woher kam diese Kultivierung der Angst? Wo doch die Neugier der Motor ist, der die Menschheit voranbringt. Er war schon immer neugierig auf das gewesen, was kommen würde. Auch und gerade jetzt.

Lord Peter genoss den zweiten Gang des Menüs – warmer Ziegenkäse an Feldsalat mit Feigen-Thymian-Dressing – und verfolgte aufmerksam Cats und Asims Treiben. Bisher kamen die beiden gut voran, und Cat blieben noch zwölf Minuten, bis die Kameras wieder in ihren normalen Modus schalten würden. Die Zeit sollte mehr als ausreichen. Vorausgesetzt, sie fand das Bild. Seine Lordschaft hatte den Anbieter von *Grüne Linie 2* nach allen Regeln der Kunst ausgequetscht, doch leider den genauen Standort des Bildes nicht in Erfahrung bringen können. Seinen Kontaktmann innerhalb des Museums konnte er nicht darauf ansprechen, denn offiziell existierte das Bild ja gar nicht. Außerdem wollte er den Mann nicht auf die Idee bringen, den Bestand des Museums einmal genau zu überprüfen. So gesehen war die Aktion heute Abend ein Blindflug. Doch bisher lief alles nach Plan.

»Hier drin sieht es aus wie im Keller meiner Tante. Alles steht durcheinander. Keine Ahnung, wie man hier was finden soll. Wie hat der Kerl bloß die Sachen ausfindig gemacht und dann auch noch für einen Katalog fotografiert?«, moserte Cat.

»Mit Zeit«, antwortete Asim. »Wahrscheinlich hat er Jahre gebraucht, um die Sachen zusammenzutragen. Außerdem musste er extrem vorsichtig sein, dass ihm niemand auf die Schliche kam. Ich wette, er hat sich als übereifriger Student freiwillig für die Arbeit im Museum gemeldet und die Pausen durchgearbeitet. So hätte ich es jedenfalls gemacht.«

Lord Peter nickte bedächtig. Asims Einschätzung sagte ihm durchaus zu.

»Na gut. Aber wäre es zu viel verlangt, wenigstens Post-its zu verteilen? Das würde mir meine Arbeit leichter machen.«

»Ich werde es ihm vorschlagen, wenn ich ihn das nächste Mal treffe«, spottete Asim fröhlich.

»Tu das. Oh, warte. Ich glaube, ich hab's!«

Gespannt lauschte Seine Lordschaft dem Funkverkehr. Seine Hand umklammerte fest die Gabel. Er war so konzentriert, dass er nicht bemerkte, wie ein Salatblatt nach dem anderen auf dem Weg zu seinem Mund leise zurück auf den Teller rieselte. Als er die leere Gabel in den Mund steckte und zu kauen begann, bemerkte er den irritierten Blick von Lady Elisa, die ihm gegenübersaß. Er hörte noch die letzten Worte des Verwaltungsdirektors, der sich seit gefühlten Stunden über die schlechte finanzielle Lage und die exorbitanten Kosten für den Ausbau des Museums beklagte, und griff geschickt in dcn Monolog ein. »Lady Grossern, wie ich hörte, haben Sie vor ein paar Monaten erfolgreich in ein europäisches Bauunternehmen investiert. Vielleicht könnten Sie unserem geschätzten Verwaltungsdirektor ein günstiges Angebot unterbreiten.«

Lady Grossern lächelte matt. »Das könnte ich, sicher. Aber ich habe mit dem täglichen Geschäft nicht das Geringste zu tun. Wie Sie schon sagten: Ich habe nur mein Geld gewinnbringend angelegt.« Als sie den enttäuschten Blick des Mannes sah, näselte sie weiter: »Vielleicht kann ich aber ein gutes Wort für das Museum einlegen. Natürlich nur, wenn es eine entsprechende Gegenleistung dafür gibt.«

»Selbstverständlich.« Der Verwaltungsdirektor war Feuer und Flamme. »Wir werden mit Sicherheit etwas Passendes finden …«

Genau in dem Moment trat ein Sicherheitsmann diskret neben den Direktor, flüsterte ihm etwas ins Ohr und verschwand wieder. Das Gesicht des Direktors entfärbte sich in Sekundenschnelle.

Lord Peters Magen krampfte sich zusammen.

»Ist etwas passiert?«, fragte er seinen Tischnachbarn mit einer Gelassenheit, die einem Zen-Meister zur Ehre gereicht hätte. »Kann ich helfen?«

Erschreckt schaute der Direktor des Museums Seine Lordschaft an.

»Vielen Dank, aber wir haben alles im Griff«, tönte die Standardansage für aufdringliche Journalisten mit ängstlicher Stimmlage aus ihm heraus.

Die kopflosen Sicherheitsmänner, die gerade durch die Turbinenhalle stürmten, straften ihn Lügen.

»Ja, das sehe ich«, kommentierte Seine Lordschaft.

»Verdammt«, fluchte der Direktor, als er bemerkte, wie die ersten Gäste auf die Unruhe aufmerksam wurden.

Bevor er aufspringen konnte, legte Seine Lordschaft ihm die Hand auf den Unterarm. »Beruhigen Sie sich. Wenn Sie jetzt den Tisch verlassen, dann wissen alle, dass etwas nicht stimmt.«

»Sie haben recht«, stöhnte der Direktor und blieb sitzen. »Wissen Sie, Lord Peter, wir haben vor ein paar Tagen einen anonymen Hinweis erhalten, dass ein Mitarbeiter unseres Hauses versucht, Kunstwerke zu verkaufen.«

»Das ist ja ungeheuerlich. Einer Ihrer Mitarbeiter will Sie bestehlen und die Kunstwerke auf dem Schwarzmarkt an den Meistbietenden verkaufen?«

»Ja. Sie wissen ja, dass Kunst die neue Währung im kriminellen Milieu ist. Vor allem, was die illegale Geldwäsche betrifft. Wir nehmen an, dass der Halunke Kunstwerke aus dem Archiv entfernen will, denn er wird doch wohl nicht so dreist sein und die Gemälde aus der Ausstellung abhängen.«

»Wohl eher nicht. Und im Archiv stehen natürlich genauso wertvolle Meisterwerke. Hier würde ein Raub nicht so schnell auffallen.«

»Sie sagen es«, stimmte der Direktor Seiner Lordschaft zu, ohne zu bemerken, dass dieser seine Sätze fast wortwörtlich wiederholte. »Wir sind gerade dabei, alle Mitarbeiter zu überprüfen. Diskret natürlich.«

»Natürlich«, brummte Lord Peter leise. »Sie müssen jeden Einzelnen überprüfen. Haben Sie ihn denn?«

»Nein«, seufzte der Direktor erfreut, dass er mit jemandem sprach, der den Ernst der Lage einschätzen konnte. »Aber um die Bestände des Museums zu schützen, haben wir gestern Abend ein weiteres Sicherungssystem im Archiv installiert. Einfache Bewegungsmelder sind jetzt in der Mitte des Raumes angebracht. Sie werden natürlich nur eingeschaltet, wenn keine Angestellten mehr im Archiv tätig sind.«

Lord Peter schluckte schwer. Jetzt wusste er, was hier los war. Seine Gehirnzellen arbeiteten auf Hochtouren. Er musste unbedingt einen Grund finden, den Tisch zu verlassen.

–

Der konzentrierte Lichtstrahl meiner Taschenlampe durchschnitt den dunklen Raum hinter dem Archiv. Ganz hinten in der Ecke hatte ich ein zweiteiliges Regal wahrgenommen, in dem Bilderrahmen passender Größe in Reihe aneinandergelehnt standen. Ich lief hinüber und leuchtete auf dem Weg abwechselnd nach links und rechts. Spinnweben zogen sich über die Ziegelwände. Und obwohl draußen wahnsinnig hohe Temperaturen herrschten, war es hier angenehm kühl. Kühl und trocken. Ich schritt an Skulpturen in unterschiedlichen Größen vorbei, deren Schatten mir einen Schrecken einjagten. So wie diese Wasserspeier, die auf den Dächern mittelalterlicher Häuser hocken und einem im Nebel das Blut in den Adern gefrieren lassen.

Dieser Raum schien irgendwie aus der Welt gefallen zu sein. Er war eindeutig beim Umbau des Kraftwerkes zum Museum übersehen worden. Er war auch nicht in den Bauplänen eingezeichnet. Da war ich mir sicher. Wie es aussah, hatte der illegale Verkäufer den Raum zufällig entdeckt und für die Lagerung seiner Schätze benutzt. Da fällt mir ein: Kommt man eigentlich ins Gefängnis, wenn man einen Dieb bestiehlt? Er kann einen ja schlecht bei der Polizei anzeigen, oder?

Ich war so in meine Selbstgespräche vertieft, dass ich die Stimmen in meinem Ohr völlig ausblendete. Was gut war, denn ich musste mich jetzt wirklich fokussieren. Ich vermisste meine Musik unheimlich. Mit ein paar Takten von *Simple Plan* liefe die Sache hier viel flüssiger. Ich war am Regal angekommen und blätterte die Bilderrahmen, die der Größe nach sortiert waren, auseinander. Leise pfiff ich durch meine Zähne. Hier standen zwei weniger bekannte Picassos, ein August Macke, vier Gemälde von Anita Rée, die leider nur noch von wahren Kennern gewürdigt wurde, und – tadaaa – der Schwitters. Vorsichtig zog ich *Grüne Linie 2* aus dem Regal und stellte es vor mich.

Im Licht meiner Taschenlampe glitzerten grüne, blaue, gelbe, graue und türkisfarbene Pigmente um die Wette. Doch sie ergaben kein Ganzes. Nicht in der Art einer geometrischen Figur, als Umriss eines Tieres oder Menschen und auch sonst nichts, was mir bekannt vorkam. Und trotzdem starrte ich fasziniert darauf. Oder vielleicht gerade deshalb!

Alles in mir und um mich herum verschwamm. Ich gab mich den schwebenden Farben einfach hin, die so schwungvoll lebendig und gleichzeitig schattenhaft düster waren. Ich fühlte mich völlig ruhig und gelassen. Ich verstand, was Levi Markstein so gut am Werk Kurt Schwitters' gefallen hatte: Das Bild ließ den Geist frei.

»Cat! Cat, verdammt noch mal. Hörst du mich?«, knallte Asims Stimme schmerzhaft gegen mein Trommelfell. Erschreckt zuckte ich zurück und ließ meine Taschenlampe fallen. Der Lichtkegel rollte durch den Raum.

»Was ist los? Warum schreist du so? Wenn ich jetzt auf dem Ohr taub werde, dann hau ich dir eine rein.«

»Wir sind aufgeflogen. Du musst da sofort raus.«

»Was heißt aufgeflogen?« Hastig griff ich wieder nach meiner Taschenlampe.

»Die haben Bewegungsmelder im Archiv installiert, die du ausgelöst hast.«

»Warum hast du das nicht vorher gewusst, verdammte Hacke?« Ich drehte mich im Kreis, wortwörtlich.

»Der Museumsdirektor hat vorgestern spitzgekriegt, dass jemand Kunstwerke verticken will. Woher hätten wir das wissen sollen?«

»Keine Ahnung? Woher weißt du es jetzt?«

»Der Direx hat's Lord Peter gerade erzählt.«

»Okay. Was passiert im Moment da draußen?« Ich kaute auf meiner Unterlippe und überlegte fieberhaft. Hätte ich mich doch bloß nicht auf den Mist eingelassen!

»Die Sicherheitsleute gehen noch von einem Fehlalarm aus, weil sie auf den Monitoren nichts Verdächtiges sehen können. Aber der Fake läuft in fünf Minuten aus. Du musst da raus, sofort!«

»Und was soll ich mit dem Bild machen? Ich kann es nicht mitnehmen. Wenn die mich mit dem Servierwagen erwischen, dann werden sie das Teil auseinandernehmen, garantiert.«

»Scheiß auf das Bild. Du musst da raus! Und beeil dich, sonst erwischen die dich wirklich!«

»Wie viel Zeit habe ich noch?« Eine Idee grub sich gerade aus den Tiefen meines Hirns.

»Vier Minuten dreiundzwanzig. Soll ich weiter runterzählen?«

»Bloß nicht.«

»Was hast du vor?«

»Ich hab 'ne Idee. Aber dazu brauche ich Lord Peters Hilfe. Kannst du mich zu ihm durchschalten.«

»Schon erledigt. Die Leitungen sind frei. Leg los.«

»Lord Peter?«

»Ja«, flüsterte der Angesprochene.

»Sie müssen mir etwas Zeit verschaffen. Nicht viel. Aber ich muss unbemerkt zum Hintereingang und wieder zurück.« Ich hörte, wie sich Seine Lordschaft räusperte, und nahm das mal als Zustimmung.

In Windeseile packte ich die Fälschung aus und stellte sie an die Stelle, wo vorher das Original gestanden hatte. Dann lehnte ich die Bilder wieder gegeneinander. Vorsichtig wickelte ich das Original in das Papier und lief aus dem kleinen Raum. Bevor ich die Tür zuzog, ließ ich den Schein meiner Taschenlampe noch einmal darin tanzen. Meiner Meinung nach sah es so aus, als sei ich nie hier drin gewesen. Dann schloss ich ab und schob das Regal wieder an seine alte Stelle zurück.

»Cat, du musst dich beeilen. Hier draußen geht der Punk ab. Mach schnell, sonst fliegen wir auf«, dröhnte Asims Stimme in mein Ohr.

Verdammt, keine Zeit mehr das Bild im Servierwagen zu verstauen. Außerdem war die Gefahr zu groß, dass ich einem der Sicherheitsleute begegnen würde. Nachdenklich knabberte ich auf meiner Unterlippe und schaute mich im Raum um. Links neben mir stand ein massiver, deckenhoher Metallschrank, der nicht bis an die Wand geschoben war. Das richtige Versteck!

»Drei Minuten und 5 Sekunden«, zählte Asim. »Beeil dich!«

»Bin schon unterwegs. Asim, ich weiß, wie wir den Alarm erklären können. Bring Simon zum Hintereingang. Sofort!«

»Was? Ich verstehe nicht.«

»Komm zum Hintereingang, dann zeig ich's dir! Drehen die Sicherheitsleute schon ihre Runden?« Ich löschte das

Licht im Archiv, hob das Tischtuch vom Boden auf und schob die Tür einen Spalt auf.

»Einer sitzt vor dem Monitor im Hauptraum. Den anderen kann ich nicht sehen«, antwortete Asim.

Aber Lord Peter wusste es: »Der läuft gerade wieder in die Turbinenhalle. Du hast freie Bahn.«

Ich rollte den Servierwagen in den Flur und lief zum Hintereingang, als wäre nichts geschehen.

Vortäuschend, sich kurz frisch machen zu wollen, hatte Lord Peter sich vom Tisch loseisen können. Er stand am Rand der Turbinenhalle und beobachtete den Saal.

»Der Direktor hat noch keine Anordnung gegeben, wie die Security weiter vorgehen soll. Cat, du hast zwar den Alarm ausgelöst, aber weil sie auf den Monitoren nichts sehen können, rätseln sie noch, ob es sich um eine Fehlfunktion handelt. Mal sehen, ob meine Ablenkung fruchtet. Damit sollten wir noch mal ein paar Minuten gewinnen.«

Entschlossen lief Seine Lordschaft zu den Musikern, die auf einer runden Empore in der Mitte des Raumes saßen und die Gäste bisher mit Mozart und Vivaldi unterhielten. Er flüsterte der Ersten Geige etwas ins Ohr und begab sich wieder zu seinem Platz. Die Gäste warteten auf den Hauptgang und sprachen dem Alkohol weiter kräftig zu. Lord Peter ließ sich von einer netten Kellnerin Champagner nachfüllen. Dann erhob er sich. Ein Tusch ertönte und alle Blicke richteten sich auf ihn.

Niemand würde den Saal nun verlassen. Alle, einschließlich der Sicherheitsmänner und der Kellner, mussten so lange hier ausharren, bis er seine Rede beendet hatte. Und darüber hinaus. Denn am Ende würde *Rule, Britannia!* in seiner ganzen Pracht und Länge alle Anwesenden an ihren Plätzen halten.

»Ladys und Gentlemen. Lassen Sie mich ein paar Worte sagen. Worte des Dankes an den von uns allen geschätzten Direktor dieses einzigartigen Museums für moderne Kunst …«

»Wow. Ich hatte ja keine Ahnung, dass Unsere Lordschaft so labern kann«, applaudierte ich Lord Peters Rede und öffnete die Hintertür für Asim, der mir Simon in die Hand drückte.

»Was hast du vor?«

»Wirst du schon sehen.« Ich tippte mir an die Stirn. »Zeit für Plan C.«

Asim schüttelte den Kopf und drehte sich schnell wieder um. »Ich muss zurück an die Monitore. Der Countdown läuft!«

»Alles klar.« Ich machte ebenfalls kehrt und raste zum Archiv zurück. Direkt an der Tür ließ ich Simon runter. »So, mein Schatz. Lauf einfach ein paarmal auf und ab. Sobald dich einer von den Sicherheitsleuten gesehen hat, rennst du da nach vorn in die Turbinenhalle und schlüpfst in diesen Servierwagen, okay?«

Simons liebe Knopfaugen schauten mich konzentriert an, als wollte er sagen: »Logisch, ich schaff das!«

Als ich die ersten Klänge der inoffiziellen Nationalhymne hörte, gab ich Simon einen Kuss auf den Kopf, schnappte mir den Servierwagen, riss mir die Handschuhe runter und raste in Richtung Küche.

»Zwanzig Sekunden!«

Kurz vor der Küche bremste ich ab und stellte mich leise neben Sara, die aus voller Kehle mitsang.

»Okay. Ab jetzt zeigen die Kameras wieder das richtige Bild.«

Und genau nach Asims Worten verklang das Lied. Die Gäste konnten sich endlich wieder setzen.

Ich bemerkte einen der Sicherheitstypen, der etwas in sein Funkgerät sprach und Richtung Küche lief. Ohne uns eines Blickes zu würdigen, jagte er an Sara und mir vorbei.

Dann hörte ich Asim: »Und drei, zwei, eins!«

Kurz darauf gellte ein schriller Schrei durch die Luft. »Ratten!!!«

»Ich hätte nicht gedacht, dass ein erwachsener Mann sich so wie ein kleines Mädchen anhören kann«, kicherte ich.

Das Lachen blieb mir im Hals stecken, als ich das Gesicht des Küchenchefs sah.

»Ratten!?«, hauchte er ohne französischen Akzent und fiel in Ohnmacht.

Sara hielt sich den Mund zu. Keine Ahnung, ob sie ein Lachen verbergen wollte oder den Schock. In der Küche war es totenstill. Niemand rührte sich. Dann – blitzartig – brach das Chaos aus. Die Hälfte meiner Kollegen sprang kreischend auf die Tische. Die anderen suchten den Auslöser der Panik. In Windeseile sprach sich der Tumult bis zu den Gästen in der Turbinenhalle rum. Interessanterweise konnte ich hier die gleichen Reaktionen beobachten wie in der Küche. Dann sah ich Lord Peter, der, genau wie ich, einfach dastand und die Szenerie betrachtete. Unsere Blicke trafen sich, und wir konnten nur schwer ein Grinsen unterdrücken.

Simon genoss sichtlich seinen Auftritt. Mein Liebling trottete gemütlich an mir vorbei und zog seine Nummer ab. Das Geschrei wurde ohrenbetäubend.

Ich sah, wie Sara sich ein großes Sieb schnappte und meine zahme Ratte verfolgte. Einer musste ja die Initiative ergreifen. Simon wich geschickt den trampelnden Füßen aus und entwischte Sara problemlos. Das Schauspiel ging vielleicht ein paar Minuten, dann verlor Simon die Lust und schlüpfte unbemerkt unter meinen Servierwagen.

»Gutes Kerlchen«, lobte ich ihn. »Und was jetzt?«, fragte ich niemand Bestimmten.

Sara, die die Jagd inzwischen aufgegeben hatte, trat neben mich. »Die Party können wir vergessen. Lass uns von dem Geschirr retten, was geht. Hey, Erde an Cat!« Sie schlug mir auf die Schulter. »Tu was für dein Geld.«

»Für die paar Kröten soll ich auf dieses Schlachtfeld rennen?«

»Na, wenn du mehr brauchst. Bedien dich, hier hängt genug Knete an den Wänden.«

»Ha, ja. Wenn das mal so einfach wäre!«

Aber es war so einfach!!!

Ich fasste einen Entschluss. Aufgeben gilt nicht.

»Ich geh noch mal rein und hole das Bild«, verkündete ich über die Intercom.

»Nein. Irgendein Idiot hat die Polizei angerufen und was von einer Bombe gefaselt. Die Bobbys werden hier gleich aufschlagen«, schimpfte Asim.

»Wie lange brauchen die noch?«, wollte Lord Peter wissen.

»Laut Polizeifunk sind die ersten in vier Minuten hier. Das Sprengstoff-Team in sechs und ein Special-Operation-Team soll in zehn Minuten hier auftauchen.«

»Das reicht locker«, rief ich und rannte in Richtung Archiv. Simon heftete sich an meine Fersen.

TRACK: 09
TITLE: WAS JETZT?

Aus Fehlern soll man ja lernen. Das gilt nicht für mich. Ich mache einen Fehler so oft, bis er von allein kapituliert. Und dabei kann man mir nun wirklich keine mangelnde Hartnäckigkeit unterstellen.

»Bist du von allen guten Geistern verlassen, Cat? Du kannst das Bild nicht einfach raustragen.« Lord Peter wollte ihr gerade folgen, als der Direktor ihn am Arm zurückhielt.

»Sie können jetzt nicht gehen, Lord Peter, bitte«, flehte er. »Das hier ist die absolute Katastrophe. Ich weiß nicht, was ich tun soll. Die Presse wird mich in der Luft zerreißen …«

»Ganz zu schweigen von den Anzeigen wegen vorsätzlicher Körperverletzung«, ergänzte Seine Lordschaft, als er sah, wie die Handtasche einer Lady unsanft am Kopf eines Mannes landete, der ihr eigentlich nur auf die Füße helfen wollte.

»Ich bin erledigt. Ein für alle Mal. Ich glaube, ich muss mich übergeben.«

»Nichts da. Bewahren Sie Haltung!«, ermahnte Lord Peter den Museumsdirektor. In solchen Momenten war er mehr als dankbar für seine Ausbildung. Nicht die schulische – die adlige. Wenn nichts mehr half, gab es immer noch Manieren, Haltung, gespielte Souveränität. »Also gut. Wie viele Sicherheitsleute sind heute Abend hier?«

»Sechs. Zwei im Kontrollraum, zwei patrouillieren durch die Räume und zwei sind am Eingang eingesetzt«, antwortete der Direktor mit zittriger Stimme.

»Zuerst einmal verteilen Sie alle Sicherheitsleute in den Sälen. Sie sollen die Kunstwerke bewachen, damit nichts gestohlen oder beschädigt wird. Wenigstens bis die Polizei eingetroffen ist. Wir reden mit der Presse. Also los, ich helfe Ihnen.«

»Und uns helfe Gott«, murmelte er noch für Cat hinterher.

»Den brauchen wir nicht. Sorgt einfach dafür, dass die Hintertür offen ist. Und, Asim …«, wehrte ich Lord Peters Bitte ab und stoppte kurz an einem rollbaren Küchenschrank. Wenn ich vorhin richtig aufgepasst hatte, dann waren hier die Schutzhüllen für die großen silbernen Servierplatten verstaut. Bingo! Ich schnappte mir eine und stopfte eine der Platten hinein.

»… ich warte dort auf dich!«, beendete Asim meinen Gedanken.

»Nein. Es wäre zu auffällig, wenn du als Einziger dort rumstehst, während alle anderen panisch rennen. Sorg einfach dafür, dass du mit dem Van rauskommst, sobald ich das Bild in den Wagen geworfen habe. Auf der Vespa kann ich das Teil nicht rumfahren.«

»Okay. Und …«

»… viel Glück? Brauche ich nicht. Bis gleich. Ach, eins noch! Lord Peter, halten Sie, solange es geht, den Sicherheitsdienst und den Direktor vom Archiv fern.«

»Ich versuch's.«

»Asim!«, rief ich, denn mir war gerade etwas ziemlich Nerviges aufgefallen.

»Was?«

»Du musst irgendwas machen. Die Überwachungskameras laufen wieder normal. Kannst du das Fake noch mal drüberlegen?«

»Das geht nicht! Die Sicherheitsleute sind jetzt alarmiert. Das fällt sofort auf.«

»Lass dir was einfallen! Ich denke, du bist hier der große Technikzampano.«

»Bau bloß keinen Druck auf. Für dich mach ich doch gerne den Ich-improvisier-was-MacGyver.«

»Ja, aber schnell.« Ich hörte das hektische Klicken der Laptoptastatur und wartete ungeduldig.

Asim schwieg.

»Was ist jetzt?«, drängte ich. »Ich bin gleich am Archiv.« Ich stülpte mir wieder die Handschuhe über. Es war schon eine automatische Handlung, über die ich nicht mehr nachdachte.

»Du kannst«, gab mir Asim das Startsignal. »Ist eine Kurzversion. Eine Minute. Mehr hast du nicht.«

Ich hastete zur Archivtür, schlüpfte hindurch, tastete mich im Schein meiner Taschenlampe zum Versteck vor und zog *Grüne Linie 2* hervor.

»30 Sekunden«, mahnte Asim.

»Wow, Asim. Echt. Du bist … Scheiße!«

»Was? Ich bin …«

»Nein, nicht du. ’tschuldige. Einer der Sicherheitsmänner bewacht die Tür zum Archiv. Ich komm hier nicht mehr raus. Der sieht mich auf jeden Fall.«

»So ein Mist! Lass Simon vorgehen.«

»Bringt nichts. Das ist nicht der Kerl von vorhin, und der hier sieht nicht so aus, als würde ihm eine kleine Ratte Angst machen. Nichts für ungut, Simon.« Ich streichelte meinem Freund, der jetzt auf meiner Schulter saß, die Pfote.

»Ich komme und versuche ihn wegzulotsen«, mischte sich Lord Peter ein.

»Nein. Zu auffällig«, wehrte ich den Vorschlag ab. »Ich muss mir was anderes einfallen lassen.« Ich schaute mich suchend im Raum um.

»Aber was? Wir können hier für dich keinen Weg durch eine meterdicke Wand freisprengen. Du kannst auch nicht einfach im Boden verschwinden.«

»Im Boden«, echote es in meinem Kopf.

Aufmerksam und seelenruhig leuchtete ich den Boden des Archivs ab. Wenn ich die Baupläne noch richtig im Kopf hatte, dann befand sich hier vor Jahren der Garderoben- und Toilettenbereich des alten Kraftwerks. Dann musste es hier auch einen Abfluss geben und darunter verlief immer noch das alte Abwassersystem der Stadt. Die meisten Industriebauten der damaligen Zeit verfügten über direkte Wartungszugänge zur Kanalisation.

»Da bist du ja, Schätzchen!«, säuselte ich hocherfreut.

»Lädst du mich ein?«, wollte Asim wissen.

»Wozu?«

»Zu der Party in deinem Kopf!«, schrie er aufgeregt. »Sag uns endlich, was du vorhast! Das ist hier kein Solo für dich!«

»Ich geh in den Untergrund!«

»Was!?«, hallte es mir unisono von Lord Peter und Asim entgegen.

Als ich anfing, als Diebin zu arbeiten, habe ich meine Hausaufgaben wirklich gründlich gemacht. Das heißt, ich habe mich mit der Geschichte Londons intensiv beschäftigt – auf der Suche nach den besten und geeignetsten Fluchtwegen, versteht sich! So erfuhr ich von dem verzweigten Tunnelsystem und den Katakomben, die sich kreuz und quer durch die ganze Stadt zogen. In Camden Town beispielsweise hatte man die unterirdischen Hallen als Frachtgutlager genutzt. Heute, und ich hab das mit eigenen Augen gesehen, leben dort Menschen! Unter der Themse gibt es mehr Tunnel als unter irgendeinem anderen Fluss auf der Welt. Jeder hat hier gebuddelt: die Eisenbahn, British Telecom und natürlich die Post.

In beiden Weltkriegen nutzten die Londoner die Stadt unter der Stadt, um sich in Sicherheit zu bringen. Es gibt Schätzungen, dass um 1918 ein Drittel der Stadtbevölkerung unter die Erde ging – lebendig!

Neugierig wie ich bin, wollte ich es natürlich ganz genau wissen und freundete mich mit einem Kanalarbeiter an. Ein halbes Jahr lang nervte ich Toby, bis er mir jeden Winkel gezeigt hatte, den er kannte. Vor allem die Geisterbahnhöfe unterm British Museum, der City Road, South Kentish oder der King William Street haben wir unsicher gemacht.

Und hier, unter einem der Arbeitstische des Archivs, befand sich tatsächlich ein Zugang zu dem unterirdischen System.

»Ich hau durch einen unterirdischen Tunnel ab. Hier ist ein alter Wartungszugang im Boden eingelassen.«

Selbst wenn es kein Bahntunnel war, dann war es eben ein Zugang zum Abwasserkanalsystem. Das würde ich ja wohl überleben. Um da runterzukommen, musste ich nur noch diesen verflixten Deckel anheben. Ich suchte nach etwas, das ich unter Umständen als Hebel verwenden konnte. Ein Eisenrohr oder so was in der Art. Aber wie es immer ist: Was man braucht, hat man gerade nicht zur Hand.

Ich kroch unter den Tisch und versuchte so mein Glück.

Es klappte. Der Deckel war zwar schwer, aber wenn ich mich mit dem ganzen Oberkörper darunterklemmte, konnte ich ihn so weit anheben, dass ich mich durchquetschen konnte.

»Ich geh runter.«

»Dann wird mit Sicherheit der Funkkontakt abbrechen!« Lord Peters Stimme klang leicht besorgt.

»Das macht nichts. Ich schaff das schon. Aber Asim!«

»Ja!«

»In der Nähe des Hintereingangs habe ich einen Gully gesehen.«

»Warte.« Asim schaute durch die Frontscheibe des Vans. »Seh ihn!«

»Kannst du eine schmale Taschenlampe als Lichtsignal hineinklemmen?«

»Sollte gehen.«

»Ich komme da hin und du musst mich rausholen. Aber so, dass wir kein Aufsehen erregen.«

»Geht klar! Und du bist dir sicher? Du schaffst das?«

»Ich hab den besten Untergrundführer, den man sich wünschen kann.« Ich lächelte Simon zu, der am Rand des Tunneleingangs saß und mir aufmunternd zuzwinkerte.

Bisher fiel es mir in Stresssituationen – und das hier war ja eindeutig eine – schwer, nur zu funktionieren. Statt logisch zu denken, machte mein Hirn lieber Purzelbäume und ließ sich von jedem Blödsinn ablenken. Doch nun war ich voll auf die Situation konzentriert. Ich erfasste alles um mich herum und fand den besten Weg. Irgendetwas in mir schaltete alle Emotionen ab und ich arbeitete effizient wie eine künstliche Intelligenz. Die Stimmen in meinem Ohr schienen mein Hirn in positiver Weise auf Trab zu halten.

Vorsichtig hob ich den schweren Deckel an. Die Geräuschkulisse vor dem Archiv war so laut, dass mich niemand hören würde.

Ich schob meine Füße in den Tunnel, bis ich die Metallstufen erreichte, die in der Wand eingelassen waren. Hoffentlich waren sie noch nicht durchgerostet. Mit der einen Hand hielt ich mich an der obersten Sprosse fest. Der Deckel lag auf meinem Kopf.

»Los, Simon, kletter auf meine Schulter.«

Als Simon sich an meinen Hals schmiegte, zog ich die Tasche mit dem Silbertablett und dem Bild zu mir herüber, hängte sie behutsam über meine Fußspitze und senkte den Fuß wieder nach unten.

»Ich tauch jetzt ab. Bis gleich.« Ich steckte die Taschenlampe zwischen meine Zähne und senkte den Kopf, bis der Deckel mit einem leisen Scheppern wieder in seiner Fassung lag. Mit der linken Hand griff ich nach der Tasche und hangelte mich langsam die Sprossen hinab. Sehr hoch war es nicht.

Unten angekommen nahm ich die Taschenlampe in die freie Hand und leuchtete nach rechts und links in den tiefschwarzen Abwasserkanal. Es stank gewaltig nach dem, was

Menschen im Klo entsorgen, nach fauligem Obst und verwesendem Herbstlaub. Und ich konnte nur hoffen, dass es das Einzige war, das hier verweste. Ob die Geschichten von dem Krokodil in der Kanalisation stimmten?

»Durch den Mund atmen«, ermahnte ich mich. Es half. Ein bisschen.

»Also los, mein Kleiner. Wohin müssen wir?«

Was hätte ich jetzt für einen Mitschüler gegeben, der hier unten Glühbirnen auswechselte. Dann gäbe es wenigstens Licht!

Simon kletterte an meiner Hose hinab auf die glitschigen Backsteine zu meinen Füßen. Er lief links in den Tunnel hinein und ich folgte ihm, bei jedem Schritt betend, dass ich nicht ausrutschen würde. Nach ungefähr hundert Metern sah ich an der Decke ein kleines Licht. Das musste Asim sein!

»Simon. Komm du bitte wieder auf meine Schulter.« Simon tat, worum ich ihn bat.

Ich stieg nach oben und streckte meine Hand durch den schmalen Spalt, in dem die Taschenlampe klemmte. Sofort hob Asim den Deckel an.

»Klasse, du hast es geschafft«, atmete er erleichtert aus.

»Großartig«, ließ sich Seine Lordschaft über die Intercom vernehmen. Seine Stimme klang gepresst und atemlos.

Ich verzog keine Miene. »Hier, die Tasche, da ist das Bild drin.« Ich hielt Asim das Paket hin. Simon war schon von meiner Schulter gesprungen und hatte sich hinter einem Vorderreifen des Vans versteckt. Obwohl er den Tumult liebte, den er angerichtet hatte, wusste er, dass er jetzt keine Aufmerksamkeit auf sich ziehen durfte. Asim schaute sich um.

Die Luft war rein, und er half mir aus dem Loch. Dann lief er schnell zum Van, öffnete die hintere Tür und verstaute Tasche und Ratte im Wagen.

Während ich mir die Klamotten, so gut es ging, abklopfte, rannten schreiende Menschen an mir vorbei zu ihren Limousinen. Die Hintertür zum Museum stand offen wie ein Scheunentor.

»Ich geh wieder rein«, sagte ich zu Asim, der neben mich getreten war. »Fällt sonst auf, wenn ich nicht beim Aufräumen helfe. Sag mal, stinke ich?«

»Ein bisschen schon, ja.« Asim schaute mich an und zupfte mir eine Spinnwebe aus den Haaren über meinem linken Ohr. Bei der Berührung spürte ich plötzlich ein wohlig warmes Gefühl im Magen. Verdammt, bestimmt wurde ich gleich knallrot.

»Hey«, fuhr ich ihn an und drehte mich weg.

»Was? Du hast da was!«

»Nee, klar«, meinte ich und wollte noch eine Bemerkung machen, als ich sah, wie Asims Gesichtsausdruck plötzlich ernst wurde. Ich zog fragend meine Stirn zusammen. »Was ist los?«

»Ich weiß nicht genau. Irgendetwas stimmt hier nicht.«

Ich schaute mich vorsichtig um. Und was ich sah, gefiel mir nicht. Unsere Aktion hatte Schaulustige angezogen, die fröhlich mit ihren Handys filmten. Zu unserem Glück hatten die Leute von der BBC nichts mitbekommen und saßen immer noch mit ihren Kameras im Globe Theater. Doch die Aufnahmen von modernen Smartphones besaßen durchaus Sendequalität.

»Was machen wir jetzt? Die könnten uns auffliegen lassen. Wenn die das auf Facebook einstellen, sendet es irgendeine Fernsehstation und das Material landet bei der Polizei. Wir sind geliefert, wenn das passiert.«

»Ich weiß. Ich arbeite schon dran. Mach du deinen Job. Ich mach meinen. Du solltest jetzt hier ganz schnell verschwinden«, erwiderte Asim und rannte zum Van.

»Pass auf Simon auf!«, rief ich ihm hinterher.

Ich quetschte mich durch die Massen zurück ins Museum. Auf dem Weg zur Turbinenhalle kippte ich mir noch eine Schale mit Soße über den Bauch und garnierte mich mit ein paar Salatblättern. Das würde mein kurzzeitiges Verschwinden und den leicht muffigen Geruch meiner Kleider erklären.

»Wie sieht's aus?«, wollte ich von Asim wissen.

»Ich hab doch gesagt, ich arbeite dran«, klang seine leicht genervte Stimme durch die Intercom-Leitung.

»Bleib ruhig«, meldete sich Lord Peter. »Du schaffst das. Nur schaff es bitte schnell.«

Wieder hörten wir Asims Finger über die Tastatur seines Laptops fliegen.

»Okay«, flüsterte er angestrengt mehr zu sich selbst. Er schien völlig ausgeblendet zu haben, dass wir jedes seiner Worte hören konnten. »Nur noch die Zeile in den Quellcode einfügen, und dich löschen wir mal lieber hier raus. Und jetzt …« Wir hörten, wie Asim mit einem langen triumphierenden Klick die Entertaste bediente. »Ich hab mich in die Sendemasten gehackt und einen Virus eingeschleust.«

»Super!«, rief ich aus, obwohl ich nicht die blasseste Ahnung hatte, was das bedeutete.

»Und was heißt das genau?«, wollte Lord Peter wissen.

»Dass jeder, der im Umkreis von vier Kilometern um die Masten herum etwas von seinem Handy hochladen will, automatisch ein Programm aktiviert, das alle Daten aus der Ferne löscht.«

»Dann ist alles weg?« Ich konnte es nicht glauben.

»Ja, alles. Genau wie Simon und ich. Wir machen uns jetzt hier vom Acker. Bis später.«

»Coole Sache. Bis später!« Amüsiert schaute ich auf meine Kollegen vom Catering, die bereits versuchten, Simons Chaos zu bereinigen. Dazwischen liefen vereinzelte Polizisten, machten sich Notizen und befragten diejenigen Gäste, die den Ausgang nicht rechtzeitig gefunden hatten.

Meine Stimmung war euphorisch. Ich war unbesiegbar. Einfach so hatte ich die Führung des Teams übernommen, hatte die Chance genutzt, die sich mir bot, und den Job zu einem guten Ende gebracht. Es war ein wahnsinnig gutes Gefühl, wie Asim und Lord Peter ohne Diskussion auf meine Idee eingestiegen waren. Wenn das die sogenannte Teamarbeit war, war es doch keine so schlechte Sache. Kam ich etwa doch noch auf den Geschmack?

TRACK: 10
TITLE: TATE MODERN BLUES

Wer im Dunkeln etwas finden will, muss einfach nur das Licht anmachen.
Alles klar?
Man muss natürlich wissen, wo der Lichtschalter ist!

Anstatt mich ordentlich auszuschlafen, tanzte ich die zweite Hälfte der Nacht durch mein Hausboot. Ich war voll auf Adrenalin. Und der Vorteil an einer eigenen Bleibe ohne Nachbarn ist: Punk so laut man will!

Simon machte die laute Musik nichts aus, wenn ich nicht gerade anfing mitzusingen. Ich versuchte mich zu beherrschen, ehrlich. Adrenalin ist eine geile Sache!

Wir waren heil aus dem Museum rausgekommen. Selbst die Polizei hatte sich zurückgehalten. Nachdem sie erfahren hatten, welche Namen auf der Gästeliste standen, steckten die Bobbys ihre Notizbücher wieder ein und überprüften niemanden mehr. Auch die Spezialkräfte waren kommentarlos abgerauscht, als sie hörten, dass sie mit der militärischen Ausrüstung für einen dritten Weltkrieg gegen eine Ratte angerückt waren! Noch peinlicher ging's kaum.

Lord Peter hatte sich, wie geplant, nach Hause chauffieren lassen und mich eine halbe Stunde nach Mitternacht über unsere Burn-Note-App kontaktiert. Hackerresistent und absolut sicher, weil sie Meldungen nach dem Lesen zerstörte und ungelesene nach einer bestimmten Zeit einfach löschte. Ganz praktisch, so 'n Ding. Asim hatte sie auf meinem Handy installiert, als er mir Simon vorbeigebracht hatte. Lord Peter meinte, wir sollten bis Ende der Woche Funkstille halten und unseren Tagesablauf so normal wie immer abspulen.

Und das bedeutete für mich Schule.

Da saß ich also: Donnerstag, 11:34 Uhr, Außentemperatur 32 Grad, Innentemperatur geschätzte 45 Grad, und schwitzte bei George Mayor in Geschichte. Schweißtreibend war nicht nur die Hitze, sondern auch das, was Mayor gerade über mich abließ. Er lobte meine Arbeit als ein – O-Ton – »leuchtendes Beispiel wissenschaftlicher Betrachtung der glorreichen Zeit des Britischen Empire«.

Was auch immer: Geht's noch peinlicher?!

Ich hörte das Kichern meiner Mitschüler und schwor mir, die Pause in einer Kabine des Mädchenklos zu verbringen.

Erlöst von der Schulklingel schnappte ich mir mein Zeug und wollte gerade aus dem Raum stürzen, als mich Mayors Stimme zurückhielt: »Miss Burke, würden Sie bitte für einen kurzen Moment zu mir kommen?«

Mein Oberkörper fiel in sich zusammen. »Und Ihren Mitschülern wünsche ich ein schönes Wochenende. Ich hoffe, alle in vierzehn Tagen bei den Prüfungen gut vorbereitet zu sehen.« Ein lautes Maulen schwang durch den Raum, während ich mich an Ethan und Caitlin vorbeidrückte und auf den Lehrertisch zutrottete.

»Catherine. Diese Arbeit war wirklich hervorragend. Wollen Sie es sich nicht doch noch einmal überlegen und den Besuch eines Colleges in Erwägung ziehen? Sie haben ein helles Köpfchen, da sollten Sie etwas draus machen. Es muss ja nicht gleich Matheprofessor oder Chirurg sein.« Er lachte laut über seinen Scherz und hob die Hand, als ich tief einatmete, um eine Erwiderung rauszulassen.

»Ich weiß, Sie haben die Nase voll von Schule, und sicher, Ihr Zeugnis ist jetzt nicht das allerbeste, aber mit einer hervorragenden Beurteilung des Lehrkörpers – und meine Kollegen und ich sind bereit, Ihnen diese zu geben – können Sie sich an einem guten College bewerben.«

»Mr. Mayor. Was soll ich sagen? Ich will jetzt erst mal den Abschluss machen und mir dann was überlegen«, antwortete ich müde.

»Das verstehe ich durchaus. Ich will Ihnen nur begreiflich machen, dass weitaus mehr in Ihnen steckt, als Sie sich selbst eingestehen wollen.«

Er hatte ja keine Ahnung!

»Denken Sie einfach noch einmal darüber nach. Die Prüfungswochen sind wichtig. Da können Sie noch eine Menge nach oben rausreißen. Ich wünsche Ihnen jedenfalls viel Glück, und wenn Sie es sich mit dem College anders überlegen, dann wissen Sie ja, wo Sie mich finden.«

Zum ersten Mal sah ich in den Augen meines Geschichtslehrers einen Anflug von Ehrlichkeit. Er meinte wirklich, was er sagte. Und das Komische war, es kam bei mir an. Nachdenklich schulterte ich meine Tasche und schüttelte seine Hand, die er mir entgegenstreckte. Das war bisher noch nie passiert! Warum konnte sich der Mann nicht schon früher als Mensch outen?

Ich hörte, wie Mr. Mayor hinter meinem Rücken mit der aktuellen Ausgabe der Sun knisterte. »Ist das zu glauben? In der Tate Modern muss ja der Teufel los gewesen sein, wenn die heute immer noch darüber berichten. Und das alles wegen einer kleinen Ratte«, lachte er laut. »Einfach unglaublich!«

»Ja, nicht?« Grinsend verließ ich den Raum.

Noch zwei Stunden Mathe, und dann war die Schule erst einmal vorbei. In der kommenden Woche liefen die Prüfungsvorbereitungen, in denen die Fachlehrer noch Sprechstunden anboten, die wir nutzen konnten. Und eine Woche später wurde es dann ernst für uns.

Es war eine merkwürdige Zeit: Auf der einen Seite waren die meisten von uns froh, endlich aus diesem Loch rauszukommen. Auf der anderen Seite – was kam danach? Caitlin und Laura würden weitermachen und aufs College gehen. Was ich ihnen, ehrlich gesagt, nicht zugetraut hätte. Sean und Ralph wollten eine Ausbildung in einer Autowerkstatt anfangen und dann vielleicht später mal auf Ingenieur studieren. Und Ethan? Der war wohl genauso weit wie ich.

Unsere Zukunft würde so oder so beginnen. Etwas völlig Neues, auf das wir uns freuten, aber weil wir nicht wussten, was genau da kam, machte es uns auch Angst. Schon allein die Tatsache, dass wir nicht jeden Morgen aufstehen, unsere Schuluniform anziehen und hierherkommen würden, war ein sonderbares Gefühl. Bisher waren wir fremdbestimmt. Lehrer und Eltern entschieden über unseren Tages-, Wochen- und Monatsablauf – ab sofort konnten wir selbst entscheiden.

Und ob ich es wollte oder nicht, Mayors Worte hallten in mir nach.

Lord Peter packte seine Sachen. Besser gesagt, er ließ Vincent eine kleine Reisetasche vorbereiten, während er sich weiter der achthundert Seiten starken Biografie über London von Peter Ackroyd widmete.

»Werden Sie den blauen Anzug mitnehmen?«

»Nein, vielen Dank, Vincent. Es ist kein offizieller Anlass. Legere Kleidung wird völlig reichen.«

»Nun …« Vincent klang irgendwie verschnupft, aber das tat er ja immer. »… Dann werde ich den schwarzen Tweedanzug und zwei blaue Glencheck-Hemden einpacken. Nur für den Fall. Diese Garderobe wird wohl auch für ein Abenddinner im kleinen Kreis ausreichend sein.«

»Tun Sie das, alter Freund«, antwortete Seine Lordschaft über die Buchseiten gebeugt.

Vincent suchte einen Pyjama aus und stellte das Rasierzeug bereit. Er tat es so lautstark, dass Lord Peter den Eindruck nicht loswurde, als hätte er etwas auf dem Herzen.

»Also gut, Vincent.« Lord Peter ließ das Buch sinken. »Spucken Sie's schon aus. Ich will nicht verantwortlich sein für Ihr Magengeschwür.«

»Eure Lordschaft ist zu gütig.«

Der Angesprochene nahm dem Mann, der seit mehr als zwanzig Jahren in seinem Dienst stand, den ironischen Tonfall nicht übel. Im Gegenteil, er amüsierte ihn.

»Nun. Ich möchte Eurer Lordschaft bestimmt keine Vorschriften machen, aber wollen Sie die Reise wirklich allein antreten?«

Lord Peter runzelte die Stirn. »Ich verstehe nicht ganz. Es ist eine geschäftliche Reise, kein privates Vergnügen.«

»Ich denke, es könnte von einer gewissen Person als eine Art Anerkennung und moralische Aufmunterung betrachtet werden.«

»Asim weiß, wie sehr ich ihn schätze«, antwortete Lord Peter, und Vincent fragte sich mal wieder, wie ein Mensch mit einer solchen Bildung so wenig Einfühlungsvermögen und Raffinesse zeigen konnte.

»Mit Verlaub. Ich meinte nicht Asim. Ich meine das Mädchen, Miss Catherine!«

»Cat?«

Genau in dem Moment läutete es an der Hintertür des Hauses.

»Wenn Eure Lordschaft mich entschuldigen. Das muss der Gemüsehändler sein. Ich bin sofort wieder da.«

»Gehen Sie nur.« Winkend entließ Lord Peter seinen Butler und Freund. Dessen Worte aber blieben in Raum kleben wie Honig und ließen den Hausherrn nachdenklich zurück.

Cat hatte ihren Job mehr als gut erfüllt. Nach dem Desaster mit den Bewegungsmeldern – eine Informationslücke, die eindeutig auf seine Kappe ging – hatte sie mithilfe ihrer Ratte die Sache noch rausgerissen. *Grüne Line 2* lag geschützt und sicher in der Bibliothek am Eaton Place. Morgen früh würde er in Biggin Hill ein Privatflugzeug besteigen, das ihn nach Lissabon brachte, wo die Nachkommen von Levi Markstein heute lebten.

Vincent betrat wieder das Ankleidezimmer.

»Ich komme nicht ganz dahinter, was Sie mit Ihrem Vorschlag meinen, mein Lieber«, musste Lord Peter zugeben.

»Nun«, räusperte sich der Butler umständlich. »Es liegt doch auf der Hand. Sie wollen das Mädchen überreden, ein Mitglied Ihres Teams zu werden. Einem Team, das es sich zur Aufgabe macht, gestohlene Kunstwerke wiederzubeschaffen, um sie den rechtmäßigen Besitzern zurückgeben zu können.«

Lord Peter nickte zustimmend.

»Dann sollten Sie Cat zeigen, wie viel Freude und ehrliche Dankbarkeit im Blick eines Menschen liegt, der etwas zurückerhält, das er verloren glaubte. Etwas, das das Einzige ist, was ihn an seine Familie, an seine Geschichte erinnert, daran, wo seine Wurzeln liegen.«

»Was mit Geld nicht aufzuwiegen ist«, murmelte Seine Lordschaft nachdenklich.

Vincent nickte. »Genau. Das meine ich. Emotionen sind so viel mehr. Wir wissen sie nur nicht mehr zu schätzen.«

Lord Peter sank schwer in das Polster seines Ohrensessels und schwieg lange, während Vincent den Koffer fertig packte.

»Sie haben recht!« Seine Lordschaft richtete sich auf. »Ich werde Cat mitnehmen.«

Vincent reichte ihm das Smartphone. »Schreiben Sie ihr doch gleich eine Nachricht. Die Schule müsste in diesem Augenblick zu Ende sein.«

Lord Peter lächelte. »Das haben Sie wirklich sehr geschickt eingefädelt, mein Freund.«

Lord Peter kontaktierte mich, als ich gerade das Schulgebäude verließ. Ich sollte mich bereithalten. Warum und wofür? Keine Ahnung! Es hieß nur: Weitere Informationen würden folgen.

Wie war das noch mal mit der Fremdbestimmung? Mir ging dieses Befehlsartige massiv auf die Nerven. Ich hatte meine Seite des Deals erfüllt. Was wollte er noch von mir?

Vor dem Garagenhof wartete bereits der Vermieter auf mich. Heute würde ich die Garage räumen und ihm die Schlüssel übergeben. Ich brauchte sie ja nicht mehr. Wieder ein Abschied, der meinen Magen zusammenzog. Mein Werkzeug hatte ich schon in den vergangenen Tagen zu einem Lagerhaus am anderen Ende der Stadt geschafft, sodass der Vermieter nur noch meine Schulsachen zu sehen bekam. Nachdem ich meine Schulden bezahlt hatte, zog ich meine Lederjacke über und startete meine Vespa. Ich bog gerade auf die Straße ein, als Ethan mich aufhielt.

»Hcy!«

»Hey.«

»Hast du heute noch was vor?«

»Eigentlich nicht, warum?« Die Nachricht von Lord Peter zählte für mich nicht. Wenn er nicht konkret sagte, was er wollte, dann hatte er eben Pech gehabt.

»Wir wollen uns noch im *Dailys* treffen und den letzten Tag in diesem Affenstall feiern. Bist du dabei?«

»Klar. Ich muss vorher nur noch bei meiner Tante im Pub aushelfen und Simon abholen.«

»Geht klar. Gegen 20:00 Uhr?«

»Bis dann!« Ich tippte gegen meinen Helm und brauste los.

Der Fahrtwind war eine willkommene Abkühlung und ich beschloss, eine kleine Spazierfahrt zu machen. Ohne Ziel. Warum auch? Ich war frei!

Unbekümmert steuerte ich die Prince Albert Road hinunter zur Lodge Road. Und dann einmal rund um den Regent's Park. Kleine Kinder rannten ihren Eltern voraus zum Boating Pond. Studenten pilgerten zu Queen Mary's Rose Gardens. Und alle genossen die Sonne. Ich weiß nicht, wie oft ich den Park umkreiste, um mich an ihnen sattzusehen, aber irgendwann bog ich in die Lodge ein und stoppte auf der Rückseite der St. John's Wood Synagoge. Leise schlich ich mich hinein und setzte mich in eine Ecke am Ende des Hauptganges. Das Licht, das durch die Fenster brach, malte lustige Schattenbilder in den Raum. Es war so still hier!

Als ich das letzte Mal in einem Gotteshaus war, liefen Tante J. und ich einem Wagen mit einer Urne hinterher. Nur wir, der Pfarrer und ein Friedhofsgehilfe, der den Wagen schob. Zwei Menschen, die meinen Vater nicht kannten, und zwei Menschen, die ihn nie vergessen würden. Und doch weiß ich heute nicht mehr viel von ihm. Auf Fotos erkenne ich ihn, klar. Aber es fällt mir schwer, mich an seine Stimme zu erinnern oder daran, wie er lachte. Aber eines weiß ich ganz sicher: Mein Vater fehlt mir. Er fehlt mir so sehr, dass sich mir jedes Mal der Magen umdreht, wenn ich an ihn denke. Der Psychologe meinte, es würde besser werden, und eines Tages würde ich mit einem Lächeln an meinen Vater denken.

Ich warte immer noch darauf.

Der 7. Juli, der Tag, an dem mein Vater und mit ihm 55 weitere Menschen starben, bedeutete auch für viele Hinterbliebene ein Ende. Das Ende ihres Lebens, wie sie es bisher gekannt hatten. Und das ist auch eine Art von Tod, für den ich keinen Trost finden konnte, nicht einmal in irgendeiner Religion. Ich verstehe Religionen nicht. Vor allem diese Sache mit der Auferstehung wollte mir nie einleuchten. Bis jetzt. Seit der Tate Modern glaube ich, das Prinzip verstanden zu haben. Es geht nicht darum, dass eine tote Person wieder lebendig wird. Es geht vielmehr darum, dass ein Mensch, dessen Seele gestorben ist, wiedergeboren werden kann.

Nach diesem Job fühlte ich mich irgendwie wie neu. Die Arbeit im Team hatte mir mehr Spaß gemacht, als ich offen zugeben würde. Die Schule war so gut wie vorbei und mein Leben änderte seine Richtung. Vielleicht sollte ich den Mut aufbringen, etwas Neues zu wagen. Sofies Idee, in die Oberliga aufzusteigen, hatte definitiv etwas für sich.

Ich sah in die weite Kuppel über meinem Kopf, deren Farben und Ornamente die Gläubigen an die Zeit der Vertreibung aus dcr Wüstc crinncrn solltcn. Sah das cwigc Licht, als kleinen leuchtend roten Punkt vor dem prachtvoll verzierten Thoraschrein, in dem die hebräische Bibel verwahrt wird.

Auferstehung! Bedeutete das nicht auch so etwas wie *Neuerfinden*? Mein Leben nach der Schule würde sich ändern. Und gab das dann nicht auch mir die Chance, mich zu verändern? Einen völlig neuen Menschen aus mir zu machen?

Konnte ich das wirklich oder betrog ich mich nur selbst mit dem Gedanken? Wie weit würde ich denn kommen?

Jede Religion, jede Gesellschaft, jede Gemeinschaft, die aus Menschen besteht, hat sich irgendwann Regeln und Gesetze gegeben, weil sie glauben, nur so überleben zu können. Was aber, wenn das ein Trugschluss ist? Was, wenn diese Regeln nur dazu dienen, Macht über andere Menschen auszuüben?

Aber welche Möglichkeit bleibt mir dann? Anarchie?

Anarchie ist die erste Stufe zur Auslöschung der Menschheit, wenn es nach Mr. Guthman, meinem Ethiklehrer, geht.

Ganz ehrlich, ich sehe das nicht so. Was ich sehe ist, dass unsere Gesetze und Regeln uns direkt in eine ökologische Katastrophe führen. Dass sie in den Ländern Afrikas Verzweiflung und Wut hervorbringen. Staatliche Gesetze verhindern keine Korruption, die unsere Gesellschaft an den Rand ihrer Existenz bringt.

Vielleicht sollten wir es mal mit der Herrschaftslosigkeit versuchen. Mehr kaputt machen können wir ja kaum noch.

Helles Quieken schreckte mich aus meinen wirren Gedanken. Eine Mutter rannte ihrer kleinen Tochter hinterher, die sich zwischen den Bänken verstecken wollte. Ich schaute auf meine Armbanduhr.

»Verdammt, schon so spät!«, fluchte ich und schickte gleich eine Entschuldigung hinterher, als ich aus der Synagoge stürzte. Ich hätte schon längst bei Tante J. im Pub sein müssen.

TRACK: 11
TITLE: NEULAND

Brave Mädchen kommen in den Himmel – böse Mädchen kommen überall hin. Vor allem, wenn sie offen für Neues sind.

Warum sonst befand ich mich gerade 7000 Fuß über der Erde, genauer gesagt über den Wellen des Ärmelkanals?

Es war keine drei Stunden her, dass mich Vincent ziemlich nachdrücklich aus dem Schlaf geklingelt hatte, um mich zum Biggin Hill Airport zu chauffieren. Nur leider konnte ich mich überhaupt nicht daran erinnern, jemals zugestimmt zu haben, in ein Flugzeug zu steigen! Während ich mich anzog, setzte Vincent Simon in seine Transportbox. Er würde heute den Tag mit Asim am Eaton Place verbringen, weil er wegen der Quarantänebestimmungen nicht das Land verlassen durfte.

Quarantänebestimmungen? Land verlassen? Ich verstand kein Wort.

Ich erinnerte mich dunkel an eine weitere Nachricht von Lord Peter. Wir würden uns um 05:00 Uhr treffen und wären zum Abend wieder zurück.

Anscheinend hatte ich zugesagt. Die Frage war nur, ob ich zu jenem Zeitpunkt überhaupt noch zurechnungsfähig gewesen war. Ethans spontane Party im *Dailys* war ganz schön ausgeufert und der eine oder die andere bis zum Eichstrich mit Ale abgefüllt. Da war Geradeausgucken schon ein Problem, geschweige denn eine SMS lesen. Ethan, das Genie, hatte einen Shuttle-Service gebucht, der uns nach der Party alle heil nach Hause fuhr. Aus ihm würde später mal ein tougher Manager werden, jede Wette.

Ich sank tiefer in den bequemen Sessel der Cessna 501 und lehnte meinen Kopf vorsichtig an die Kopfstütze. Mein Problem war nicht das viele Bier, sondern die Kombination von Alkohol und Schlafmangel. Durch mein Hirn knallte ein Schlagzeugsolo von Chuck Comeau bei einem Live-Gig von *Simple Plan*.

»Frühstück?«, kämpfte sich Lord Peters Stimme durch die Musik.

»Hä?« Ich hielt mir den Kopf. »Nein. Ich weiß nicht.«

»So schlimm?«

»Irgendwie fühlt sich mein Mund so pelzig an wie der Schimmel in einer feuchten Wohnung. Und mein Kopf platzt bestimmt auch bald«, brummte ich.

»Das muss ja gestern Abend eine heftige Feier gewesen sein?«

»Ich hoffe bloß, dass keiner Fotos gemacht hat.«

Lord Peter winkte die Stewardess zu uns herüber und flüsterte ihr etwas ins Ohr.

»Das ist das Problem dieser Zeit. Jeder beobachtet jeden. Alles wird ins Internet gestellt, ob freiwillig oder nicht. Wir hatten es da leichter. Wir konnten uns einfach nur betrinken.«

»Ja klar, unter Queen Victoria war alles besser«, lästerte ich. Lachen tat zu weh im Kopf.

Lord Peter schmunzelte und nahm der Stewardess ein hohes Glas aus der Hand, in dem eine rote Flüssigkeit schimmerte. »Es sei denn, man hatte Zahnschmerzen.«

»Hä?«

»Nun, damals war das medizinische Wissen bei Weitem nicht auf dem Stand, den es heute hat. Die Menschen starben einfach an Grippe. Eine Entzündung im Mundraum verlief garantiert tödlich. Antibiotika waren noch nicht erfunden …«, dozierte Seine Lordschaft, und ich fragte mich unwillkürlich, ob die Menschen damals auch an Kopfschmerzen dahingesiecht waren.

»Okay, ich ergebe mich. Ich hab's geschnallt. Was ist in dem Glas?«

»Das bringt dich wieder auf die Beine: Tomatensaft mit Sellerie, Pfeffer, Natron und einem Spritzer Tabasco.« Er reichte es mir. »Auf ex. Runter damit!«

Ich setzte an und ließ das Zeug meine Kehle hinabrinnen.

Himmel! Wie war das noch mal? Nimm nie was von Fremden! Jetzt wusste ich auch warum.

Der angebliche Tomatensaft war dermaßen scharf, dass es mir fast die Augäpfel raushaute. Meine Speiseröhre befand sich in ätzender Auflösung.

»Scheiße, wo ist das Klo?« Ich schoss aus dem Sessel, rannte in die kleine Kabine neben dem Cockpit und beugte meinen Kopf über die Toilettenschüssel. Aber es kam nichts. Mein Magen hielt dem Inhalt des Glases stand. Am Waschbecken ließ ich kaltes Wasser in meine Hände fließen und tauchte mein Gesicht hinein. Langsam wurde es besser. Ich trocknete mich ab und ging wieder zu meinem Sessel. Auf dem Weg dahin sah ich aus einem Fenster, wie sich die Sonne gerade über ein Wolkengebirge erhob. Noch nie in meinem Leben hatte ich solche Farben gesehen! Rot und Gelb, das sich im Blau verlor und den Himmel lila färbte.

Ich ließ mich wieder in den Sessel gleiten, als unser Flugzeug eine leichte Kurve beschrieb und die Sonne am Heck verschwand. Neugierig schaute ich mich im Flieger um. Lord Peter und ich nahmen eine der beiden Sitzgruppen in Beschlag, die sich zentral im Rumpf des Flugzeuges befanden. Neben dem Cockpit war auf der einen Seite die Toilette und direkt gegenüber eine kleine Küche, in der sich die Stewardess während des Fluges aufhielt, wenn sie uns nicht gerade bediente. Im Heck war ein schmaler Schreibtisch im Boden verankert, auf dem sich eine Telefonanlage nebst Laptop befand. Auf der anderen Seite, gleich hinter Lord Peters Sessel, lümmelte sich eine bequeme cremefarbene Couch. Ach ja, hier war alles in Creme gehalten. Und alles war neu. Der gesamte Flieger roch so plastikartig chemisch, als wäre er gerade aus der Fabrik gekommen.

Verstohlen betrachtete ich diesen Peter Charles Michael William Haversham den Vierten, Baron von Leonwood Castle. Warum hatte er mich zu dieser Reise überredet? Die Abmachung war ganz klar gewesen. Einmalige Zusammenarbeit, um meine Schuld zu begleichen. Ab da ging jeder seiner Wege.

Und nun befand ich mich hier. In meinem Kopf drehte sich alles.

Natürlich hatte ich ihn gegoogelt! Mein Hirn arbeitet nicht immer auf Hochtouren – aber ich bin nicht völlig verblödet. Allerdings gab das Internet nicht viele Informationen von dem Mann mit den schlanken, perfekt manikürten Händen preis.

Er wurde 1957 in Hongkong geboren. Sein Vater arbeitete dort im Auftrag der britischen Krone im diplomatischen Dienst. Mit sechs Jahren wurde der kleine Peter nach England in die King's School geschickt. Von dort aus lief der Weg geradlinig über das King's College zur Universität Cambridge, wie bei allen seinen männlichen Vorfahren. Doch statt des diplomatischen Dienstes wählte Lord Peter den Beruf des Rechtsanwalts und arbeitete bis vor drei Jahren in einer angesehenen Londoner Kanzlei, die sich auf Menschenrechte spezialisiert hatte. Privates suchte man vergeblich und außer Fotos, auf denen Seine Lordschaft auf Empfängen oder dem Roten Teppich zu sehen war, gab es nichts.

Und obwohl ich ein Informationen-Junkie bin, traue ich doch auch meinem Instinkt. Lord Peter war in Ordnung. Sein Blick immer offen und sein Lächeln nie künstlich. Er reagierte in brenzligen Situationen absolut cool: Ich meine, wie er die inoffizielle Nationalhymne in der Tate Modern spielen ließ, damit ich Zeit gewann, war schon eine geniale Idee. Und sein Plan war ja auch nicht so schlecht gewesen, hatte halt nur nicht richtig funktioniert.

Ich nickte zu der schwarzen Tasche mit der Aufschrift *Cuisine farci* hinüber, die an den Schreibtisch gelehnt war.

»Bringen wir es nach Hause?«

»Ja. Wir fliegen nach Lissabon.«

»Portugal?«

Lord Peter, der in seinem taubengrauen Tweedanzug mit farblich passender Fliege aussah wie ein Diplomat, nippte an einer Tasse Tee, während die Stewardess mir eingoss. Ich kostete von der dampfenden Flüssigkeit. Die Wärme tat mir gut und weckte meine Gehirnzellen.

»Mmmh. Der Tee ist super.«

»Danke«, lächelte die Stewardess.

Lord Peter danke ihr ebenfalls und mit den Worten »Wir schenken uns selbst nach« signalisierte er ihr, dass wir sie erst einmal nicht brauchen würden. Die Flugbegleiterin zog sich leise zurück.

»Also«, wandte ich mich an meinen Begleiter. »Wieso Lissabon?«

»Die Nachfahren von Levi Markstein leben dort.«

»Wieso? Ich dachte, er wollte in die USA abhauen?«

»Er kam zu spät. So viele Menschen wollten fliehen, dass irgendwann die Schiffe überfüllt waren und es lange Wartelisten gab. Außerdem nahmen die USA kaum noch Emigranten auf. Die Sache wurde auch nicht leichter, als Breckinridge Long zum Staatssekretär für Visa-Angelegenheiten berufen wurde. Hätte es Eleanor Roosevelt, die Ehefrau des damaligen Präsidenten, nicht gegeben, dann wären weitaus mehr Juden ums Leben gekommen. Sie hat sich für die Menschen, egal welcher Religion oder Hautfarbe, eingesetzt.«

Ich verzog fragend mein Gesicht.

»Breckinridge war Antisemit.«

Ich schwieg und schaute aus dem Fenster, aber ich nahm die Schönheit der von der Sonne angestrahlten Wolken unter uns nicht wahr. Das, was im zweiten Weltkrieg geschehen war, musste das Schlimmste gewesen sein, was Menschen anderen Menschen antun konnten. So erbarmungslos und grausam, dass es sich meinem Verstand völlig entzog.

»Wissen Sie, was aus den Marksteins geworden ist?«

Lord Peter schüttelte leicht den Kopf. »Nicht von allen. Ich weiß nur, dass eine Tochter überlebt hat. Und die besuchen wir heute!«

Überrascht schaute ich Lord Peter an. »Wow, sie lebt noch?«

»Zelda Markstein wurde 1929 geboren und ist heute 88 Jahre alt.«

»Krass«, erwiderte ich und schwieg nachdenklich.

Lord Peter schaute mich abwartend an, als ahnte er, dass mich eine Frage quälte. Ich hob den Kopf und sah ihm fest in die Augen. »Warum hat sie nicht um das Bild gekämpft? Bei dem Gemälde der *Goldenen Adele* von Gustav Klimt hat es doch auch geklappt?«, ließ ich nicht locker. Ich hatte vor Kurzem den Film im Fernsehen gesehen.

Lord Peter nickte und trank noch einen Schluck Tee. »Das stimmt schon. Aber nicht jeder kann die Kraft und vor allem das Geld aufbringen, um einen solchen Kampf durchzustehen. Außerdem war bei Maria Altmann die Beweislage sehr eindeutig. Schon allein, weil die auf dem Gemälde dargestellte Adele Bloch-Bauer die Tante von Maria Altmann war und das Gemälde nachweislich eine Auftragsarbeit des Malers. Die österreichische Regierung stemmte sich jedoch mit Händen und Füßen gegen eine Rückgabe. Denn die Klimt-Bilder zählten zu den Publikumsmagneten der Wiener Galerie Belvedere. 2006 mussten sie auf gerichtlichen Druck hin die Bilder doch an die Erbin übergeben.«

»Warum hat es so lange gedauert?«

»Gute Frage. Direkt nach dem Krieg redeten Politiker und Unternehmer den Menschen ein, man müsse nach vorn schauen, das Zerstörte wiederaufbauen. Sie wollten eine allgemeine Absolution. Alle Verbrechen sollten vergeben und vergessen werden. Die meisten Deutschen taten so, als hätte Hitler ihnen eine Gehirnwäsche verpasst, und alles, was sie getan hatten, wäre nicht ihre Schuld. Außerdem hätten sie ja nur Befehle befolgt.«

»Die Täter haben sich zu Opfern erklärt.«

»Ja, ein beliebtes und psychologisch sehr effektives Spiel«, reagierte Lord Peter traurig auf meine Bemerkung. »Und ganz ehrlich. Die Welt verdankt Maria Altmann noch weit mehr. Denn ihrer Standhaftigkeit und der ihres Anwalts Eric Randol Schoenberg und die mit dem Prozess verbundene Medienpräsenz hat weitere Gerichtsverfahren in Gang gesetzt. Was letztendlich Regierungen vieler Länder dazu veranlasste, die *Washingtoner Erklärung* oder die *Berliner Erklärung* zu erlassen. Darin wird dazu aufgerufen, geraubte Kunstwerke zu identifizieren und wieder zurückzugeben. Es gibt nur einen Haken. Sie sind rechtlich nicht bindend. Wer Geld über Moral stellt, den ficht eine solche Erklärung nicht an.«

»Und da kommen wir ins Spiel!« Ich lehnte mich in meinem bequemen Sessel zurück, dachte über das nach, was Lord Peter gerade erzählt hatte, und sah aus dem Fenster. Die Wellen des Atlantiks schlugen träge gegen eine Küste. Das musste, wenn meine Geografielehrerin nicht gelogen hatte, Asturien in Spanien sein.

»Lebt der Kunsthändler noch, der das Bild von den Marksteins beschlagnahmen ließ?«

»Nein. Er starb vor ein paar Jahren.«

In Lord Peters Augen flammte etwas auf. Etwas wie Wut oder Fassungslosigkeit.

»Das ist nicht die ganze Geschichte, oder?«

»Sagen wir mal so.« Lord Peter beugte sich vor zu mir. »Seit Ende des Krieges stand der Mann im Verdacht, mit Kunst zu handeln, die er in ganz Europa zusammengestohlen und der deutschen Obrigkeit verschwiegen hatte. Leider konnte oder wollte man ihm nie etwas nachweisen. Ironischerweise fiel sein Tod in eine Zeit, in der die Schweiz stark unter internationalen Druck geriet, Bankschließfächer zu öffnen, in denen Raubgut der Nazis vermutet wurde. Marksteins Kunsthändler verfügte über ein solches. Als es geöffnet wurde, fanden die Beamten darin verschollen geglaubte Werke von Matisse, Monet und Renoir. Und einen Pissarro, der nachweislich 1938 von den Nazis geraubt worden war. Eine Tatsache, die in Kunsthändlerkreisen bekannt war.«

»Der Mann wusste also genau, womit er handelte!?« Ich war entsetzt.

»Ja.« Lord Peter redete völlig ungerührt weiter. »Sein Sohn ebenfalls. Eine detaillierte Auflistung zeigte, dass die beiden über die Jahre mindestens vierzehn weitere Kunstwerke für Millionenbeträge verkauft hatten. Leider war kein Schwitters dabei. Aber auch das wäre egal gewesen, weil der Raub der Bilder als Straftat per Gesetz schon längst verjährt war.«

»Wie das?« Ich schaute Lord Peter ungläubig an.

»Wenn man nur zehn Jahre stillhält und es aussitzt, dann ist man aus der Nummer komplett raus und die ganze Sache ist legal. Und damit gehörte *Grüne Linie 2* rechtmäßig, wenn auch moralisch fragwürdig, der Tate Modern.«

»Echt jetzt? Das kann doch nicht wahr sein. Das ist …« Mir fehlten die Worte, also solche, die ich sagen konnte, ohne dass mir meine Tante danach den Mund mit Seife ausgewaschen hätte.

»… Scheiße!«

Plötzlich musste ich lachen. Dieses Wort aus dem Mund eines Adligen war irgendwie zum Brüllen.

Lord Peter lachte auch, und die Anspannung der letzten Stunden fiel sichtlich von ihm ab.

»Was ich aber nicht verstehe: Warum unternimmt die Regierung nichts dagegen?«

Lord Peter atmete tief durch, bevor er meine Frage beantwortete: »Weil dieses Fass so tief ist, dass man den Boden nicht einmal erahnen kann. Jedes Jahr werden hier Beträge in Milliardenhöhe umgesetzt. Außerdem entwickelt sich Kunst immer mehr zum Objekt für Geldwäsche. Um all das verschleiern zu können, werden legale Briefkastenfirmen installiert, auf die die Strafverfolgungsbehörden keinen Zugriff haben, falls sie überhaupt jemals davon erfahren.«

»Ich verstehe nicht ganz?« Verwirrt schenkte ich Lord Peter und mir Tee nach. Wenn das so weiterging, würde sich mein Magen bald mit den Gezeiten heben und senken.

»Ich geb dir ein Beispiel: Stell dir vor, dir fällt ein wertvolles Gemälde in die Hand. Sagen wir ein Modigliani, der offiziell als verschollen gilt und einen geschätzten Wert von rund 25 Millionen Dollar hat. Über deine Kontakte im Kunstmarkt weißt du, dass das Bild ursprünglich aus dem Besitz eines jüdischen Kunstsammlers stammt, der von den Nazis enteignet wurde und nach dem Krieg versuchte, seinen Besitz zurückzufordern. Doch der Mann stirbt, bevor darüber entschieden wird. Seine Erben jedoch führen die Klage weiter. Sie beauftragen ihrerseits eine Firma, die sich auf die Suche von Raubkunst spezialisiert hat. Dir ist klar, willst du nicht vor Gericht landen, musst du deine Identität verschleiern. Also gründest du eine Briefkastenfirma über eine Agentur, die einen fiktiven Direktor benennt, der alle Dokumente unterzeichnet, sodass du nicht in Erscheinung treten musst. Und dieser Firma gehört dann offiziell das Gemälde.«

»Schön und gut«, ließ ich mich auf den Gedankengang ein. »Aber wo verstecke ich das Bild, wenn danach gesucht wird?«

»Nichts leichter als das.« Lord Peter wedelte mit seiner Hand durch die Luft, als wäre er ein großer Magier. »Du mietest dir eine Lagerhalle in einem Freeport irgendwo auf der Welt.«

»Sind das diese Containerlager, auf die man keine Steuern zahlen muss, weil sie wie Freihandelszonen eingestuft sind?«, fragte ich sicherheitshalber, denn den Namen hatte ich schon mal gehört.

»Exakt. Das sind sie. Woher kennst du sie?«

»Die tauchen hin und wieder im Darknet auf. Es gibt eine Menge Leute, die darüber spekulieren, was dort alles gelagert wird und wie man da hineinkäme.«

Lord Peter lachte. »Das wüsste ich auch gern. Aber diese Lager werden nicht nur wegen der steuerlichen Vorteile legal von Kriminellen genutzt. Wichtiger ist, dass diese Bereiche dem Zugriff der staatlichen Behörden entzogen sind. Die Zonen gelten, wie Botschaften, als exterritoriales Gebiet und unterstehen damit nicht dem Recht des Landes, in dem sie sich befinden. Der Zoll überwacht lediglich die Ein- und Ausgänge.«

»Wie kann so was legal sein?«

»Weil es ursprünglich darum ging, den Warenverkehr zu erleichtern. Lebensmittel, die beispielweise von England nach Italien geliefert werden sollen, gehen in einem deutschen Hafen an Land. Damit hier keine Zollgebühren gezahlt werden müssen und der Verwaltungsaufwand klein gehalten wird, werden die Lebensmittel in einer Freihandelszone eingelagert, bis sie von einer Spedition aufgenommen und nach Italien gefahren werden. Heute nutzen viele diese legalen Dinge wie Briefkastenfirmen oder Freeports für illegale Sachen.«

»Und uns nennt man kriminell«, platzte es aus mir heraus. »Kann man in Fällen wie den Marksteins keine Ausnahmen machen?«

»Es geht um Milliarden von Dollar. Da gibt es keine Ausnahmen. Und damit das so bleibt, haben reiche Menschen und Unternehmen schon immer ihre Macht genutzt, um Politikern Gesetze abzupressen, die ihre Interessen wahrten. Lobbyismus ist keine Erfindung unseres Jahrhunderts.«

»Es lebe die Anarchie!«

»Das wäre eine Möglichkeit«, erwiderte Lord Peter gelassen. »Aber es gibt immer mehr Menschen, die dieses Spiel nicht mehr mitmachen. Whistleblower, die die Wahrheit ans Licht bringen, ohne Rücksicht auf ihr eigenes Leben. Oder aber Menschen wie wir, die Dinge stehlen, um sie den wahren Besitzern zurückzugeben.«

Ich stutzte einen Augenblick.

»Oder wie du!«, sprach Lord Peter weiter. »Ich weiß, dass du nie gestohlen hast, um dich zu bereichern. Du stiehlst, weil du helfen willst. Und nichts anderes haben Asim und ich künftig vor.«

»Heißt das, Sie werden weitermachen?«

Lord Peter schwieg, aber ich sah in seinem Blick, dass meine Vermutung stimmte.

»Ja«, beantwortete ich meine Frage selbst. »Und dafür bauen Sie das Team auf, und ich soll ein Mitglied werden!«

Lord Peter hob leicht seine rechte Augenbraue. Ich nahm das mal als Zustimmung.

»Warum ich?«

»Weil du die Beste bist. Aber das weißt du ja.«

Ich grinste. »Yo. Aber ich kann es nicht oft genug hören.«

Lord Peter lächelte. »Es gibt noch eine Bedingung, solltest du dich für uns entscheiden. Und ich sag es dir lieber gleich.«

»War ja klar.«

»Nichts Schlimmes«, lachte Lord Peter. »Du musst ein Trainingsprogramm absolvieren.«

»Sie meinen Fitness und so 'n Zeug?«

»Du wirst eine Nahkampfausbildung erhalten. Und dann gibt es da noch eine andere Sache«, druckste Lord Peter herum.

»Spucken Sie's schon aus. So schlimm kann's ja wohl nicht sein, oder!«

»Nun. Wie du dir vielleicht denken kannst, bewegen wir uns in Kreisen, die du bisher nur aus dem Fernsehen und der Klatschpresse kennst. Einen kleinen Vorgeschmack gab es ja auf der Veranstaltung in der Tate Modern.«

»Wieso, war doch kein Problem als Kellnerin zu arbeiten?«

»Das ist nicht unbedingt das, was ich meine. Du würdest künftig auch auf der anderen Seite stehen müssen.«

Lord Peter schwieg einen Moment, bis die Information in meinem Hirn angekommen war.

»Ich bin mir nicht sicher, was Sie damit meinen?«

»Ich denke, so was kann man nicht vorsichtig ausdrücken. Wenn du dich für uns entscheidest, und das hoffe ich sehr, dann musst du dein Aussehen, deine Kleidung, deine Manieren und vor allem deine Sprache an diese Gesellschaftsschicht anpassen.«

Ich schwieg, schaute aus dem runden Fenster an meiner Seite und blieb Lord Peter eine schnelle Antwort schuldig.

Wir befanden uns gerade im Landeanflug auf den privaten Teil des Lissabonner Flughafens. Das Flugzeug gehörte zur Londoner Botschaft in Portugal, und der Diplomatenstatus sorgte dafür, dass wir mit unserer Ware nicht durch den Zoll mussten. Keine Ahnung, wie Lord Peter das gelungen war.

Ich musste die ganze Sache überdenken. Und das war nicht leicht. All das, was Lord Peter mir gerade erzählt und auch das, was er mir vor der Tate über seine Familie anvertraut hatte, raste von meinem Gehirn zum Bauch und wieder zurück. Verstand versus Gefühl.

Als wir aus dem Flugzeug stiegen, zweifelte ich. Als wir den Flughafen in Richtung Lissabons Altstadt verließen, zweifelte ich. Selbst in dem Moment, als wir aus dem Leihwagen ausstiegen und mit dem klapprigen Fahrstuhl, der nur mit einem gusseisernen Gitter verschlossen war, in den vierten Stock hinaufratterten, zweifelte ich noch immer.

Zelda Markstein, eine weißhaarige kleine Frau mit hängenden Schultern, brachte kein Wort heraus, als sie das Bild von uns entgegennahm. Sie lehnte es an die Wand ihres kleinen Wohnzimmers, setzte sich auf den Boden und ließ es nicht mehr aus den Augen. Ihr Enkel, Paolo, bedankte sich bei uns und lud uns zum Mittagessen ein. Lord Peter wollte ablehnen, doch ich stimmte ihn um.

»Ich muss zugeben, ich hab noch nie in meinem Leben portugiesisches Essen gegessen. Es schmeckt einfach supergenial und dieser Duft …!«, lobte ich Maria, Paolos Frau. Auch wenn ich von meiner vegetarischen Ernährungsweise eine kleine Pause einlegte, denn in dem Gericht war Fisch verarbeitet. Aber Fisch aß ich ganz gern, ab und zu. Ich war ja schließlich nicht militant. »Wie heißt das Gericht noch mal?«

»Bacalhau á bràs. Das ist gehackter Kabeljau, mit Zwiebeln und Kartoffeln angebraten und mit Oliven und Petersilie verfeinert. Ganz einfach und nichts Besonderes«, entschuldigte sich Maria fast bei Lord Peter.

»Die einfachen Sachen sind immer die besten Dinge des Lebens«, meinte er und haute rein, als hätte er den ganzen Tag noch nichts gegessen. »Vor allem das Brot. Ich wage es gar nicht zu fragen, aber könnten Sie uns davon ein paar für die Rückreise mitgeben?«

»Oh ja, bitte«, schloss ich mich begeistert an.

»Das Bolo do caco? Ja gern«, freute sich Maria, und auch ihr Mann und Zelda Markstein strahlten. »Es wird vielleicht nicht so leicht für Sie sein, das Rezept nachzumachen. Denn das Knoblauchbrot muss auf Basaltstein gebacken werden.«

Lord Peter und ich sahen uns an und lachten.

»Keine Angst«, meinte ich. »Das wird überhaupt kein Problem sein. Wir müssen nur ein Feuer unter seinem Couchtisch machen.«

Den süßen Abschluss des Essens verlegten wir von der gemütlichen Dachterrasse ins Wohnzimmer. Hier genossen wir Kaffee mit Ovos moles de Aveiro, hauchdünnen Waffeln in Muschelform, gefüllt mit süßer Eigelbmasse, und *Grüne Linie 2*.

Nach einer Weile, in der wir alle schweigend das Bild betrachtet hatten, begann Zelda Markstein leise ihre Geschichte zu erzählen. »Weißt du«, sagte sie und nahm meine Hand in ihre. »Ich war noch ein kleines Mädchen als Kurt Schwitters in unser Haus kam. Aber der Maler behandelte mich, als wäre ich schon erwachsen. Er unterhielt sich mit mir und wir durchstöberten gemeinsam in Papas Bibliothek die Bildbände über alle möglichen Kunstrichtungen. Mein Vater glaubte an seine Art zu malen und kaufte einiger seiner Werke. *Grüne Linie 2* schenkte Kurt Schwitters mir mit den Worten, es solle der Anfang für meine eigene Kunstsammlung werden. Noch am selben Abend floh er aus Deutschland. Ich wusste nichts über die politischen Zustände in meinem Heimatland. Mein Vater und meine Mutter verschlossen die Augen vor dem, was vor unserer Tür geschah. Bis sie eines Tages von der SS eingetreten wurde. Es war mein achter Geburtstag. Sie nahmen alles mit, was sie tragen konnten. Schmuck, kostbare Möbel, Bücher und alle Bilder.« Zeldas Stimme brach und ich spürte, wie sie meine Hand noch fester drückte.

»Nun sah mein Vater, dass auch wir endlich fliehen mussten. Aber es war zu spät. Nach der Besetzung der Niederlande, Frankreichs und Dänemarks gab es keine Häfen mehr, von denen Passagierschiffe direkt in die USA ablegten. Die einzige Hoffnung war Portugal. Wie Tausende andere Juden machten wir uns zu Fuß auf den Weg dorthin. Es gelang meinem Vater, für meine vier Jahre ältere Schwester und mich gefälschte Pässe aufzutreiben, die uns als Arierinnen auswiesen. Damit konnten wir von Österreich nach Italien mit dem Zug fahren und von dort ein Schiff nach Portugal besteigen. Von Lagos aus liefen wir nach Lissabon, um dort wieder auf unsere Eltern zu treffen. Meinen Eltern war es gelungen, ein Zimmer in einer Pension zu mieten. Viele Jahre lebten wir dort und hofften eines Tages in die USA emigrieren zu können.« Zelda Markstein blickte uns an und sprach mit einer Entschlossenheit weiter, die mich irritierte. Erst später begriff ich, dass die rationale Aufzählung, die nun kam, ihre Art des Selbstschutzes war.

»1946 starb mein Vater an Erschöpfung. Meine Mutter überlebte ihn nur wenige Monate. Ein Jahr später heiratete meine Schwester einen Zahnarzt der US-Armee und ging mit ihm in das Land, das die große Hoffnung meiner Eltern war und das sie nie betreten hatten. Ich dagegen lebte mein Leben in Lissabon. Habe eine wundervolle Tochter zur Welt gebracht, die mir wiederum einen herzensguten Enkel schenkte.«

»Es ist doch ein Glück, dass sie sich alle retten konnten«, flüsterte ich.

»Nicht alle«, erwiderte Paolo, weil er sah, dass seine Großmutter keine Kraft mehr zum Sprechen hatte. »Die Söhne meines Urgroßvaters, Zeldas Brüder, waren Mitte der 30er-Jahre nach Holland gegangen und hatten dort ein gut gehendes Textilgeschäft aufgebaut. Als die Nazis kamen, wurden sie erst ins Gefängnis und später ins Konzentrationslager Bergen-Belsen gebracht. Soweit man heute weiß, hielten die beiden bis Dezember 1944 durch. Sie starben an Entkräftung, wie 50 000 weitere Menschen, unter ihnen Anne Frank.«

»Zelda, ihre Schwester und ihre Eltern waren zwar mit dem Leben davongekommen, aber alles, was ihr Leben bis dahin ausgemacht hatte, war für immer verloren«, sprach Maria weiter.

»Weißt du«, sagte Zelda plötzlich an Lord Peter gewandt. »Eines Tages besteht deine Erinnerung nur noch aus Geschichten, die Märchen werden, weil nichts Greifbares mehr da ist, das ihre Wahrheit bekunden könnte. Und ihr, ihr habt eines dieser Märchen wahr werden lassen.« Zelda schaute wieder hinüber zu *Grüne Linie 2*. »Wisst ihr, Kurt Schwitters wollte, dass seine Kunst für sich sprach, damit auch andere Generationen sie verstehen könnten, und das tat sie auch.«

»Tut sie immer noch«, hauchte ich, und Zelda Markstein drückte meine Hand etwas fester, ohne den Blick von dem Gemälde zu wenden.

Im Raum war es still geworden.

Ich fühlte mich Zelda Markstein auf eine besondere Art verbunden. Wir waren ungefähr im gleichen Alter gewesen, als das Schicksal uns einen miesen Schlag in die Magengrube verpasst hatte. Und wir hatten alles getan, um unsere Erinnerungen zu retten.

Als wir die Wohnung verließen, bot uns Paolo seine Hilfe an, wann immer wir sie brauchen würden. Wir nahmen das

Angebot gerne an. Freunde in aller Welt zu haben, war nie falsch.

Ich sah mich noch einmal nach Zelda um, die still weinend auf das Bild schaute. Es waren Freudentränen, denn da war auch ein Lachen, so frei, wie ich es noch nie im Gesicht eines Menschen gesehen hatte.

Auf einmal sah ich Zelda Markstein vor mir, wie sie als kleines Mädchen in der Bibliothek ihres Vaters auf dem Teppich gesessen hatte und das Gemälde von Kurt Schwitters auf sich wirken ließ.

Da passierte es. Gehirn und Bauch waren sich einig. Ich würde ein Teil des Teams von Peter Charles Michael William Haversham dem Vierten, Baron von Leonwood Castle, werden. Aber das würde ich ihm erst nach der Landung in Biggin Hill verraten. Bis dahin sollte er mal so richtig schwitzen!

TRACK: 12
TITLE: MAN LERNT NIE AUS

Wenn du etwas findest, das dir Spaß macht, musst du nie wieder arbeiten, sagen die Leute.
Von wegen. Noch nie in meinem Leben habe ich dermaßen hart geschuftet. Meine persönliche Sonne ging um 05:00 Uhr auf und um 23:00 Uhr unter, wenn ich halbtot ins Bett fiel.

»Los, los, los. Komm schon. Das kann doch nicht so schwer sein! Hintern runter und durch!«, brüllte mir ein 1,96 Meter großer Schrank hinterher, während ich dabei war, durch die Schlammpfütze des künstlichen Hindernisparcours zu robben. Zum Glück hörte ich ihn kaum, weil meine Ohren mit dickschleimigem Schmodder verstopft waren. Ich sparte mir eine Bemerkung in seine Richtung, denn sonst hätte ich das eklige Zeug auch im Mund gehabt.

»Los jetzt! Du liegst gut in der Zeit. Heute schaffst du den Rekord!«

»Und was krieg ich dafür?«, japste ich auf dem Weg zu der blöden Holzwand, an der ein Seil baumelte.

»'ne knackige Figur und jede Menge Ausdauer!«, schrie der Kerl, der mit an Sicherheit grenzender Wahrscheinlichkeit mal bei den Royal Marine Commandos ausgebildet worden war. Privat war Tom ganz nett, aber beim Training verstand er keinen Spaß.

Ich sprang an der Wand hoch, schnappte mir das Seil und zog mich hinüber. Auf der anderen Seite ließ ich mich runterfallen und rollte mich auf dem Boden ab. Man muss mit seinen Armen einen Bogen formen. Rollt man auf diese Weise ab, verspürt man absolut keine Schmerzen. Fällt man aus geringerer Höhe, weil man vielleicht kopfüber aus einem Fenster hechten muss, dann lässt man am besten die Arme ausgestreckt, damit der ganze Körper zur selben Zeit auf dem Boden aufkommt. So wird die Kraft des Aufschlags auf den gesamten Körper verteilt. Professionelle Wrestler machen das übrigens so. Allerdings funktioniert das wirklich nur aus geringer Höhe. Wenn man aus dem zehnten Stockwerk springt, ist es so ziemlich egal, wie man landet. Oh, da fällt mir dieser blöde Witz ein: Was ist der Unterschied zwischen einem Menschen, der aus dem ersten Stock stürzt, und einem aus dem zwölften Stock? Beim ersten macht's Bumm-Ah! Beim zweiten Ahhhhhh-Bumm!

Zu meiner Entschuldigung: Es war kurz vor sechs Uhr morgens, und hinter dem schmalen Waldrand krochen die ersten Sonnenstrahlen hervor.

Ich beugte mich nach vorn und hielt mir die Hände vor den Bauch, nachdem ich mich von der anderen Seite der Kletterwand in die Tiefe gestürzt hatte.

»Locker auslaufen, Cat. Die Muskeln müssen schön locker bleiben, sonst übersäuerst du.« Tom schlug mir sanft auf den Rücken, und wir joggten gemeinsam zum Schloss zurück.

Exakt: ein Schloss. So richtig mit Zuckergusstürmchen an den Seiten und diesen fiesen Gremlins aus Stein, die über den Regenrinnen hockten. Als ich vor zwei Tagen hier ankam, hatte ich eigentlich damit gerechnet, irgendwann auf Harry Potter und Co. zu treffen. Doch bisher – Fehlanzeige.

Auf der Haupttreppe, die aus vier vermoosten Steinstufen bestand, saßen in trauter Zweisamkeit Simon und seine neue beste Freundin, ein Australian Shepherd namens Twinkle. Ich mochte den Hund auch, keine Frage, aber irgendwie verspürte ich immer so einen kleinen Stich, wenn die beiden das Schloss und die Umgebung ohne mich unsicher machten.

»Für heute hast du dich gut aufgewärmt. Nach dem Frühstück geht's weiter mit der Nahkampfausbildung und angewandter Chemie. Der Nachmittag ist frei und heute Abend hat Lord Peter noch eine Überraschung für dich!«

»Noch eine! Ich kann's kaum erwarten.« Aus meiner Stimme tropfte der Sarkasmus.

Ich trottete schwerfällig zum Eingang hoch, während Tom die Stufen mit einem schwungvollen Schritt übersprang.

Der Landsitz von Lord Peter befand sich ungefähr eine Stunde Fahrt südlich von London. Ich war noch nie auf dem Land gewesen. Ich meine, ich kannte grüne Wiesen und Bäume und das ganze Zeug, aber das hier war dann doch anders. Was mich am meisten schaffte, war die Stille. Gut, es gab Kühe, die muhten, Grillen, die zirpten, Vögel, die zwitscherten, und Wind, der wehte. Aber ich vermisste den Knall einer Fehlzündung, das Schlittern von Autoreifen auf Asphalt, das Konzert aus Autohupen, Fahrradklingeln, ausgestoßenen Flüchen und dem Plärren von Kindern. Und ich vermisste das Murmeln der Wellen des Regent's Canal, die mich sanft in den Schlaf lullten.

Die erste Nacht hier draußen hatte ich kein Auge zugetan. In meiner Verzweiflung rief ich Asim an und bat ihn, mir eine Audiodatei mit Stadtgeräuschen zu schicken. Und er hat es tatsächlich getan! Eine halbe Stunde später schlief ich dann ein.

Den Rest gab mir die erste Trainingseinheit mit Tom. So viel frische Luft war meine Lunge einfach nicht gewohnt. Ich stand kurz vor einem Asthmaanfall.

Mittlerweile hatte ich mich aber ganz gut akklimatisiert.

In meinem Zimmer angekommen, drehte ich die megageile Musikanlage voll auf. Die Gitarrenriffs aus *Burn my Shadow* von *War Stories* knallten mir in Konzertqualität entgegen. Headbangend pellte ich mich aus der Trainingshose und warf das Muskelshirt auf den Hartholzboden.

Im Gegensatz zu meiner kitschigen Vorstellung von der Ausstattung eines Schlosses aus dem 18. Jahrhundert waren die Räume hier ziemlich human eingerichtet. Statt in einem überdimensionalen Himmelbett mit geplüschter roter Tagesdecke schlief ich in einem ganz normalen Bett mit King-Size-Matratze. Es gab ein mit mintgrüner Seide überzogenes Sofa, das man in Kennerkreisen wohl Diwan nannte, und einen kleinen Bistrotisch, dessen Mosaikplatte farblich zum Sofa passte. Dann stand noch ein Ohrensessel in meinem Zimmer, der momentan unter meinen schwarzen Klamotten vergraben war. Aber ich glaube, seine ursprüngliche Farbe war ein knalliges Blau. Lord Peters Inneneinrichter fuhr anscheinend voll auf Colourblocking ab. Ach ja, den Kleiderschrank habe ich total vergessen. Den gab es natürlich auch: leer.

Total krass war aber das Haustelefon, das auf dem Nachttisch neben meinem Bett stand. Wenn ich was brauchte, dann drückte ich eine Taste, und schon war Vincent in der

Leitung. So ’ne Klingel, wie man sie aus Filmen kennt, gab’s leider nicht, auch keinen Salon mit Ritterrüstungen oder so. Aber ich wette, irgendwo war noch ein Folterkeller. Ich hatte bisher nur keine Zeit, ihn zu suchen.

Nackt rockte ich in das angrenzende Bad und hüpfte unter die Regendusche. Während das Wasser leise auf meinen Kopf plätscherte, konnte ich durch die bodentiefen Sprossenfenster das riesige Heckenlabyrinth im hinteren Garten des Schlosses bewundern, in dessen Mitte ein kreisrunder, wahnsinnig kitschiger Springbrunnen mit steinernen Fischen thronte. Da mein Zimmer im ersten Stock des Schlosses lag, konnte mich vom Garten aus niemand sehen.

Das Wasser floss über meinen Körper und ich genoss den Geruch von Zitrone, den das Duschbad verströmte. Ich fragte mich, wann Seine Lordschaft endlich mit meiner »Ausbildung« beginnen wollte? Bisher trainierte ich mit Tom meine Ausdauer und Kletterkünste. Nebenbei paukte ich täglich für die Schulprüfungen. Nur sah ich nicht, wie mich das bei der Infiltrierung adeliger Kreise weiterbringen sollte. Bevor ich mich weiter mit dem Gedanken beschäftigen konnte, knurrte mein Magen.

Ich stieg aus der Dusche, wickelte mir ein Handtuch um die Brust und wischte die Spiegelfläche über dem Waschbecken frei.

»Bäh«, streckte ich mir die Zunge raus und lachte. Es ging mir gut. Ich fühlte mich wohl, und ich machte mir keine Sorgen um Tante J. und den Pub. »Die Aushilfe ist tausendmal besser als du.« O-Ton Tante J., und ich solle mich nur um meine Abschlussprüfung kümmern. Ich weiß nicht, was ihr Lord Peter erzählt hatte, aber sie stellte keine neugierigen Fragen.

Ich trocknete mich ab und kuschelte mich dann in meinen Bademantel. Aber hey, »Bademantel« wurde dem Superteil nicht annähernd gerecht. Ich meine, ich hüllte meinen Luxusbody in einen plüschigen Morgenmantel von Oscar de la Renta! Hallo! Das Teil war so flauschig, dass ich es am liebsten den ganzen Tag getragen hätte. Aber ich glaube, das wäre hier nicht so gut angekommen.

Ich kickte meine schlammverkrusteten Nikes zu dem Haufen mit den verschwitzten Trainingsklamotten. Heute Abend würden die Sachen wieder in reinem Schwarz erstrahlen. Allmählich gewöhnte ich mich daran, von Vincent gepampert zu werden.

Ich warf mir meine Jeans und ein Shirt über, sprang in meine Boots und lief durch den Flur, in dem statt Ritterrüstungen frische Zweige mit weißen und tiefroten Magnolien in Bodenvasen standen. An den Wänden hingen keine Ölschinken von Lord Peters Vorfahren, sondern Bilder von Mark Rothko, Georgia O'Keeffe und Gerhard Richter. Alles Originale, alle echt! Eines von den Bildern, die auf diesen zwanzig Metern im Westflügel hingen, würde locker reichen, um mein College zu finanzieren. Was nicht nötig war, denn ich würde nicht weiter zur Schule gehen. Ich hatte ja jetzt einen Job.

Ich trat in den Salon, in dem Seine Lordschaft und ich jedes Essen einnahmen und von dem man den Blick auf weite Wiesen und die Zufahrt zum Schloss genießen konnte.

Bis auf die beiden Kamine an den Stirnseiten des Raumes unterschied er sich in der spartanischen Einrichtung nicht vom Stil des restlichen Schlosses. Ein runder Tisch aus edlem dunklen Holz, dazu sechs passende Stühle, deren Polster und Lehnen mit Leder überzogen waren. Ein hüfthoher Büfettschrank aus dem gleichen Material wie der Tisch nahm die zehn Meter lange Wand gegenüber der Fensterfront ein. Hier richtete Vincent die Speisen an, die er vorher aus dem schmalen Aufzug im Flur geholt hatte. Im ganzen Schloss gab es diese Art von Lift, eine große Kiste, die man per automatischen Seilzug vom Keller bis unters Dach fahren lassen konnte. Zur Not hätte auch ein Mensch mitfahren können. Allerdings konnte ich die Traglast des Lifts nicht genau einschätzen. Dazu müsste man mal eine Probefahrt machen.

Gerahmte Gemälde oder Fotos gab es keine. Den künstlerischen Punkt im Salon setzte ein Wandgemälde, das mich stark an das Schablonengraffito von Banksy mit dem vermummten Demonstranten erinnerte, der statt eines Molotowcocktails einen Blumenstrauß wirft. Aber das konnte nur ein Fake sein. Ich meine, Banksy, das Streetart-Phantom, hier auf Leonwood Castle? Niemals!

»Guten Morgen.« Meine Worte verhallten im Raum.

»Guten Morgen«, grüßte Lord Peter zurück, während ich mich auf die Marathonstrecke durch den Raum begab. »Wie war das Training?«

»Lief super.« Ich wollte mir gerade den Stuhl heranziehen und mich setzen, als Vincent hinter mir aus dem Boden wuchs.

»Gott!«, zuckte ich erschreckt zurück. »Wir sollten Ihnen ein Glöckchen umhängen, Vincent. Sie erschrecken mich jedes Mal fast zu Tode.« Theatralisch fasste ich mir an die Brust.

»Wie Mylady wünschen«, näselte Vincent formvollendet, aber ich wurde den Eindruck nicht los, dass er sich köstlich amüsierte.

»Und hören Sie bitte mit dem Mylady auf. Ich bin Cat und damit Basta.«

Seine Lordschaft und der Butler tauschten einen schnellen Blick aus. »Wie Mylady wünschen!«

»Brmpf«, brummte ich zurück und ließ mir von Vincent den Stuhl unter den Hintern schieben. Dann lief er hinüber zur Anrichte, wo frischer Toast, Saft und ein kleiner Obstsalat mit Extrajoghurt standen, und kam mit zwei Tellern zurück, die er unter einer Cloche versteckt hatte.

Er setzte die Teller – erst den Seiner Lordschaft und dann meinen – vor uns ab. Mit Schwung lupfte er die schweren silbernen Hauben und ließ den sensationellen Duft seines berühmten Trüffelrühreis frei. Hier auf Leonwood Castle hatte ich zum ersten Mal in meinem Leben diesen wertvollen Pilz gegessen, den nur die besonders feine Nase eines Schweins in der Erde wittern konnte. Die in hauchdünne Scheibchen gehobelten Trüffel schmeckten ganz lecker. Irgendwie nach Käse. Sie würzten das Ei auf eine Art, die ich bisher nicht kannte.

Den Tee schenkte Vincent so schnell nach, dass die Tasse keine Chance hatte auszukühlen.

»Was ist für heute geplant?«, wollte Seine Lordschaft wissen.

»Tom sagte was von Nahkampfausbildung, und ich muss dringend noch was für die Schulprüfungen machen.« Das Ei zerging mir auf der Zunge, und meine Geschmacksnerven feierten Silvester. »Kann ich nachher in den Computerraum? Am Smartphone recherchieren ist ein wenig umständlich, außerdem muss ich ein paar Sachen ausdrucken.«

»Ja sicher, kein Problem. Gegen 14 Uhr, nach dem Mittagessen?«

»Passt!«

»Gut, dann sage ich Vincent Bescheid.«

»Sehr wohl, Mylord«, schallte es von der Tür herüber. Ein Butler hört alles.

»Dann kann Asim dich auch gleich mit dem nächsten Job vertraut machen.« Damit hatte er meine volle Aufmerksamkeit. Doch bevor ich den Mund aufmachen konnte, fuhr er fort: »Keine Zeit für Fragen. Ich muss gleich los. Und Asim erklärt das alles viel besser als ich.«

»Oh. Tom meinte, Sie hätten noch eine Überraschung für mich?«, versuchte ich mein Glück.

Lord Peter zog eine Augenbraue in die Höhe. »Er hat doch wohl nichts verraten?«

»Nein, aber vielleicht könnten Sie mir einen Tipp geben. Ich mag nämlich keine Überraschungen.«

»Leider nein«, grinste Lord Peter.

»Ach kommen Sie schon, nicht mal einen kleinen Hinweis?«, bettelte ich.

Aber es half nichts. Lord Peter blieb standhaft.

»Darf es noch etwas sein?«, fragte Vincent in die Runde.

»Nicht für mich.« Ich rieb mir den Bauch. »Ich bin voll wie eine Zecke.«

»Vielen Dank, Vincent. Es war wie immer ein hervorragendes Frühstück.«

Okay, wenn Seine Lordschaft sich bedankte, dann klang das irgendwie jedes Mal viel vornehmer als bei mir. Aber ich konnte weder in seinem Gesicht noch an seiner Stimmfarbe erkennen, ob er solche Phrasen wirklich ernst meinte oder ob sie einfach waren, was sie waren: Floskeln. Vincent schien das jedoch nicht zu interessieren. Er wartete geduldig darauf, dass wir uns vom Tisch erhoben, denn erst, wenn wir den Raum verlassen hatten, durfte er abräumen. Alles andere wäre mehr als unhöflich.

»Was werden Sie heute alles anstellen?«, versuchte ich mich in Smalltalk mit Lord Peter. Vielleicht rutschte ihm ja was zu der Überraschung und dem nächsten Fall raus.

»Ich werde nach London fahren, um noch ein paar Besorgungen zu machen.«

»Was denn genau?«

»Sei nicht so neugierig. Du wirst es schon früh genug erfahren.« Lord Peter lachte und verschwand in Richtung seines Zimmers.

Schmollend blieb ich an der Treppe stehen und schaute zu dem kristallenen Kronleuchter hinauf, der die Maße einer dieser großen Anzeigetafeln hatte, die immer in der Mitte einer Profibasketballhalle hängen. Wenn alle Kerzen brannten, brach sich ihr Licht in den geschliffenen Kristallglassteinen bestimmt zu Tausenden Regenbogen, die sich über den hellen Marmorboden ergossen. Zumindest stellte ich mir das so vor, denn ich hatte den Leuchter noch nicht in Aktion gesehen. Am Abend schaltete Vincent einfach nur die elektrischen Lampen an den Seitenwänden an.

Eine vier Meter breite Holztreppe führte in das obere Geschoss des Schlosses, in dem sich noch mehr Räume befanden, die derzeit aber nicht benutzt wurden.

Verstohlen schaute ich mich um.

Niemand zu sehen!

Zwei Stufen auf einmal nehmend, sprang ich die Treppe hinauf. Oben angekommen horchte ich noch einmal ins Haus. Es war alles still.

»Na dann!« Ich rieb mir die Hände, nahm einen kurzen Anlauf und rutschte auf meinem Hintern das breite Treppengeländer hinunter. Kurz vor dem Ende hob ich die Beine in die Luft, stieß mich ab und landete in Hocke auf dem Boden. »Tadaaa!«, verneigte ich mich vor meinem Publikum, das aus Twinkle und Simon bestand. Beide applaudierten mir auf ihre Weise. Die Eingangstür, die sich in nichts von den bodentiefen Fenstern im Rest des Hauses unterschied, öffnete sich.

»Kann's losgehen?«

»Gleich, Tom. Ich muss nur noch meine Sportklamotten anziehen.«

»Brauchst du nicht. Wenn du überfallen wirst, dann wartet dein Angreifer auch nicht, bis du dir was Bequemes übergeworfen hast.«

»Auch ein Argument.«

Simon kletterte an mir hoch und setzte sich auf meine Schulter. Er mochte mich eben doch noch!

Twinkle rannte uns voraus zu einem Nebengebäude, das früher als Pferdestall genutzt worden war. Heute befand sich darin eine beeindruckende Sporthalle inklusive Schießstand, von dem ich hoffte, ihn nie betreten zu müssen.

»Was hast du mit mir vor?«

Tom schaute mich kurz von der Seite an. »Ich werde dir beibringen, wie du dich effektiv selbst verteidigst. In jeder Situation. Inklusive ein paar Tricks, wie du für Ablenkung sorgen kannst, ohne dass dabei jemand zu Schaden kommen muss.«

»Cool! Aber ich dachte, wenn ich in einem Team arbeite, dann brauche ich das nicht!«

Tom nahm den zarten Anflug von Sarkasmus in meiner Stimme durchaus wahr. »Mhm. Könnte man meinen, ja. Aber meiner Meinung nach sollte sich jeder Mensch verteidigen können. Besonders wenn er einen nicht ganz ungefährlichen Job macht. Außerdem besteht euer Team aus einer Diebin, einem Hacker und Lord Peter. Einen Mann fürs Grobe habt ihr nicht.«

»Oh, ich dachte, du würdest für mich, wenn nötig, die Kohlen aus dem Feuer holen und mich retten.«

Tom lachte laut auf. »Heldentum überlasse ich anderen. Außerdem machst du auf mich den Eindruck einer Lady, die sich aus ihren Nöten selbst befreien möchte.«

Da hatte er nicht ganz unrecht. »Aber wenn ich mal richtig in der Scheiße sitze?«

Tom legte seinen Arm um meine Schulter und zog mich an sich. »Keine Sorge, meine Kleine. Wenn ich dich aus dem philippinischen Dschungel befreien soll, dann mache ich das.«

Damit schob er die Stalltür beiseite und wir traten in einen hellen, offenen Raum. Twinkle sprang bellend hinein. Simon kraxelte an mir herunter und rannte der Hündin ausgelassen hinterher.

In der Mitte befand sich ein Boxring mit offenen Seiten. An den Wänden hingen diverse Spielzeuge wie Messer in allen Größen und Formen, Schlagstöcke, Baseball- und Golfschläger, Schlagringe und Wurfsterne.

»Stell dich auf die Matte. Bevor wir in die Vollen gehen, zeige ich dir erst einmal ein paar simple Grundregeln aus dem Pankration.«

»Pank… was bitte? Ich dachte, ich kriege hier ein paar abgefahrene Martial-Arts- oder Kung-Fu-Griffe beigebracht. Oder wie man die niedlichen Accessoires hier benutzt.« Ich zeigte auf das Waffenarsenal, nach dem sich die Londoner Banden alle zehn Finger lecken würden.

»Die Teile hier wirst du nicht brauchen, wenn du die folgenden Lektionen gelernt hast. Pankration ist die Mutter aller Kampfkünste, die ohne Waffen auskommen. Du verteidigst dich nur mit Schlägen, Tritten, Knie- und Ellbogenstößen. Würfe, Hebel und Würgegriffe sind auch erlaubt. Beißen und das Eindrücken der Augen sind im Wettkampf jedoch verboten.«

»Bääh, Augen eindrücken, ich denke, ich kann mich noch beherrschen.«

»Im Training vielleicht, aber wenn es hart auf hart geht, dann kann ich dir nur raten, dass du alles versuchst, was dein Leben rettet. Das Wichtigste bei der Selbstverteidigung ist die Selbstbehauptung. Die meisten Menschen haben eine Abneigung gegen Gewalt. Sich verteidigen bedeutet Gewalt auszuüben. Vor allem Frauen denken zu viel nach. ›Ich tu ihm doch weh! Jemanden schlagen ist Unrecht!‹ Diese emotionale Hürde zu überwinden ist der erste Schritt, sich gegen Übergriffe zu schützen. Das hat etwas mit Selbstbehauptung zu tun. Und das kann man trainieren. In der nächsten Stufe, der Selbstverteidigung, ist dann im Prinzip alles erlaubt.«

»Alles?«

Tom nickte. »Ich werde dir aber im ersten Training lediglich Techniken zeigen, die deinen Gegner ausknocken werden, sodass du fliehen kannst. Ihn zu töten steht erst mal nicht im Vordergrund. Kapiert!?«

Ich schluckte schwer. Ich hatte nicht vor, jemandem das Leben zu nehmen. Das stand bestimmt nicht auf meiner Agenda. Und ich hoffte, dass das auch nie der Fall sein würde.

»Okay! Stell dich vor mich hin. Beine hüftbreit auseinander und leicht gebeugt.«

»Warum? Das sieht doof aus!«, trotzte ich und ließ meine Beine gestreckt.

Tom kam mir entgegen und schlug mir mit beiden Händen fest gegen den oberen Brustkorb, direkt unter meinem Hals. Ich strauchelte und fiel auf meinen Hintern. Zum Glück war die Unterlage gepolstert.

»Hey!«

Tom reichte mir eine Hand und zog mich wieder auf die Füße. »Jetzt noch mal und halte dich an meine Anweisungen.«

Dem zweiten Angriff hielt ich stand, im wahrsten Sinne des Wortes. Ich bog mich ein wenig nach hinten und machte einen halben Ausfallschritt, aber ich fiel nicht um.

»Siehst du jetzt, was ich meine?«

»Mein Stand ist sicherer.«

»Wie ein Grashalm. Du bewegst dich mit dem Wind, aber du brichst nicht.«

»Alles klar. Was weiter?« Ich war bereit.

»Spontane Angriffe entstehen meist aus einer Streitsituation heraus. Als Frau hast du einen Vorteil, den du nutzen kannst. Männer unterschätzen euch. Sie denken, weil ihr schwächer seid und euch nicht traut zurückzuschlagen, können sie euch bedenkenlos von vorn angreifen. Du siehst es also kommen und kannst dich darauf vorbereiten. Lass ihn auslaufen: Dreh dich seitlich mit seiner Bewegung mit, und er rennt direkt an dir vorbei.«

»Wie ein Torero beim Stierkampf?«

»Genau! Gutes Beispiel.«

»Aber er wird zurückkommen!«

»Ja, nur jetzt hast du Zeit zu agieren, statt nur zu reagieren. Dreh dich frontal zum Gegner.« Tom schob mich direkt vor ihn. »Jetzt komme ich auf dich zu. Sobald ich auf Armlänge vor dir bin, nimmst du deine Arme hoch und stemmst sie gegen meine Schultern. Gleichzeitig hebst du ein angewinkeltes Knie und rammst es mir mit aller Kraft zwischen die Beine.«

Ich führte die Bewegung langsam aus und tat nur so, als würde ich Tom treffen.

»In der Regel wird sich dein Angreifer zusammengekrümmt auf der Erde wälzen und du kannst entkommen. Das funktioniert übrigens auch bei Frauen. Da musst du nur härter zutreten.«

»Was, wenn der Typ ein Messer oder einen Schlagstock hat?«

»Wenn er nicht gerade darauf trainiert ist, sich entgegen den normalen Mustern zu bewegen, wird er ein Messer immer über seinen Kopf heben, um mehr Schwung zu bekommen. Dann schützt du deinen Oberkörper, indem du deine angewinkelten Arme vor dich hältst, unter dem Messer abtauchst und von unten hart gegen die Hand schlägst, die das Messer hält. Wenn er aus der Balance kommt, duckst du dich weiter nach unten, greifst mit einer Hand in seinen Schritt und drückst, so fest du kannst, zu.«

»Igitt. So was mach ich nicht!«, kreischte ich auf.

»Dann bist du tot«, gab Tom völlig emotionslos zurück. »Denn ein Tritt gegen sein Knie wird ihn nicht ausschalten. Frauen sind schwächer als Männer. Dir bleibt nichts anderes übrig, als unfair zu kämpfen, sonst kostet es dich im schlimmsten Fall das Leben.«

»Was ist mit einem Schlagstock oder Baseballschläger?«, lenkte ich das Thema in weniger ekliges Fahrwasser.

»Hier muss dir eines klar sein. Bei jedem Treffer, den dein Gegner landet, wirst du heftige Schmerzen spüren, aber in der Regel ist der erste Schlag nicht gleich tödlich. Das Wichtigste ist, dass du dich gegen den Schmerz wappnest und innerhalb von Sekunden reagieren kannst. Versuch den Stock mit den Händen zu greifen und ihn dem Gegner zu entreißen oder ihm wenigstens den Schwung zu nehmen. Dann hast du das Überraschungsmoment auf deiner Seite. Wieder nimmst du deinen Fuß oder das Knie und …«

»… rammst es ihm zwischen die Beine. Ich glaube, so langsam kriege ich den Dreh raus.«

»Du kannst ihm auch von oben auf das Knie oder das

Schienbein treten. Dein Gegner wird so überrascht sein, dass du ihm den Stock abnehmen kannst.«

»Okay, dann hab ich das Ding, und dann?«

»Schlägst du zurück. Steht er, dann den Baseballschläger gegen Knie oder Schienbein schlagen. Das reicht meistens aus. Wenn du auf Nummer sicher gehen willst, kannst du ihm noch einen Schlag auf den Hinterkopf verabreichen, wenn er in die Knie geht. Aber ich persönlich halte das nicht für nötig. Ein Baseballschläger ist sowieso eine denkbar ungünstige Waffe, denn um die nötige Kraft zu bekommen, braucht es eine Menge Schwung. Wenn du die Wahl hast, dann entscheide dich für einen Golfschläger: Höherer Schwerpunkt erzielt mehr Kraft auf eine punktuelle Fläche, und das richtet mehr Schaden an.«

Ich schwieg und dachte nach. »Was ist, wenn der Kerl mich von hinten angreift und mich festhält?« Mir war der Typ vom Dach wieder eingefallen.

»Probier es aus!« Tom drehte mich um und umklammerte mich von hinten. Wieder tat ich so, als würde ich mich ergeben. Auch Tom lockerte für eine Sekunde seinen Griff. Ich ging leicht in die Knie und bewegte dann meinen Hinterkopf gegen sein Gesicht. Bevor ich ihn jedoch traf, hielt ich in der Bewegung inne.

»Sehr gute Idee«, meinte mein Trainer, ließ mich los und trat einen Schritt zurück. »Damit hast du sicher Erfolg bei jemandem, der genauso groß ist wie du. Wenn der Typ aber größer ist, dann wird das nicht viel ausrichten. Dann musst du seinen Kopf auf deine Höhe bringen. Das schaffst du am besten, indem du ihm mit aller Kraft und Schwung auf den

Fuß trittst. Parallel zu dem Tritt schiebst du deinen Körper leicht …« Tom stutzte. »Bist du Linkshänderin?«

»Egal. Ich kann mit beiden Händen schreiben.«

»Wow. Umso besser. Also, du schiebst deinen Körper leicht nach rechts, winkelst deinen linken Arm an, machst eine Faust und stößt den Ellbogen in seine Magengrube, so fest du kannst. Er wird in sich zusammensacken und dann gibst du ihm den Rest, indem du ihm die linke Faust auf die Nase schlägst. Versuch's mal!«

Ich probte den Bewegungsablauf. Wieder und wieder. Bis ich immer sicherer wurde. Und von Mal zu Mal mutiger. Ich verlor meine Scheu. Ich behauptete mich selbst. Anderthalb Stunden später war ich total ausgepowert und verschwitzt. Aber da war ich nicht die Einzige.

»Okay, das lief gut. Lass uns eine Pause machen«, meinte Tom und lief zu einer Bank.

Wie aufs Stichwort trat Vincent durch das Tor. Er trug ein Tablett mit einer Karaffe Eistee und Gläsern darauf.

»Er kann Gedanken lesen«, flüsterte ich Tom zu. »Das ist echt gruselig.«

»Oder ich hab ihm Bescheid gesagt, dass wir um diese Zeit eine Pause machen werden!«

»Meine Theorie gefällt mir besser«, lachte ich. »Kommen Sie, Vinnie. Setzen Sie sich zu uns und trinken Sie einen Schluck mit. Sie sollten sich auch mal eine Pause gönnen.«

»Wie Mylady wünschen«, erwiderte der Butler und setzte sich wirklich zu uns. Auch Twinkle und Simon erschienen auf der Bildfläche. Vincent machte Anstalten wieder aufzustehen.

»Warten Sie«, hielt ich ihn zurück. »Ich mach das schon.« Ich sprang auf.

»In meinem Büro«, rief mir Tom hinterher.

Ich nahm die Hundeschüssel, füllte sie an dem Handwaschbecken mit Wasser und stellte sie neben uns auf den Boden. Die beiden Tiere machten sich über ihre Erfrischung her. Und wir über unsere.

»Gehen wir noch da hinein?« Ich nickte mit dem Kopf in Richtung Schießstand.

»Ja. Du sollst mal mit ein paar Handfeuerwaffen Bekanntschaft schließen«, erwiderte Tom.

»Ich mag keine Pistolen.«

»Das ist gut. Bleib dabei.«

»Aber wozu dann? Das ist doch Zeitverschwendung.«

»Sie sollen nicht lernen, Schusswaffen zu mögen, Mylady. Aber es kann ja nicht schaden, wenn man mit ihnen umgehen kann, oder?«

Darauf wusste ich keine Antwort. Wir genossen schweigend unseren Tee und schauten den Tieren beim Herumtollen zu. Gerade als ich schläfrig wurde, erhob sich Vincent und nahm das Tablett auf. »Asim erwartet Sie um 14 Uhr im Computerraum, Mylady«, teilte er mir mit und verschwand wieder in Richtung Schloss.

»Wollen wir?«

»Nicht wirklich. Aber gut.«

Der Raum war fensterlos und nur von elektrischem Licht erhellt. Direkt vor uns stand ein schwerer Holztisch, hüfthoch und geschätzte acht Meter lang, wie eine Barriere zum hinteren Teil des Raumes. Mannshohe Plexiglasscheiben unterteilten ihn in drei Kabinen. In zwei davon lag jeweils eine Handfeuerwaffe. Am hinteren Ende des Raums hingen zwei einfache Zielscheiben. Zum Glück keine Poster mit Männern drauf, wie ich sie aus Filmen kannte.

»Hier. Das ist eine Walther PPK. Eine kleine, sichere Waffe, die man sehr gut verdeckt tragen kann. Sie wird gern von der Polizei verwendet, weil sie sehr sicher ist.«

»Sicher? In was?«

»Siehst du hier.« Tom zeigte mir den Lauf der Waffe. »Das Single-Action-/Double-Action-System verhindert, dass sich ein Schuss zufällig löst, sollte man die Waffe aus Versehen fallen lassen. Selbst wenn die Waffe entsichert und damit schussbereit ist, geht sie nicht los. Beim ersten Schuss musst du mehr Kraft auf den Abzug ausüben. Danach bleibt das Schlagstück automatisch gespannt und das Abzugsgewicht für die kommenden Schüsse ist geringer. Das verringert den Rückstoß der Waffe, und sie schlägt nicht so stark nach oben aus, was die Treffsicherheit erhöht.«

»Na super.«

»Hier, probier's aus. Keine Angst. Sie ist nicht geladen.«

Ich nahm die Walther PPK mit spitzen Fingern entgegen. Als meine Hand sie umschloss, geschah etwas Merkwürdiges. Ich spürte, wie das kalte Metall die Wärme meiner Haut aufsog. Widerstandslos kuschelte sich der ergonomische Griff an mich ran. Der Gegenstand verschmolz irgendwie mit mir. Wie eine Verlängerung meines Armes. Aber das Verwirrende war, dass mich plötzlich ein Gefühl von Unbesiegbarkeit überkam. Ich schaute Tom Hilfe suchend an.

Er missverstand meinen Blick. »Ist schon okay. Du musst

sie nicht mögen. Aber du solltest wenigstens einmal damit geschossen haben.« Er lud die Pistole, stellte sich hinter mich und führte meine Arme nach oben. »Du musst dich für eine Führungshand entscheiden. Mit der stützt du die Hand, in der du die Waffe hast, ab. Okay, die rechte. Gut. Jetzt hebst du die Waffe ungefähr auf Augenhöhe. Du musst nicht über Kimme und Korn anvisieren wie bei einem Gewehr. Du gibst mit den Augen die Richtung vor. Das ist dein Ziel, und dann schießt du. Aber warte noch einen Moment.« Er holte zwei Ohrenschützer für uns. »Sicherheit geht vor. Jeder Schuss ist eine Explosion, und je näher du da dran bist, desto schneller wirst du taub.« Er gab mir die Waffe und trat zwei Schritte hinter mich zurück.

Wieder stellte sich das Gefühl ein: eine Mischung aus Zweifel und Übermut. Ich krümmte meinen Zeigefinger immer weiter, bis ich den leichten Widerstand des Abzugsmechanismus spürte. Ich drückte dagegen an und der erste Schuss löste sich. Erschreckt riss ich die Waffe nach oben.

»Gleich noch mal«, rief Tom. »Jetzt weißt du, wie's geht!«

Ich visierte die Zielscheibe erneut an und drückte ab, ab, ab, ab, ab, ab, bis das Magazin leer war, genauso wie ich. Mein Hirn hatte sich ausgeschaltet. Ich war nicht mehr als eine Maschine, so wie die Pistole in meiner Hand, und das erschreckte mich. Wortlos gab ich die Waffe an Tom zurück. Der checkte die Zielscheibe.

»Der Kerl ist tot, so viel ist sicher.« Er klang richtig stolz.

»Schön. Aber ich werde nie damit auf ein Lebewesen zielen.«

»Ich hoffe, dass du das nie musst«, erwiderte Tom.

»Will ich jemanden k. o. kriegen, dann nehme ich meinen Viehtreiber.«

»Davon würde ich dir abraten«, meinte Tom, während er die Waffen sicher wegschloss und wir wieder durch die große Halle liefen.

»Wieso? Das endet jedenfalls nicht tödlich.«

»Das vielleicht nicht. Aber in 99 von 100 Fällen wirst du dich mit einem Viehtreiber selbst ins Land der Träume schicken.«

»Werde ich nicht!«, behauptete ich trotzig.

»Hast du so ein Teil schon mal benutzt?«

»Nur an meinem Kopfkissen. So schwer ist das nicht.«

Tom schaute mich eindringlich an. »Stell es dir doch mal vor. Du musst mit einem Viehtreiber richtig nah an den Angreifer ran. Der braucht dich bloß an einer Stelle deines Körpers zu berühren, während du ihm den Stromstoß versetzt, und du knockst dich mit aus. Dann kann ich nur für dich hoffen, dass du schneller wieder zu Bewusstsein kommst als dein Gegner. Das Gleiche gilt für Tränengas oder Pfefferspray. Wenn du das Zeug in einem Raum versprühst, dann kriegst du mit Sicherheit auch was ab. Und im Freien musst du prüfen, aus welcher Richtung der Wind kommt. Ich habe zu viele Frauen gesehen, die Opfer ihres eigenen Tränengases wurden. Und wenn, dann reicht Parfüm. Damit erzielst du das gleiche Ergebnis.«

»Chanel Nr. 5 und sie gehen k. o. – meinst du, das könnte als Werbeslogan durchgehen?«

»Ein Versuch wäre es wert.« Tom lachte.

»Ach, noch eine Frage.« Wir waren wieder auf dem Weg

zurück zum Schloss. »Was, wenn mich jemand mit einer Schusswaffe bedroht?«

»Da gibt es nur zwei Möglichkeiten. Wenn er nah an dir dran steht oder du den Mut hast, auf ihn zuzugehen, dann schlägst du ihm die Waffe aus der Hand, wie beim Messer.«

»Und wenn er weiter weg steht?«

»Dann renn um dein Leben. Wie ein Hase. Je mehr Haken du schlägst, desto höher sind deine Chancen. Es ist sehr schwer, ein bewegliches Ziel zu treffen. Selbst für einen Profi.«

Wir schwiegen.

»Oh, eine Möglichkeit gibt es noch.«

»Und die wäre?«

Tom legte seine Hand auf meine Schulter und meinte trocken: »Bete, dass dir das nie passiert!«

TRACK: 13
TITLE: KIS(S)MET

Wenn sich Zufälle häufen, kann man dann von Schicksal sprechen? Die Entstehung des Menschen ist reiner Zufall. Ich meine, wenn es nach dem Urknall nur ein Grad wärmer oder kälter gewesen wäre, gäbe es kein Leben auf dem Planeten. Und unser Überleben hängt von der Chemie zwischen zwei Menschen ab. Apropos Chemie – ich hatte ja keine Ahnung, wie gefährlich Haushaltsreiniger sind!

Obwohl ich sportlich eigentlich gut in Form war, spürte ich den Muskelkater nach der Nahkampfausbildung kommen. Dagegen gab es nichts Besseres als eine Runde Schwimmen. Wie es der Zufall wollte, verfügte der Landsitz über eine kleine Schwimmhalle mit zwei 25-Meter-Bahnen.

In meinen Bademantel gehüllt und mit Schlappen an den Füßen schlurfte ich den Gang im Ostflügel hinunter, an dessen Ende sich der Eingang zum Schwimmbereich befand. Hinter einer der vier Türen, die ich links und rechts passierte, befand sich Lord Peters Büro. Ich zögerte. Seine Lordschaft war nach London gefahren. Blitzartig schoss mir durchs Hirn, ich könnte ja mal einen Blick in den Raum werfen. Die Geheimnistuerei ging mir langsam, aber sicher auf die Nerven. Andererseits: Wollte ich Lord Peters Vertrauen missbrauchen? Wenn er die Zeit für gekommen hielt, würde er mir zeigen, was seine Vorfahren für uns bereithielten. Ich rang mit mir. Schließlich entschied das Vertrauen den stillen Kampf für sich und ich lief widerwillig weiter.

Ich öffnete die Tür zum Schwimmbad und trat in ein altenglisches Gewächshaus. Die Sonne schien durch die gläsernen Wände und ließ das Wasser im Becken einladend glitzern. Der Boden im und um das Becken war mit dunkelblauen Marmorfliesen ausgelegt, auf denen man nicht einmal ins Rutschen kam, wenn sie nass waren. An den Seitenwänden verteilt standen zwei steinerne Bänke und zwei Liegestühle aus Tropenholz zwischen Blumenkübeln, in denen riesige Hortensien in allen möglichen Farben um die Wette strahlten. Ein ausgeklügeltes Lüftungssystem sorgte dafür, dass das Klima im Bad angenehm warm, aber nicht dampfig war. In die Fenster an der Decke des Glashauses waren schmale bewegliche Scheiben eingelassen, die man öffnen und schließen konnte. Sie ließen frische Luft hinein.

Ich legte mein Handtuch und den Bademantel auf eine Bank, setzte die Schwimmbrille auf, stieg aus den Puschen und sprang vom Stirnrand des Beckens ins Wasser. Wohlige 28 Grad rieselten über meine Haut. Genau die richtige Temperatur, um die Muskeln zu lockern. Ich kraulte die ersten vier Bahnen im schnellen Takt, bevor ich in die langsamere Brustschwimmart wechselte.

Tat das gut!

Ich hatte heute Vormittag viele Dinge gelernt, von denen ich noch nie etwas gehört hatte. So viel zum Thema: In der Schule lernen wir fürs Leben! Von wegen. Ich kann mich nicht daran erinnern, dass mein Chemielehrer mir mal gesagt hätte, dass ich einen Großbrand vortäuschen konnte, indem ich ganz einfach Gummi anzündete. Der Qualm wäre weithin sichtbar. Okay, er wäre nicht gerade gesundheitsfördernd, aber ich erreichte damit die Ablenkung, die ich brauchte, um Hilfe rufen zu können, wenn ich musste. Wollte ich jemanden ausknocken, böte sich eine chemische Keule in Form von handelsüblichem Toilettenreiniger, vermischt mit etwas Aluminiumfolie, an. Man selbst sollte dann aber lieber auf das Anzünden einer Zigarette verzichten. Stellte man das Gebräu dann noch in eine Mikrowelle, und legte man etwas Besteck oder anderes geschossfähiges Material mit hinein, hielt das Verfolger garantiert eine ganze Weile auf. Hätte ich gerade keine Mikrowelle bei der Hand, dann reichte auch brennbares Material, das zeitverzögert einen Sprengsatz jeder Art entzünden würde, wenn ich schon weit weg wäre … Oh. Der Hammer ist Thermit. Das Zeug schweißt ein Loch in jede Stahltür. Und es ist ganz einfach herzustellen: Man vermische ordinären Rost mit Aluminium in Pulverform. Anzünden und Boom!

Langsam aber sicher kam ich mir vor wie in einer Agentenschule. Am Ende der Woche wäre ich in bester körperlicher Verfassung, wüsste, wie ich mich geschickt gegen Angreifer zur Wehr setzte, und könnte locker ein ganzes Stadtviertel in Schutt und Asche legen, allein mit dem chemischen Arsenal, das Tante J. unter ihrer Spüle in der Küche stehen hatte.

Ich schwamm gedanken- und zeitlos vor mich hin. Die Lichtreflexe auf dem Beckenboden lullten mich ein, und so bemerkte ich den Schatten nicht, der am Beckenrand über mir auftauchte. Ich wendete und zog die nächste Bahn hinunter, während sich eine diffuse Erinnerung in meinem Kopf ausbreitete. So als hätte ich etwas gesehen, aber nicht richtig wahrgenommen. Irritiert stoppte ich am gegenüberliegenden Beckenrand. Prustend nahm ich die Brille ab und blinzelte zum Eingang. »Wer ist da?«

»Ich bin's. Asim.«

»Asim, was willst du hier?«

»Schon mal auf die Uhr geguckt? Du solltest längst im Computerraum sein!«, rief mir Asim einen Tick zu laut zu.

»Mann, Asim, relax. Wenn du immer so verkniffen bist, dann wirst du schneller alt. Ich meine körperlich und nicht nur hier drin.« Zur Erläuterung tippte ich mir mit der Hand an den Kopf. »Du brauchst 'ne Abkühlung. Los, spring rein!«

Asim starrte mich an. »Ich habe keine Lust zu relaxen«, zickte er zurück. »Mach schon, komm da raus, wir haben wichtigere Dinge zu tun.«

»Oh Mann, du bist vielleicht 'ne Spaßbremse. Oder schämst du dich vor mir? Nein, warte«, setzte ich spöttisch nach, »du kannst nicht schwimmen! Hey, keine Angst, das ist nicht tief. Du kannst hier stehen.« Hüpfend bewies ich ihm, dass das Wasser mir nur bis zur Brust reichte. Dabei verschwieg ich ihm aber, dass ich auf einem kleinen Vorsprung an der Beckenwand stand.

»Ich weiß, dass es viel tiefer ist. Und nein, ich habe keine Angst. Ich kann schwimmen. Aber das ist nicht der Punkt. Wir müssen einen Zeitplan einhalten. Teamwork! Doch das ist ja wohl ein Fremdwort für dich, oder?«

Warum musste der Kerl immer so eklig sein?

»Mach keine Welle. Ich komm ja schon. Außerdem, wie soll ich wissen, wie spät es ist, wenn hier nirgendwo eine Uhr zu sehen ist.« Jetzt hatte ich ihn! Darauf würde er keine Antwort haben, der Nerd. Es gab hier nämlich wirklich keine Uhr.

Zufrieden mit mir selbst setzte ich die Brille wieder auf und glitt gemächlich auf meine letzte Bahn. Ich sah noch kurz, wie Asim auf seinem Smartphone herumtippte, als sich völlig überraschend der Beckenboden grünlich färbte. Erschreckt kraulte ich an den Rand und stemmte mich aus dem Wasser. Alle Fenster waren mit einer milchigen Schicht überzogen, und an den vier Seiten prangten digitale Uhren, die die aktuelle Zeit anzeigten. Daneben eine Stoppuhr, die einen Countdown herunterzählte.

Misstrauisch lief ich an Asim vorbei und schlüpfte in meinen Bademantel. Die Wärme tat gut und brachte mein Selbstbewusstsein zurück.

»Was zur Hölle … Wie hast du das gemacht?«, wollte ich wissen.

»Die Fenster sind mit einer speziellen Folie überzogen. Man steuert über WLAN einfach die elektrische Spannung der Folie, die die Fenster transparent oder intransparent macht, wie man gerade will.«

»Und die Uhren?«

»Das war ich. Ich hab die Software ein wenig umgemodelt. Wenn du willst, dann installiere ich die Steuerungsapp auch auf deinem iPhone«, meinte Asim einen Tick zu herablassend und präsentierte mir die App, während ich ihm über die Schulter schaute. Die Fenster entfärbten sich wieder und die Uhren verschwanden wie durch Zauberhand.

Ich nahm Asim das Smartphone aus der Hand und tat so, als würde mich das alles brennend interessieren. Dann schubste ich ihn. Er flog kopfüber ins Wasser, inklusive Jeans, T-Shirt und seinen geliebten Sneakers.

»Danke! Aber nein, danke«, rief ich ihm über die Schulter zu. »Wir sehen uns in zehn Minuten im Computerraum. Komm nicht zu spät!«

Die Fenster trübten sich ein und auf dem milchigen Untergrund erschien ein neuer Countdown: 10:00 – 09:59 – 09:58 …

Von all dem Drama bekam Lord Peter nichts mit. Er lebte gerade in seinem eigenen. Nicht mal nach der vierten Tasse Tee wurde er ruhiger.

»Eure Lordschaft werden verstehen, dass es nicht leicht ist, eine Auswahl zusammenzustellen, wenn man die betreffende Person nur von Fotos kennt«, flötete ihm eine Dame entgegen, die laut seines Kontakts die beste Modeeinkäuferin Londons sein sollte. Nach drei Stunden in einem überdimensionalen Kleiderschrank bei Harrods und zahllosen Kleidern von Elie Saab, Valentino, Fendi, Alexander McQueen und wie die Designer noch alle hießen, fühlte er sich unsicherer als zu Beginn.

»Es wäre wirklich einfacher, wenn die junge Lady selbst einmal bei uns vorbeikommen könnte. Dann hole ich noch unsere Visagistin dazu und wir könnten ihr ein Rundum-sorglos-Paket angedeihen lassen«, säuselte die verkaufsorientierte Frau, die ein paar Jahre mehr auf dem Lebenskonto verzeichnete als Seine Lordschaft. Dessen Verzweiflung war mit Händen greifbar. Der Plan, für Cat eine Vorauswahl an Stylings zu treffen, mit denen sie in den gehobenen Kreisen der Gesellschaft eine gute Figur machen würde, implodierte gerade. Sicher, auch ihm war klar, dass Kleider noch keine Lady machten. Nicht wirklich. Aber oberflächlich betrachtet, und so sahen es die meisten Menschen immerhin, reichte es durchaus. Vorausgesetzt, man fände etwas Geeignetes. Doch bei allem, was ihm bisher präsentiert worden war, würde sich das Mädchen wie ein Clown verkleidet fühlen. So weit kannte er Cat. Sein Handy meldete sich, und er schaute demonstrativ auf die Anzeige.

»Da muss ich rangehen. Wenn Sie mich entschuldigen würden!«

»Aber selbstverständlich! Ich werde mich weiter umsehen und bestimmt finden wir geschwind das richtige Outfit für die junge Dame …«

Sobald die Verkäuferin endlich die Garderobe verlassen hatte, nahm Lord Peter das Gespräch entgegen.

»Danke, William, dass du dich meldest. Ich brauche deine Hilfe!«

»Nicht der Rede wert. Was ist denn so dringend, Onkelchen?«

»Ich komm hier nicht mehr weiter.«

»Willst du diese Cat immer noch zu einer Lady machen? Ich hab dir doch gesagt, daran beißt du dir die Zähne aus.«

»So weit bin ich noch gar nicht. Die ganze Idee scheitert schon an der Kleiderauswahl.«

»Will sie nichts anprobieren?«, lachte Lord Peters Neffe.

»Sie ist gar nicht hier. Ich dachte, ich mache die Sache etwas stressfreier für uns alle, indem ich schon mal eine Auswahl treffe, die ich ihr dann präsentieren kann. Dann springt sie mir vielleicht nicht gleich an die Gurgel.«

»Wo ist hier?«

»Harrods!«

»Du bist bei Horrors!« William war so schockiert, dass er den nicht besonders schmeichelhaften Spitznamen für das teuerste Kaufhaus der Welt verwendete.

»Das sagt ja wohl schon alles«, seufzte Lord Peter. »Jetzt siehst du, wie dringend ich deine Hilfe brauche!«

»Schon klar. Lass mich bloß schnell noch ein paar Anrufe machen. Ich melde mich gleich wieder bei dir. Hast du ein Foto von Cat dabei, das du mir schicken kannst?«

»Hab ich. Ich maile es dir.«

»Dann bis gleich.« William beendete das Gespräch.

Lord Peter schaute sich auf dem Schlachtfeld um, das um ihn herum herrschte. Rote, blaue und silbern funkelnde Kleider hingen auf ihren Bügeln schlaff herunter. Einige waren der Schwerkraft gefolgt und lagen wie tot auf dem Teppichboden. Alle sahen schön aus, aber keines davon hätte zu Cat gepasst. Die einen waren hochgeschlossen und die anderen so offenherzig, dass nichts mehr der Fantasie überlassen blieb.

»Keine Frau in keinem Alter sollte so rumlaufen«, dachte Lord Peter. »Das hat wirklich nichts mehr mit Stil zu tun.« Cat schien zu wissen, was sie wollte. Mit Sicherheit wollte sie einzigartig sein. Aber das hier, das waren alles Uniformen, Kostüme. Das war alles ein riesiger Fehler, das spürte Lord Peter genau.

Sein Klingelton holte ihn wieder auf die Erde zurück.

»Alles klar, Onkel Peter. Bist du mit dem Wagen in der Stadt?«

»Ja, warum?«

»Gut, dann warte vor dem Eingang auf uns. Ich bringe eine Freundin mit. Und dann geht's erst mal nach Soho in die Carnaby Street rüber.«

Bevor Seine Lordschaft fragen konnte, wer diese Freundin war, hatte William die Verbindung unterbrochen.

Er verließ die Garderobe und bat einen Verkäufer, ihn bei der Beraterin zu entschuldigen. Ihm sei ein wichtiger Termin dazwischengekommen. Lord Peter ließ ein üppiges Trinkgeld zurück, das zeigte, dass er sich garantiert nie wieder hier blicken lassen würde.

Es war mittlerweile früher Nachmittag geworden. Ein Junge vom Parkservice des Hauses eilte geflissentlich davon, um den Wagen Seiner Lordschaft zu holen. Lord Peter nahm die Sonnenbrille aus der Innentasche seines Jacketts und setzte sie auf. Bei den vorherrschenden Temperaturen liefen die Frauen in luftigen Sommerkleidern oder ultrakurzen Hosen herum. Die Männer dagegen trugen enge Muskelshirts über weiten halblangen Cargohosen, die ihre Bierbäuche nur unzulänglich verdeckten. Schlechter Geschmack ist durch nichts zu entschuldigen, dachte Lord Peter mal wieder. Gut, sein weißes Leinenjackett über dem hellblauen Polohemd und der dazu passenden Bügelfaltenhose war vielleicht einen Tick zu warm bei einer Außentemperatur von 38 Grad Celsius im Schatten. Dafür aber sehr nützlich in vollklimatisierten Räumen, und das traf in London mittlerweile auf 70 Prozent der Geschäfte und Büros zu.

Lord Peter hielt Ausschau nach William und dessen Begleitung. Die Fußgänger und Autos kämpften um jeden Zentimeter in der hoffnungslos verstopften Brompton Street. Um diese Zeit schien sich jeder Londoner ausgerechnet hier aufzuhalten.

Endlich fuhr sein Jaguar XJ vor. Mit glänzenden Augen übergab der Parkjunge Seiner Lordschaft die Schlüssel. »Klasse Karre, Sir«, hauchte er dabei.

»Ja. Ein kleines Schätzchen«, freute sich Lord Peter über das Lob. Er mochte Menschen, die ein gutes Auto zu schätzen wussten. Für seine Verhältnisse lebte Lord Peter eher bescheiden. Nur bei schnellen Motoren konnte er sich einfach nicht zurückhalten. Nun ja, eine Schwäche braucht der Mensch.

»Beehren Sie uns mal wieder«, rief der junge Mann, bevor er den nächsten Wagen eines Kunden ins nahe gelegene Parkhaus chauffierte. Einen leicht angerosteten Citroën, dessen Gänge hörbar einrasteten.

»Da sind wir!«, hörte Lord Peter seinen Neffen rufen, gerade als er in den Wagen steigen wollte.

»Dann nichts wie rein mit euch. Wir haben es eilig.«

William, um dessen linkes Auge dem aufmerksamen Beobachter die Schatten eines verblassenden Veilchens nicht entgehen konnten, öffnete einer umwerfend aussehenden jungen Frau den Fond des Wagens und setzte sich neben sie.

»Darf ich vorstellen: Mae Dreisten, die Einzigartige. Mae, vor dir siehst du Peter Charles Michael William Haversham der Vierte, Baron von Leonwood Castle, oder kurz: mein Onkel Lord Peter.«

Seine Lordschaft nickte dem Mädchen über den Rückspiegel zu. »Freut mich sehr, Sie kennenzulernen, Miss Dreisten.«

»Freut mich auch sehr, Eure Lordschaft endlich mal persönlich kennenzulernen, nachdem mich William schon so oft zu Partys auf Ihren Landsitz eingeladen hat. Ich hoffe sehr, dass ich Ihnen helfen kann. William war da ein bisschen vage. Vielleicht können Sie auf der Fahrt mehr erzählen. Und bitte nennen Sie mich Mae. Bei Miss Dreisten denke ich immer, meine Mutter steht neben mir.«

Lord Peter lachte und überging den kleinen Fauxpas. Normalerweise hätte Seine Lordschaft der jungen Frau das Du anbieten müssen, nicht umgekehrt. Aber sie hatte es auf eine so charmante Art und Weise getan, dass er es ihr nicht übel nahm. Vielleicht aber färbte Cats lässige Art ja auch ein bisschen auf ihn ab.

»Bist du sauer?«, wollte ich wissen, nachdem Asim endlich den Computerraum im Erdgeschoss des Schlosses betreten hatte. Dass ich ihn ins Wasser geschmissen hatte, tat mir inzwischen fast ein wenig leid, aber ich hatte mich einfach nicht beherrschen können. Der Kerl brachte mich so was von auf die Palme.

Asim brummte irgendwas Unverständliches und setzte sich neben mich.

»Ich hab mir in der Zwischenzeit die Übungsunterlagen für die Matheprüfung runtergezogen und bin sie schon mal durchgegangen. Ist eigentlich ganz easy.«

»Soll ich dir da noch was erklären?«

»Hey, hallo, großer Bruder!? Nein, vielen Dank. Ich bin ziemlich gut in Mathe. Logik ist nicht das Problem. Mein Problem sind Typen, die keinen Spaß verstehen und immer nur malochen müssen. Entkrampf dich mal, echt jetzt. Du läufst rum, als wärst du hundert Jahre alt. Außerdem sitze ich schon seit einer Stunde hier und warte auf dich.«

Was jetzt nicht wirklich schlimm war, da mir Simon und Twinkle die ganze Zeit über Gesellschaft geleistet hatten. Sie waren mir im Flur über den Weg gelaufen und hatten scheinbar nichts Wichtiges zu tun. Simon genoss sichtlich seinen Platz auf meinem Schoß. Er hatte sich zusammengerollt und schnarchte leise vor sich hin. Twinkle hatte es sich auf einem Hundekissen in der Ecke gegenüber der Tür bequem gemacht und überwachte jede unserer Bewegungen.

Asim atmete hörbar ein und straffte seine Schultern. »Hey. Ich weiß, dass du die ganze Sache hier noch nicht wirklich ernst nimmst. Aber für mich steht eine Menge auf dem Spiel, verstehst du? Das Team muss funktionieren. Der Job muss funktionieren.«

»Tut er doch. Ich weiß echt nicht, was du hast? Wir haben das Bild wiederbeschafft und es dem rechtmäßigen Eigentümer übergeben. Mission erfüllt!«

»Ja, vielleicht. Aber unser Plan ist nicht aufgegangen. Diesmal hatten wir Glück. Das kann beim nächsten Mal schon ganz anders aussehen.«

»Na und. Ich bin gut im Improvisieren.«

»Gut allein reicht nicht«, seufzte Asim. »Nicht, wenn wir die kostbare Statue eines Nat-Geistes aus dem 12. Jahrhundert aus dem bestbewachten Haus ganz Englands stehlen sollen.«

»Wir rauben Scotland Yard aus! Da wollten wir schon immer mal rein, stimmt's, Simon?«, scherzte ich. Doch Asim sah mich nur bedröppelt an. »Ach, Mensch, jetzt lach doch mal.«

»Haha. Reicht das? Und jetzt mach Platz. Wir haben zu tun.«

»Okay, Captain, Sir! Was immer Sie wollen«, salutierte ich ironisch, rollte mit meinem Stuhl vom Schreibtisch weg und überließ Asim die Tastatur. Um ehrlich zu sein, brannte ich darauf, mehr über den nächsten Job zu erfahren. »Was hast du damit gemeint, dass eine Menge für dich auf dem Spiel steht?«

»Kennst du noch einen Vorbestraften, der so einen Job hat wie ich? Der noch dazu gut bezahlt wird und mir die Chance gibt, meinem Lebenslauf eine andere Richtung als die Obdachlosigkeit zu geben?«

Ich war schockiert. Nicht so sehr über das, was Asim sagte, sondern über seinen Gesichtsausdruck und seine Stimme. In den zwei Sätzen lag so viel Trauer und Wut, wie ich sie noch nie bei jemandem wahrgenommen hatte. Für einen kurzen Moment rauschte die Erkenntnis in meinen Magen, dass ich in vier Jahren vielleicht an seiner Stelle gewesen wäre. Wenn du den Schmerz eines anderen Menschen erfahren willst, dann laufe in seinen Schuhen!

»Weißt du, zum ersten Mal in meinem Leben gibt es einen Menschen, und Lord Peter ist ja wirklich nicht irgendeiner, der mir voll vertraut. Der das, was ich kann, wirklich zu schätzen weiß und mich auf jede erdenkliche Art unterstützt«, meinte Asim, und ich glaubte, in seiner Stimme so etwas wie eine Entschuldigung für seinen Ausbruch vorher zu hören. Dabei musste er das gar nicht. Jedenfalls nicht mir gegenüber, denn ich schoss ja wohl des Öfteren gewaltig über das Ziel hinaus.

»Und ich will mir das nicht kaputtmachen lassen! Von niemandem. Das hier muss funktionieren. Auch für die Menschen, denen wir helfen. Wir können was bewegen, Gerechtigkeit üben. Weil wir uns etwas trauen, was sich sonst keiner traut, verstehst du? Nenn mir einen Beruf, in dem das so ist. Wo der Profit nicht über der Menschlichkeit steht.« Asim schaute mir in die Augen. Die Trauer wich einer unbändigen Entschlossenheit, die mir fast ein wenig Angst machte. Übrigens fielen mir spontan die Pfleger und Schwestern in den Krankenhäusern als Antwort ein, aber ich schluckte meinen Kommentar dazu lieber hinunter, denn ich wusste, worauf Asim anspielte. Uneigennützig denkende Menschen waren selten in unserer Gesellschaft, und mit dem, was wir im Begriff waren zu tun, katapultierten wir uns auch direkt aus dieser Gesellschaft heraus. Und zum ersten Mal wurde mir die Tragweite dessen, was wir vorhatten, bewusst: Wir wären eine Art Robin Hood: Robin Hood 2.0! Ob wir das Ende der Geschichte würden umschreiben können? Denn der echte Robin Hood war von einem Mitglied seines Teams verraten und getötet worden … Ich riss mich aus meinen Gedanken.

»Du kannst nicht immer auf Nummer sicher gehen. In jedem Job geschieht etwas Unvorhergesehenes, auf das du spontan reagieren musst«, entgegnete ich Asim. »Pläne sind eher Anleitungen, Vorschläge, verstehst du?«

»Ich sehe, was du meinst, Cat. Aber nimm doch mal dich. Vor einem Job erarbeitest du dir einen genauen Plan, wie du vorgehen willst.«

»Ja«, unterbrach ich Asim, denn sein Einwand entkräftete nicht, was ich gesagt hatte. »Unvorbereitet einzubrechen, egal wo, wäre reiner Selbstmord. Ich habe nicht nur einen Plan, sondern viele. Wenn einer fehlschlägt, kommt der nächste an die Reihe. Ich ziehe den Auftrag durch und versuche, mich nicht erwischen zu lassen.«

»Was bisher immer gut gegangen ist. Auch wenn es oft ziemlich knapp war.«

Ich nickte. »Und so ungern ich es zugebe, ist genau das einer der Vorteile der Teamarbeit. Mehr Augen und Ohren sehen und hören mehr.« Nicht zu glauben, dass diese Worte aus meinem Mund kamen.

»Ja, aber wir brauchen Regeln, an die wir uns alle halten müssen.«

Seufzend ergab ich mich. Es hatte keinen Sinn, Asim von meiner Ansicht überzeugen zu wollen. Nicht jetzt jedenfalls. Aber er würde noch lernen, dass in der Theorie immer alles einfacher war als in der Praxis. Und dafür war ich wohl da.

»Okay, dann lass uns mal endlich zum Thema kommen. Was ist das für ein neues Objekt? Wer ist unser Ziel?« Ich rückte meinen Stuhl näher an Asim heran, der einige Befehle in die Computertastatur eingab. Sein Körper strahlte eine anziehende Wärme aus, die mich irritierte. Seine dunkle Haut roch nach einer ganz speziellen Mischung aus scharfem Curry und kalter Minze. Eine Gänsehaut huschte über meinen Rücken, in meinem Bauch begann etwas zu flattern und mein Hirn schaltete sich ab. Ich sah Asims schwarze Locken, die sich in seinem Nacken kräuselten, und streckte unwillkürlich meine Hand aus, um sie sachte zu streicheln. Zum Glück knallte mein Überlebensinstinkt rein.

Wow, wow, wow, was sollte das denn werden?

Ich war doch wohl nicht verknallt in den Typen vor mir?

Ich doch nicht! So was passierte mir nicht.

Oh Gott, wie peinlich.

Schnell zog ich meine Hand zurück, als hätte ich mir an einem Feuer die Finger verbrannt.

Asim spürte die Bewegung. »Is' was?«, fragte er unschuldig.

»Äh, nein, nichts. Da saß nur eine Fliege auf deinem Rücken. Die hab ich verscheucht«, stammelte ich und setzte mir Simon mit einer Verlegenheitsgeste auf die Schulter. »Damit er besser sehen kann, haha.«

»Danke, dass du die Fliege nicht erschlagen hast.«

»Würde ich doch nie tun«, flötete ich beruhigt, weil Asim von meinem Gefühlsanfall nichts mitbekommen hatte. Er lächelte. Das Etwas in meinem Bauch schlug einen Purzelbaum, und ich lief knallrot an.

»Konzentrier dich lieber. Ich brauch hier nämlich deine Hilfe«, ermahnte er mich mit spöttisch erhobener Augenbraue. Das war eine Angewohnheit von ihm, die ihn noch niedlicher machte.

Herrje, was dachte ich denn da? Bestimmt war ich für Asim nicht mehr als eine kleine Schwester. Hör auf mit dem Scheiß, ermahnte ich mich und gab mir innerlich ein paar Ohrfeigen.

»Der nächste Auftrag ist nicht so einfach.«

»Das sind sie nie«, winkte ich ab und war erleichtert, dass Asim keine Gedanken lesen konnte.

»Ja, da ist was dran«, lachte Asim. »Aber der hier ist so gut wie unmöglich. Und dabei ist die Statue, die wir stehlen sollen – ein vergoldeter Reiter auf einem Pferd, 52 Zentimeter hoch – nicht das wirklich große Problem.« Auf dem Bildschirm erschien ein unscharfes Schwarz-Weiß-Foto, das aussah, als stammte es aus dem vorletzten Jahrhundert.

»Das nennst du kein großes Problem?«, rief ich und stoppte Asim mitten im Satz. »So was lässt sich nicht einfach unter einem Rock oder in einer Handtasche verstauen. Wie schwer ist die Statue?«

»Keine Ahnung.« Er zuckte die Schultern. »Was wir wissen, ist, dass es sich um einen burmesischen Nat-Geist aus dem frühen 12. Jahrhundert handelt, der bis zur Eroberung Burmas durch die Briten 1826 ein kleines Mönchskloster beschützte. Nach den Raubzügen der britischen Truppen verlor sich Ende des 19. Jahrhunderts jede Spur, bis Lord Peter den Reiter in einer exklusiven Privatsammlung ausfindig machte, hier in London. Bei Lord Sansibar Drummond, einem bekannten Kunstsammler, um genau zu sein.«

»Lass mich mal.« Ich schob Asim vom Computer weg und haute in die Tasten. Asim starrte mich unverhohlen an.

»Was?«, fragte ich.

»Nichts!«, entschuldigte er sich schnell und starrte auf die Tischplatte. »Wusste nur nicht, dass du auch … na ja, mit dem Computer umgehen kannst.« Seine Miene war todernst, nur seine leicht nach oben gezogene rechte Augenbraue zeigte mir, dass der Kommentar ein Scherz sein sollte. Konnte es sein, dass er mit mir flirtete? Ich schüttelte den Gedanken ab – obwohl er mir gefiel – und konzentrierte mich auf den Monitor. Wir hatten jetzt echt Wichtigeres zu tun.

»Ah, hier. Ich hab's. Die Figur besteht aus vergoldetem Holz. Und ich spekuliere mal, dass es sich dabei um Burma Padauk handeln dürfte. Dieses spezielle Holz hat eine Dichte von 830 kg pro Kubikmeter. Also dürfte die Statue inklusive der Goldbeschichtung so um die sechs Kilo wiegen.«

»Was ist das?«

»Was? Das?« Ich zeigte auf den Computermonitor. »Das ist das Darknet. Kennst du das etwa nicht?«

»Selbstverständlich kenne ich das Darknet!« Asim war tatsächlich beleidigt und seine schokobraunen Augen wurden noch einen Tick dunkler. »Ich meine die Seite. Was ist das für eine?«

»Das ist eine Hehler-Seite. Hier findest du so gut wie alle Kunstgegenstände, Artefakte oder Antiquitäten, die illegal im Umlauf sind. Sucher und Bieter tauschen sich hier aus. Eigentlich dürfte ich gar keinen Zugang haben, aber ich hab den Computer meiner Hehlerin mit einem Keylogger ausgerüstet.«

»Eine Software, die jeden Tastaturanschlag protokolliert. Nicht schlecht. Du traust wirklich niemandem, oder?«

»Wie heißt es so schön: Bleibe nah bei deinen Feinden, aber noch näher bei deinen Freunden.«

»Du meine Güte.« Asim tastete belustigt seinen Körper ab. »Hast du mich auch schon verwanzt?«

»Wer weiß?«, erwiderte ich und grinste.

»Hab ich dich jetzt auf eine Idee gebracht?«

»Mmh?!« Verschwörerisch hob ich die rechte Augenbraue an. Asim lächelte und in meinem Magen breitete sich eine wohlige Wärme aus. Verdammt, Cat, konzentrier dich!, rief ich mich innerlich zur Ordnung. Und laut sagte ich: »Wir müssen uns was einfallen lassen, denn ich kann das Teil nicht einfach so zum Vordereingang raustragen.«

»Ganz bestimmt nicht«, meinte Asim. »Wir müssen zwei Hürden überwinden. Da wäre als Erstes das Sicherheitssystem des Raumes, in dem Lord Drummond seine Schätze ausgestellt hat. Iris- und Fingerabdruckscanner an der Tür sind unüberwindbar. Beide messen biometrische Daten wie Blutfluss und Puls.«

»Du sagst doch immer, du kannst alles knacken, was eine Batterie hat. Oder willst du nur angeben?«

»Hey. Ich kann das!«, wehrte sich Asim und setzte kleinlaut nach: »Wenn ich genug Zeit habe.«

»Und lass mich raten, die haben wir mal wieder nicht.«

Asim nickte. »Der Kerl will das Objekt in den kommenden Tagen auf einer stillen Auktion versteigern. Deshalb hast du es auch im Darknet gefunden.«

»Warte. Eine stille Auktion«, überlegte ich laut. »Das heißt, die Statue wird an einen anderen Ort gebracht?«

»Nein, die Auktion findet über das Darknet statt. Danach wird eine Sicherheitsfirma das Objekt direkt an die Stelle bringen, die der Käufer angibt. Eine lückenlose Kette. Da kommen wir nicht rein.«

»Und wenn wir uns in die Firma einschmuggeln?«

Asim schaute mich mit einem spöttischen Gesichtsausdruck an. »Ein Adliger, ein junges Mädchen und ein bebrillter Nerd arbeiten in einer Sicherheitsfirma …«

Darüber konnte selbst ich nicht lachen. »Okay. Wir würden da auffallen wie bunte Hunde. Ich verstehe.«

»Genau. Da arbeiten steroidfressende Kerle, deren Body-Mass-Index ihren Intelligenzquotienten bei Weitem übertrifft. Und dann sieh uns an!«

»Wir brauchen also einen Weg, um in das Haus von diesem Lord Drummond zu kommen«, überlegte ich laut. »Und wenn wir es in den Raum geschafft haben, wissen wir nicht, ob und wie die Gegenstände zusätzlich noch geschützt sind. Können wir uns nicht einfach mal bei ihm umsehen?«

»Der lässt uns niemals früher in sein Haus«, wehrte Asim meine Idee ab.

»Früher? Was meinst du mit früher?«

»Na ja«, meinte Asim nach einer ziemlich langen Denkpause. »Ich weiß nicht genau.«

»Jetzt raus mit der Sprache! Was weißt du?« Ich kniff Asim leicht in den Oberarm, um meinen Worten Nachdruck zu verleihen.

»Na also, der Job. Ich meine, du sollst die Statue während eines Balls stehlen. In drei Tagen, um genau zu sein. Was seine Sammlung angeht, ist der Kerl ziemlich argwöhnisch und paranoid. Soviel wir bisher rausgefunden haben, hält er seine Schätze permanent unter Verschluss. Er ist der Einzige, der Zutritt zu dem Raum hat, und außer ihm hat ihn niemand anderer jemals betreten.«

»Klar doch. Wahrscheinlich ist alles dadrin gestohlen. Das würde ich auch nicht öffentlich präsentieren«, meinte ich leichthin. Ein Ball also. Soso. Hatte Lord Peter sich etwa gefürchtet, mir das selbst beizubringen? War doch kein Problem. Ich konnte mich wieder als Kellnerin ins Haus schleichen. Hatte ja schon mal geklappt.

Aber wie kamen wir an die Informationen, die wir brauchten? Plötzlich durchzuckte mich eine Idee: »Wenn der Kerl so 'n Schizo ist, dann arbeitet er garantiert nur mit einer Sicherheitsfirma zusammen. Wie heißt die, die den Transport übernehmen soll?«

»Living Security.«

Ich tippte den Namen in das Suchfeld des Browsers. »Ha. Wusst ich's doch. Die haben sich auf nur ein Sicherheitssystem spezialisiert, das sie bei sich selbst und bei ihren Kunden eingebaut haben. So auch bei unserer *Operation Myanmar*.«

»*Operation Myanmar*?«

»Na ja, wir müssen dem Kind doch einen Namen geben, oder? Und Myanmar ist der offizielle Name von Burma«, grinste ich.

»Gut, aber ich sehe nicht, wie uns das weiterhelfen soll?«, zweifelte Asim.

»Die Systeme sind untereinander vernetzt! Gecheckt?«

Asim ging langsam cin Licht auf.

»Alle Daten, wann wer wie oft den Raum betreten hat, werden zentral auf einem Server der Firma gespeichert, um bei Fehlfunktionen oder unautorisierten Zugriffen alles genau nachverfolgen zu können.«

Während ich weiterredete, haute Asim schon in die Tasten. »Vielleicht kommen wir in den Server der Firma rein und können von dort aus die Daten manipulieren«, meinte er. »Ich versuche mal mit dem Programm, das ich gerade geschrieben habe, die Firewall zu knacken.« Über die Tastatur gebeugt schloss Asim alles und jeden aus, so hochkonzentriert arbeitete er. Nach ein paar Minuten ließ er die Arme sinken.

»Klappt nicht. Ich komme nicht rein. Die Firewall ist in zehn unterschiedlich verschlüsselte Ebenen unterteilt. Da braucht meine Software mindestens einen Monat, um sich durchzufressen. Ich benötige direkten Zugriff auf die Server.«

»Verdammt«, schimpfte ich so laut, dass Simon aufsprang und Twinkle zu bellen begann. Entschuldigend nahm ich Simon auf den Arm und streichelte über Twinkles Fell. Das beruhigte nicht nur sie.

Nachdenklich knabberte ich auf meiner Unterlippe herum, während Asim unruhig im Raum hin und her zu wandern begann.

»Sag mal, hat die Hütte hier keine Klimaanlage? Ich zerfließe gleich.« Ich stand auf und öffnete eines der bodentiefen Sprossenfenster, die den Blick auf den Haupteingang des Schlosses boten. Der Lufthauch tat richtig gut.

»Das ist es!«, rief Asim.

»Was ist was?« Ich drehte mich schnell zu ihm zurück.

»Die Kühlung! Die Server von Living Security stehen im Keller ihres Gebäudes. Und dieser Keller war früher mal ein Luftschutzbunker. Massive Wände, die den deutschen Angriffen standhielten. Die Lüftung da unten ist aber nicht für Maschinen ausgelegt. Sie müssen den Bunker nachträglich mit einem Kühlsystem ausgerüstet haben, ansonsten rauchen ihnen die Server im wahrsten Sinne des Wortes ab.« Beim Reden flog eine digitale Programmzeile nach der nächsten über den Bildschirm. So schnell, dass ich die Befehle, die Asim eingab, nicht einmal ansatzweise lesen konnte.

»Und in die Steuerung der Kühlung kannst du einen Virus einschleusen, der das System verlangsamt. Dann heizt sich der Raum gefährlich auf und ...«, spann ich den Faden weiter, bis Asim meinen Satz beendete.

»... sie müssen den Reparaturservice kommen lassen. Und für den arbeite ich!«

Asim drehte sich zu mir und wir schlugen zum Zeichen des Sieges unsere Fäuste gegeneinander. »Wenn ich drin bin, kann ich uns über eine Datenweiche direkt in das System einschleusen und alle Daten zu uns weiterleiten.«

»Mit einer was?«

Asim hielt kurz inne. »Du musst dir das so vorstellen: Eine Datenweiche funktioniert im Prinzip wie eine Weiche bei der Bahn. Das Hauptgleis wird geteilt, ohne dass sich die Richtung des Hauptgleises ändern muss. Die Bahn fährt wie immer, könnte aber, wenn sie wollte, auch in eine andere Richtung weiterfahren. Die Daten werden an der Stelle der Weiche gedoppelt und in beide Richtungen weitertransportiert. Niemand merkt etwas davon, es sei denn, er findet das kleine Kästchen, das ich am Kabel des Hauptservers anschließen werde.«

»Wie lange wird das dauern?«

»Ich muss nur noch eine Rufumleitung installieren, damit der Notruf direkt bei uns eingeht. Und ich denke mal, spätestens morgen wird sich jemand bei uns melden!« Mit ein paar schnellen Handgriffen leitete Asim die Nummer der Kühlanlagenfirma auf sein Handy um.

Jetzt hieß es abwarten, welche Informationen wir durch den Datenklau erhielten. Erst dann konnten wir einen detaillierten Plan ausarbeiten. Die alte Standuhr in der Haupthalle schlug fünf Mal.

Teatime!

Ich sammelte meine Prüfungsunterlagen zusammen und gemeinsam verließen wir den Computerraum. Ich öffnete die Tür und wollte gerade hinaustreten, als Twinkle und Simon an mir vorbeistürmten und mich aus dem Gleichgewicht brachten. Die Papiere rieselten auf den Boden. Ich schickte ein weniger nettes Schimpfwort hinter den beiden her, während Asim sich hinkniete und das Material aufsammelte. Als er mir den Stapel gab, streiften sich unsere Hände, und ein warmer Blitz durchfuhr mich. Wir standen so nahe beieinander, dass sich unsere Nasen fast berührten, während wir uns in die Augen sahen.

Mein Herz schlug bis zum Hals und ich hielt den Atem an.

Sollte ich ihn küssen?

Würde er mich küssen?

Laut scheppernd krachte unter uns eine Servierplatte auf den steinernen Boden. Asim und ich fuhren erschreckt zurück. Beklommen übergab er mir die Papiere und ich dankte ihm verlegen. Er lief schnell zur Treppe, die in den Salon führte, während ich mich in die andere Richtung zu meinem Zimmer auf den Weg machte. Ich hörte noch, wie eines der Dienstmädchen Twinkle und Simon schimpfte.

Gefühle sind Scheiße, sag ich doch. Ich bin so eine blöde Nuss. Wahrscheinlich wollte Asim gar nichts von mir. Zum Glück hatte ich nicht versucht, ihn zu küssen.

Wie oberpeinlich wäre das denn!

Ich meine, hey, wir sind Partner.

Nichts weiter.

Oder?

TRACK: 14
TITLE: LADYLIKE

»Mode bezeichnet die in einem bestimmten Zeitraum geltende Regel, Dinge zu tun, zu tragen oder zu kaufen. Moden sind Momentaufnahmen eines Prozesses kontinuierlichen Wandels.«
Echt jetzt? Warum sich dann bitte überhaupt um Mode kümmern? Reine Zeitverschwendung!

Lord Peter erzählte Mae, dass Cat eine entfernte Verwandte wäre, die man erst jetzt gefunden hatte. Sie müsse den Ansprüchen des Adels gerecht und dementsprechend umgewandelt werden.

»Mhm«, meinte Mae. »Was ist sie für ein Typ?«

»Typ?« Seine Lordschaft war irritiert.

»Na ja, was mag sie für Musik? Auf welche Filme steht sie? In welchen Clubs treibt sie sich so rum?«

»Äh, keine Ahnung«, stotterte Lord Peter und versuchte, sich wieder auf den Verkehr zu konzentrieren. »Ist das wichtig?«

»Es würde die ganze Sache ziemlich erleichtern. Denn ich nehme mal an, dass Cat keine Lust auf ein Umstyling hat. Sonst wäre sie ja wohl mitgekommen. Und wie es aussieht, scheuen Sie den direkten Konflikt mit ihr zu dem Thema. Das zeigt mir, dass Cat ein Mädchen ist, das weiß, was es will. Ein bisschen dickköpfig mit einen Schuss Ich-lass-mir-von-niemandem-etwas-vorschreiben, oder liege ich da falsch?«

Im Wagen wurde es bis auf das kehlige Schnurren des Motors und das Summen der Reifen still.

William, der sich bisher nicht am Gespräch beteiligt hatte, schaltete sich ein: »Cat ist knapp einen Meter dreiundsechzig groß. Sie ist schmal, ziemlich flach …«, William strich sich über die Brust, um Mae zu zeigen, welche Stelle er meinte, »… und sportlich durchtrainiert. Sie trägt ausschließlich schwarze Klamotten.«

Mae schaute ihren Sitznachbarn fragend an.

»Mehr weiß ich nicht von ihr, ehrlich.« William zuckte die Schultern.

»Und das soll ich dir glauben?«, lachte Mae. »William, du bist ein Mensch, der andere genau beobachtet. Du saugst sie quasi auf, bis du ihre geheimsten Wünsche kennst. In Sekundenschnelle! Du bist wie ein Mentalist. Im Prinzip hackst du das Gehirn deines Gegenübers, um ihn dann um den Finger zu wickeln.«

»Eine bemerkenswerte Einschätzung meines Neffen, Mae«, gratulierte ihr Lord Peter. »Vielleicht kannst du ihr doch noch ein bisschen mehr über unseren Schützling verraten.« Doch der Blick Seiner Lordschaft durch den Rückspiegel warnte William davor, zu viel preiszugeben.

»Okay«, gab sich William geschlagen. Nicht dass ihm Maes Lobrede nicht gefallen hätte, im Gegenteil. Er liebte es, wenn die Menschen ihn umgarnten. Eitelkeit war seine einzige Schwäche, glaubte er. »Sie ist eine Einzelgängerin. Die Kontakte zu Mitschülern reduziert sie auf ein notwendiges Maß. Sie versteht sich gut mit ihnen, denn sie kann sich auf Menschen ganz gut einstellen, was ihr Job im Pub ihrer Tante so mit sich bringt. Aber sie hat keine Freunde, sondern eher Bekannte. Sie vertraut nur einem, und das ist ihre Ratte Simon.«

»Eine Ratte!« Mae runzelte amüsiert die Stirn. »Cool!«

William starrte sie einen kurzen Moment an, fing sich aber gleich wieder. Diese Seite von Mae kannte er noch nicht. Es machte ihn ein wenig unsicher, dass er noch immer Neues über sie erfuhr. Er hätte gewettet, dass Mae beim Anblick einer Ratte oder Maus ihr Heil auf einem Tisch suchen würde. Aber Menschen bis in die tiefste Seele zu durchschauen, um sie später dann manipulieren zu können, war eben keine exakte Wissenschaft. »Sie hört eher harte Musik, aber noch keinen Death Metal. Ihre Augenfarbe ist normalerweise graublau, es sei denn, sie ist aufgeregt, dann geht sie ins Violette über. Ihre Haare trägt sie sehr kurz.«

»Glatze oder Igel?«, fragte Mae nach.

»Etwas länger als Igel.«

»Okay, damit kann ich schon mal was anfangen. Sie zeigt sich eher ungezwungen und draufgängerisch. Und trotzdem ist sie gegenüber ihrer Umgebung meist unsicher, was sie aber gut überspielen kann. Ihre Figur ist drahtig jungenhaft und mit ihrem Haarschnitt signalisiert sie laut: *keine Prinzessin*. Wir können also nicht über die emotionale Schiene kommen, da blockt sie direkt ab. Aber wir kommen mit Argumenten an sie heran. Das dürfte gehen!«

»Hast du einen Plan?«, wollte William wissen.

»Sieht so aus. Ich freue mich schon richtig, Cat kennenzulernen.« Mae klatschte in die Hände.

»Bitte, was?«, rief Lord Peter erschreckt aus. Er war so überrascht, dass er fast die Kontrolle über das Lenkrad verlor.

»Hoppla. Ja, sicher komme ich mit! Wie wollen Sie denn sonst Ihren Schützling dazu bringen, akzeptable Manieren zu lernen, andere Klamotten zu tragen und ihre Konversation zu schleifen. Ich kenne Mädchen wie Cat. Ich war selbst einmal eine von ihnen, oder glaubt ihr, ich wäre so perfekt geboren worden?« Maes ehrliches helles Lachen erfüllte das Innere des Jaguars. »Ich ahne, wie sie tickt, und das ist unser Trumpf. Und den Hairstylisten und Visagisten können Sie auch gleich wieder abbestellen. Das kriegen Cat und ich ganz alleine hin!«

William und sein Onkel warfen sich im Rückspiegel einen Blick des stummen Einverständnisses zu.

Lord Peter war mit der Sache mehr als überfordert, und William musste sich bedeckt halten.

Geschickt fädelte sich Lord Peter in eine Parklücke. William stieg aus und öffnete formvollendet die Tür, damit auch Mae den Wagen verlassen konnte.

Lord Peter gesellte sich zu ihnen. »Also gut. Ich bin einverstanden. Wo fangen wir an?«

Mae kniff frech ein Auge zusammen und meinte: »Folgen Sie mir unauffällig!«, bevor sie in ihren weißen Converse Chucks und dem türkisfarbenen Ballonkleid vorauswehte.

Peter Charles Michael William Haversham der Vierte, Baron von Leonwood Castle, seufzte schwer. »Was bleibt mir anderes übrig?«

Ich hörte den Kies in der Einfahrt knirschen und hob den Kopf. Lord Peters dunkellilafarbener Jaguar – eine ziemlich merkwürdige Farbe für ein Auto, wenn man mich fragt, aber mich fragt ja niemand – kam näher. Er sah aus wie ein dicker Käfer, dessen Panzer in der Sonne glänzte.

Twinkle, die neben mir auf den steinernen Stufen des Eingangs lag, sprang auf, um den Herrn des Hauses willkommen zu heißen. Simon dagegen hielt sich mit solchen Ausbrüchen zurück und blieb bei mir. Auch wenn er den Adligen mochte, hatte er etwas gegen das offene Zurschaustellen seiner Gefühle. Es sei denn, es ging ums Futter!

Träge beobachtete ich den Wagen. Vor ungefähr einer halben Stunde hatte ich es mir auf den Eingangsstufen des Schlosses mit einer Tasse Tee und einem leckeren Gurkensandwich bequem gemacht und gedankenverloren über die weite Wiese geschaut. Sie reichte den Hügel hinab bis zu einem kleinen Bach, der das Anwesen von einem Feld trennte, auf dem Zuckerrüben angebaut wurden. Soviel ich wusste, gehörten die Felder Seiner Lordschaft. Sie wurden von Bauern bewirtschaftet, die schon seit Generationen dort arbeiteten. Obwohl Lord Peters Familie scheinbar viel auf Traditionen hielt, brach sie hier mit ihnen. So verpachteten sie ihre Ländereien nicht wie allgemein üblich, sondern überließen sie den Bauern. Diese konnten anbauen, was sie wollten, und viel experimentieren. Auf eigenes Risiko. Lord Peter war lediglich am wirtschaftlichen Erfolg der Bauern beteiligt. Die Idee ging auf. Die Bauern waren sehr erfolgreich. Neben Zuckerrüben baute man hier die üblichen Getreidearten wie Weizen oder Gerste an, aber auch Sojabohnen und Hanf. Keinen, den man zur Entspannung rauchen konnte. Nicht, dass ich das wollte. Mir reichte eine Tasse Roibuschtee mit echten Orangenschalen voll und ganz. Drogen übten keinen Reiz auf mich aus, auch wenn ich ab und an mal ein Bier zu viel trank. Dafür langweilte ich mich einfach zu wenig. Und außerdem hatte ich in Tante J.s Pub genügend Beispiele gesehen, was Drogen aus sonst so vernünftigen Menschen machen konnten.

Ich streichelte Simon über den Rücken und schaute ins Nichts. Die wohltuende Leere in meinem Schädel versetzte mich in einen zenartigen Zustand. Oder vielleicht versengte die Sonne auch nur meine letzten brauchbaren Gehirnzellen.

Saß da jemand neben Lord Peter im Wagen? Ich trank den letzten, schon kalten Schluck Tee, setzte mir Simon auf die Schulter und stand genau in dem Moment auf, als die Kieselsteine von den bremsenden Reifen des Jaguars rieselten. Noch bevor Vincent, der mal wieder völlig lautlos neben mir aufgetaucht war, der Begleitung seines Dienstherrn die Wagentür öffnen konnte, sprang ein rothaariges Mädchen, voll beladen mit überdimensionalen Einkaufstüten, heraus. Twinkle hüpfte laut bellend an ihr hinauf.

»Twinkle! Ich freu mich auch, dich wiederzusehen. Was für ein hübsches Mädchen du doch bist.« Die Begleitung ließ die diversen Papptaschen und Kartons fallen und kraulte die Hündin liebevoll. Vincent trat hinzu und hob die Einkäufe auf. »Danke, Vincent. Im Kofferraum sind noch mehr. Und die Rückbank ist so voll, dass ich die hier auf den Schoß nehmen musste. Vielleicht sollten Sie noch etwas Hilfe holen? Das können Sie nie und nimmer alles allein tragen. Oh, warten Sie, Vincent! Twinkle, Schätzchen, darf ich mal vorbei? Ich spiele nachher mit dir, versprochen.« Sie lief zum Kofferraum des Wagens. »Danke, Vincent, die beiden kleinen Schachteln nehme ich. Die brauche ich gleich.«

»Was ist denn hier für ein Lärm?«, fragte Asim, der plötzlich erschienen war. »Und wer ist diese Schönheit?«, hauchte er hinterher.

Ich kniff ihm wütend in den Oberarm. Was sollte das? Schließlich hatte er vor nicht mal einer Stunde mit mir geflirtet!

»Aua!«, rief er aus und kniff einfach zurück. Nicht so doll wie ich, aber es tat trotzdem weh. Simon behielt Asim misstrauisch im Auge. Die beiden hatten sich zwar angefreundet, aber Simon würde sein Frauchen unter allen Umständen verteidigen.

»Oh«, rief Miss Derennamenichnichtkenne und blieb unterhalb der Treppe stehen. »Da ist ja noch eine männliche Hand. Würdest du bitte Vincent helfen? Das wäre wirklich super. Ich bin übrigens Mae. Die offizielle Vorstellung können wir uns ja wohl schenken, was hältst du davon.«

»Viel.« Asims Grinsen wurde immer breiter und erinnerte mich irgendwie an eine Katze, von deren Barthaaren Milchtropfen herunterhingen. »Ich bin Asim.«

»Freut mich.«

Asim lief zu Vincent hinüber, der ihm gleich den Arm mit rosafarbenen Kartons vollpackte.

»Ich möchte mal wissen, was hier zur Hölle abgeht?«, flüsterte ich Simon zu. Doch der hatte auch keine Antwort.

Lord Peter stieg voll beladen die Treppe zu mir herauf. »Gibt's noch Tee?«, fragte er ein wenig außer Atem.

»Im Salon, der Samowar ist an.«

»Gott schütze die Russen für die Erfindung dieser einzigartigen Teemaschine«, hörte ich Seine Lordschaft hinter mir rufen, während er die Halle betrat.

Ich dagegen starrte die Neue an. Noch nie war mir ein Mädchen wie sie begegnet. Ihr Mund stand nicht eine Sekunde still. Sie plapperte mit allem und jedem und schien wirklich jedes Lebewesen anzuflirten. Gott, musste das anstrengend sein!

Selbst Twinkle wich nicht von Maes Seite und stupste sie immer wieder am Bein. So aufgeregt kannte ich die Hündin gar nicht!

»Na gut, meine Schöne.« Mae griff in eine Schachtel und brachte einen Markknochen, frisch vom Metzger, hervor.

»Respekt! Ich hätte nicht gedacht, dass du so was ohne Handschuhe anfassen würdest«, rutschte es mir raus.

Mae schmunzelte und gab Twinkle den Leckerbissen. Die Hündin würden wir in den kommenden Stunden wohl nicht mehr zu Gesicht bekommen. »Warum denn nicht? Ich bin genauso normal wie du, oder?« Sie hielt mir die Hand zum Gruß entgegen, in der sie gerade den Knochen gehalten hatte. Ich schlug ein: Ich war ja schließlich genauso normal wie sie!

»Ich bin Mae«, stellte sie sich nun auch mir vor.

»Ich weiß. War ja nicht zu überhören. Tee?«

Mae lachte ein aufrichtiges spritziges Lachen. »Ich glaube, ich muss dir gar nichts mehr beibringen. Wer mit dem Wort *Tee* so formvollendet eine Beleidigung aufweicht, der ist in den Adelskreisen angekommen.«

»Hä?« Noch bevor ich ahnen konnte, welcher Bus da gerade auf mich zurauschte, lockte Mae Simon von meiner Schulter. »Du musst Simon sein! Ich hab ja schon soooo viel von dir gehört. Natürlich nur das Beste. Magst du?« Sie hielt ihm ein Stück Apfel vor die Nase.

»Verräter!«, rief ich, als mein ehemaliger bester Freund das süße Lockangebot zwischen seine kleinen Krallen nahm und mit Genuss verspeiste.

Vincent und Asim trugen gerade die zweite Fuhre ins Haus, als Mae und ich zu Lord Peter in den Salon traten.

»Ah, wie ich sehe, habt ihr euch schon bekannt gemacht?«

»Oh ja«, schnaubte ich theatralisch. »Wer hätte gedacht, dass ich schon in so jungen Jahren meiner Nemesis begegne! Sie hätten mir aber ruhig erzählen können, dass wir noch einen Gast inklusive seines kompletten Kleiderschranks erwarten.«

Lord Peter fiel der Unterkiefer in Richtung Boden, und bevor seine Tasse Tee das gleiche Schicksal ereilte, stellte er sie schnell auf dem Tisch ab. Ich dagegen trabte seelenruhig zum Samowar. Das hätte wohl keiner von diesen Adligen gedacht, dass sich eine Diebin aus Hackney in der griechischen Mythologie auskennt.

»Zucker und Milch oder Zitrone?«, wollte ich von Mae wissen, denn ich kannte mich nicht nur in Geschichte aus. Ich wusste auch, wie man Besuch entsprechend bewirtet.

»Nur Milch, bitte, und danke.«

»Nicht dafür!«

»Nein, ich meine nicht den Tee.« Mae setzte sich auf die schmale Sitzbank unter dem Fenster direkt neben mir. »Ich finde, es schmeichelt mir sehr, wenn du mich als deine Göttin der ausgleichenden Gerechtigkeit betrachtest. Dabei dachte ich erst, du könntest mich nicht leiden.«

»Ach nein, wie kommst du denn da drauf?«, flötete ich ironisch zurück.

Simon, der merkte, dass ich gerade ungenießbar wurde, tippelte zu Lord Peter hinüber. Der Feigling hatte sich in sicherer Entfernung an den Tisch geflüchtet.

»Wusstest du, Cat«, überhörte Mae absichtlich meine Bemerkung, was mich noch mürrischer machte, »dass Nemesis heutzutage völlig falsch interpretiert wird? *Ich bin deine Nemesis* bedeutet nämlich nicht *Ich bin dein Untergang*, sondern *Du bekommst, was du verdienst.* Klingt doch irgendwie sympathischer, findest du nicht?«

Ich stand mit dem Rücken zum Raum an dem hüfthohen Teewagen. Das Wasser im Samowar kochte leise vor sich hin. Oben auf dem silbernen antiken Wasserkocher thronte eine bauchige Teekanne, in der ein starker Sud aus feinstem englischen Earl Grey warm gehalten wurde. Die Zubereitung des perfekten Tees war eine Kunst für sich, in die Vincent mich in den vergangenen Tagen eingeweiht hatte. Die Stärke des servierten Tees richtete sich nach der Menge an zugegebenem Wasser aus dem Samowar. Ich füllte Maes Tasse absichtlich eins zu eins mit Sud und Wasser und gab zwei Löffel Zucker dazu, garniert mit einem Spritzer Sahne. *Du bekommst, was du verdienst* hallte es zwischen meinen Schädelknochen hin und her. Musste ja nichts Schlimmes sein, was ich verdiente, oder? Ich verdiente nur das Beste, und wer sagte mir eigentlich, dass Mae es mir nicht brachte? Andererseits, sie kannte mich überhaupt nicht. Und noch mal: Musste das immer von Nachteil sein? Ich war doch neugierig auf Fremdes, hatte mich immer jeder Herausforderung gestellt. Weglaufen war nicht meine Sache, denn mal ehrlich, wie weit kam man schon damit? Irgendwann versagten einem die Beine. Und außerdem, wenn man etwas kennenlernt, ist es schon nicht mehr fremd, oder?

»Na, dann leg mal los.« Ich drehte mich um und reichte Mae den Tee. Wenn sie die Tasse austrank, würde sie heute Nacht mit Sicherheit kein Auge zumachen. Leider sollte das auch für mich gelten, aber das ahnte ich noch nicht.

Ich schnappte mir einen Stuhl und eine Flasche Wasser vom Teewagen und setzte mich Mae gegenüber. Simon und Seine Lordschaft hatten sich schon aus dem Staub gemacht. Konnte ich ihnen nicht verdenken. Ich würde auch nicht gern zwischen die Fronten zweier tougher Mädels geraten wollen. Aber ich fragte mich jetzt schon langsam, was sie hier eigentlich wollte. Für ein kleines Schwätzchen war der Weg schon ein bisschen weit.

Mae saß aufrecht auf der Bank, die Untertasse in einer Hand balancierend, und sah mich an. Ihre Beine standen eng beieinander und ihre Knie berührten sich leicht. Die Schultern zurück, wellten sich ihre Haare über den Rücken, der so kerzengerade war, dass ich mich unwillkürlich fragte, ob sie den Kleiderbügel im Kleid vergessen hatte. Ihre grünen Augen sprühten vor Witz, und die Chucks passten irgendwie nicht ins Bild. Und irgendwie doch.

»Was hast du über mich gedacht, als du mich gesehen hast?«, wollte sie wissen. Als sie einen Schluck von ihrem Tee nahm, verzog sie keine Miene und ließ ihren Blick auf mich gerichtet. »Sei ehrlich!«

»Ich weiß nicht genau, wie ich es ausdrücken soll, aber du warst so laut. Irgendwie wie so eine Implosionsbombe. Du hast einfach alles und jeden in deine Umlaufbahn gesogen.«

Mae lachte nicht. Sie lächelte nicht einmal. Schaute mich einfach an und schwieg.

»Du irritierst mich. Du scheinst genau zu wissen, wie man sich in diesen Kreisen hier bewegt, und auf der anderen Seite schrammst du genau auf der Grenze entlang, die diese Kreise bereit scheinen zu ertragen. Aber niemand, wahrscheinlich nicht mal die Queen, würde dir verbieten, so zu sein, wie du bist.«

»Respekt. Ich hab noch nie eine so treffende Beschreibung von mir gehört.« Mae klang wirklich begeistert. »Was meinst du: Wie stelle ich das an?«

Ich lachte kurz auf. »Na ja. Du gibst dich nicht aufgesetzt und künstlich. Du gehst ehrlich auf die Menschen zu und legst sie mit deinem Lächeln um. Dabei achtest du genau darauf, nicht in den privaten Raum deines Gegenübers einzudringen. Du gibst exakte Anweisungen und verkleidest sie in eine Bitte, die dir niemand abschlagen würde. Zumindest verfährst du so mit Männern. Bei Frauen scheinst du vorsichtiger zu sein. Mich hast du jedenfalls nicht zum Taschenschleppen eingeteilt.«

»Okay, das ist mein Verhalten. Ist dir noch etwas anderes aufgefallen?« Sie stellte ihre leere Teetasse neben sich auf der Sitzfläche der Bank ab, dabei rutschte eine ihrer roten Locken von ihrer Schulter. Die Grazie, die allein in dieser Bewegung lag, stammte aus einer komplett anderen Welt als meiner.

»Ich war eifersüchtig!«, rutschte es mir plötzlich heraus.

»Wegen Asim?«

»Woher …?« Ängstlich schaute ich mich um, ob auch niemand Maes Frage gehört hatte.

»Ehrlich! Du magst ihn. Warum auch nicht? Er scheint ein netter Junge zu sein. Mir wäre er vielleicht einen Tick zu ruhig. Keine Angst, die anderen haben nichts gemerkt. Obwohl ich für Vincent nicht die Hand ins Feuer legen würde. Aber der hält dicht.«

»Es ist die Art, wie du dich bewegst. Alles wirkt so leicht an dir.«

»Ha!«, klatschte Mae laut in die Hände und sprang wie ein Kastenteufel von der Bank auf. Die Tasse zitterte leicht auf dem Unterteller, wagte aber nicht herunterzufallen. »Du hast es. Genau das ist es! Aber ich kann dir sagen, unangestrengt zu wirken, ist verdammt stressig. Ich bin nämlich kein Naturtalent wie du.«

»Ich?«, piepste ich erschreckt.

»Ja! Wie du mich analysiert hast, ist unglaublich. Du hast instinktiv das erfasst, was wichtig ist. Eigentlich kann ich auch sagen, du hast mich schnell durchschaut. Menschen bewerten Menschen. Das ist genetisch so angelegt. Ich nehme mal an, das hat mit dem Überlebensurinstinkt zu tun. Der arbeitet heute noch, auch wenn wir uns nicht mehr alle gegenseitig umbringen wollen.«

»Aber das Leben schwerer machen.«

Mae sah mich überrascht an. »Genau!«

Sie nahm sich eine Flasche Wasser vom Tisch und kam wieder zu mir. Ich hatte mich die ganze Zeit nicht von meinem Stuhl bewegt. Unbewusst erschien er mir wie meine rettende Insel. Ich konnte nur nicht genau sagen, wovor ich mich beschützen wollte.

»Innerhalb von 150 Millisekunden wirst du von anderen

Menschen bewertet. Danach sinken deine Chancen, von ihnen akzeptiert zu werden, rapide. Das ist übrigens auch ein Grund, warum Gruppen wie Hipster, Rocker oder Goths sich Uniformen zulegen. Sie erkennen ihresgleichen sofort. Menschen neigen dazu, zu stereotypisieren. Du vertraust einem Arzt, weil er einen weißen Kittel trägt. In Lederkluft und mit Tattoos übersät wäre das eher nicht der Fall. Ich halte das zwar für falsch, aber einstweilen läuft es nun mal so.«

»150 Millisekunden?« Ich war platt. »Da habe ich ja noch nicht mal einen vollständigen Satz rausgebracht.«

»Das ist der Punkt, warum Klamotten und Auftreten so eine wichtige Rolle spielen.«

»Alles schön und gut«, erwiderte ich. »Aber was geht mich das alles an? Ich fühl mich ganz wohl, wie ich aussehe. Außerdem ist es bei meinem Job wichtiger, *nicht* gesehen zu werden.« Mae scannte mich von oben bis unten. »Das trifft nur leider nicht immer zu. Für den Ball müssen wir dich ein bisschen mehr rausputzen.«

»Für den Ball? Gib mir eine schwarze Schürze und ich bin fertig.« Ich hob locker meine Schultern. »So aufwendig ist die Verkleidung als Kellnerin nun wirklich nicht.«

»Kellnerin?« Mae sah mich fragend an. »Lord Peter sagte nichts von einer Kellnerin. Er meinte, du sollst ihn als Gast auf den Ball begleiten.«

Meine Augen weiteten sich vor Entsetzen. »Er will WAS?«

»Du sollst dich als Seinesgleichen auf den Ball begeben. Du bist ein Gast. Das wird dein erster öffentlicher Auftritt. Aber keine Panik, wenn wir fertig sind, dann bist du die perfekte Lady für diesen Abend.«

Mae trat zu mir und zog mich von meiner Wohlfühloase. »Los, komm. Ich zeig dir, was ich meine.«

Als wir die Tür zu meinem Zimmer öffneten, trat ich erschreckt einen Schritt zurück. »Was ist denn hier passiert?« Überall lagen Einkaufstaschen verstreut, und aus einigen lugten Kleiderfetzen hervor, die eindeutig nicht schwarz waren. Es sah aus, als wäre hier ein Container mit Gummibärchen explodiert.

»Na, spielt ihr schön?«, wollte Asim wissen und streckte den Kopf aus seinem Zimmer, das zwei Türen neben meinem lag. Mein finsterer Blick scheuchte ihn direkt wieder hinein.

»Na los, Cat. Wir haben nur diese eine Nacht!« Mae schob mich auf mein Bett, das übersät war mit Tüten.

»Du bist komplett wahnsinnig, wenn du denkst, ich ziehe das Zeug hier an!« Zur Illustration hielt ich einen knallroten Slip in die Höhe. Ein kleiner Anflug von Panik nistete sich in meinem Magen ein. Ich auf einem Ball – so beginnt doch nur ein schlechter Witz!

Mae lächelte bloß und setzte sich zu mir aufs Bett. »Ich weiß, das alles macht dir Angst. Aber glaub mir. Es macht einen Riesenspaß, wenn du dich einfach darauf einlässt.«

»Muss ich? Ich bin doch bisher auch ganz gut ohne das Zeug hier klargekommen.«

»Das Schlüsselwort ist bisher. Lord Peter will dich in seiner Nähe haben. Du wirst auch künftig an den unterschiedlichsten Stellen mit den unterschiedlichsten Menschen zusammentreffen, und dabei musst du sie jedes Mal für dich gewinnen. Du musst ein Teil ihrer Gesellschaft werden. Und dafür ist das Zeug hier gut. Es ist nun mal so: Du musst etwas darstellen, und es interessiert im ersten Moment niemanden, wie du wirklich bist. Glaub mir, es wird in deinem Leben nur sehr wenige Menschen geben, denen du dein wahres Ich wirklich wirst zeigen wollen. Menschen, die es wert sind. Zwei davon hast du bereits an deiner Seite«, munterte sie mich auf.

Ich weiß nicht, was es war, aber ich vertraute Mae. Sie war wie eine große Schwester. Jemand, der mich instinktiv verstand, der mir helfen, aber mich nicht verbiegen wollte. Sie war fast wie Sofie, auf eine andere Art.

»Du packst das. Du wirst sehen, mit ein bisschen Training gehen dir Bewegungen und Sprache in Fleisch und Blut über. Und wenn die Panik kommt, dann denk immer dran, dass kein Mensch etwas Besonderes ist. Wir alle kochen nur mit Wasser. Ich werde dich nicht verbiegen. Vertrau mir!« Mae klatschte laut in die Hände, was Twinkle und Simon neugierig in mein Zimmer stürmen ließ. »Dann legen wir mal los. Stell dich vor mich hin. Gerade Haltung. Sehr gut.« Sie schob meine Schultern leicht zurück und drückte meinen Rücken durch. »Die Hüfte leicht nach vorn, damit du kein Hohlkreuz bekommst. So ist es gut. Okay, jetzt lauf mal hoch und runter. Auf einer Linie, als wärst du eine Ballerina.«

Ich tat ihr den Gefallen, obwohl ich mir ziemlich blöd dabei vorkam.

»Der richtige Gang ist sehr wichtig. Deine Körpersprache ist das Erste, was die Menschen von dir zu sehen bekommen. Der erste Eindruck hängt zu 55 Prozent von deinem Körperbau, deiner Bewegung, der Mimik und vor allem deinem Distanzverhalten ab. Je näher du einer Person kommst, desto unangenehmer fühlt sie sich, wenn du ihr nicht auf den ersten Blick sympathisch bist.« Sie machte einen Schritt auf mich zu, und ich zuckte unwillkürlich zurück.

»Siehst du. Das meine ich. Als Nächstes folgt deine Sprache. Nicht nur das, was du sagst, sondern auch deine Stimmlage, Klang, Lautstärke oder Modulation. Das macht 38 Prozent bei deiner ersten Wirkung aus.«

»Sind die Menschen wirklich so oberflächlich?« Ich wollte es irgendwie nicht glauben, dabei hatte ich die lebenden Beispiele dafür jeden Tag vor der Nase.

»Na ja, laut Statistik beeindruckst du nur zu sieben Prozent durch Worte und deren Inhalt. Aber was willst du bei 150 Millisekunden schon erwarten. Du bist auch oberflächlich. Wir alle sind es. Stichwort Urinstinkt. Das ist nichts Schlimmes. Wir können es ja noch nicht einmal abstellen, selbst wenn wir es wollten. Wir können nur das Beste aus diesem Wissen machen.«

»Und das willst du mir jetzt antun?«

»Ja. Ich will, dass du siehst, wie wichtig Qualität, Stil, Farbe und vor allem Passform bei deiner Kleidung sind. Wenn du weißt, dass du den perfekten Look für dich gefunden hast, stärkt es dein Auftreten immens. Die Einstellung zu dir selbst, deinem Gegenüber und der ganzen Situation wird sich positiv verändern. Es öffnet dir Türen. Bei mir war es genauso.«

»Was? Du wurdest nicht perfekt geboren?«, gab ich ironisch zurück.

»Oh nein. Meine Mutter lehnte mich ab. Und meinem Vater war ich egal. Ich war eben nicht der erwünschte Erbe, der den glorreichen Namen der Familie fortführen würde. Ich war ein Mädchen. Niemand kümmerte sich wirklich um mich. Mit vier kam ich dann auf ein Internat in Italien. So weit weg, wie es nur ging. Mit fünfzehn schmiss ich die Schule und schlug mich mit Gelegenheitsjobs bis nach London durch. Ich wusste nicht genau, was ich wollte, aber ich wusste genau, was ich nicht wollte. Ich stellte mich gegen alle, die mir vorschrieben, was ich zu tun und zu lassen hatte. Und dann begegnete ich meiner Nemesis.« Mae lächelte. »Sie brachte mir bei, dass ich mit meiner Wut mehr anfangen könnte, als mich zu zerstören. Denn nichts anderes tat ich. Sie zeigte mir, dass ich mit Ehrlichkeit, Einfühlungsvermögen und Entgegenkommen mehr erreiche, für mich und andere Menschen. Und damit die Menschen überhaupt auf dich aufmerksam werden, dich kennenlernen wollen und dich ernst nehmen, brauchst du den perfekten ersten Eindruck.«

Ich war platt. Mae hatte einen Seelenstriptease vor mir hingelegt. Dabei kannten wir uns noch nicht einmal richtig. Aber sie vertraute mir. Also würde ich es auch versuchen. Warum nicht? Vielleicht hatte ich sogar Spaß dabei.

»Dann lass uns loslegen!«

Ich lief noch einige Male in meinem Zimmer auf und ab. Stolpernd in halsbrecherischen High Heels oder schlurfend in platten Flipflops. Simon und Twinkle hatten einen Heidenspaß bei meinen Versuchen. Der Unterschied war nicht zu leugnen. In hohen Schuhen veränderte sich meine Körperhaltung automatisch. Sie wurde aufrechter, und das beeinflusste wiederum die Art, wie ich mich selbst wahrnahm. Ich fühlte mich größer, selbstsicherer und ein bisschen arroganter. Aber ich konnte in den Dingern ums Verrecken nicht laufen!

»Damit breche ich mir alle Knochen. Das bin auch nicht ich«, wandte ich mich gegen die Heels.

»Kein Problem! Ich wollte dir nur zeigen, was unterschiedlich hohe Schuhe mit dir machen. Persönlich würde ich dir zu anderen Teilen raten, die den gleichen Effekt haben. Hier!« Und damit hielt sie mir ein Paar schwarz glänzende Plateauschuhe vor die Nase. Sie sahen aus wie normale Halbschuhe, eine Nummer höher gelegt.

»Ich weiß nicht. Darin sehe ich doch aus wie ein Bauerntrampel!«

»Erst probieren, dann meckern.« Mae ließ nicht locker, und ich zog die Briketts an. Dann lief ich auf den mannshohen Spiegel zu.

»Na?«

»Ich hab keine Ahnung, wie das passiert ist, aber es ist Klasse.« Mich überkamen die gleichen Emotionen wie in den Heels, mit dem Unterschied, dass ich in den Teilen hier wirklich laufen konnte! »Das ist der Hammer.«

»Siehst du. Deshalb solltest du erst mal die Heels tragen. Das trainiert die Körperhaltung, die du direkt bei anderen hohen Schuhen übernimmst. Damit kannst du gar nicht mehr wie ein Bauerntrampel aussehen, weil dein Rücken gerade ist und deine Schultern nach hinten gehen. Es ist, als wäre dein Kopf mit einem Faden verbunden, der dich nach oben zieht. Kein nach vorn gekippter Oberkörper, mit dem du deine Brüste verstecken kannst.«

»Na, viel zu verstecken gibt es bei mir ja nicht«, murmelte ich unsicher. Ein bisschen mehr wäre schon nett gewesen.

»Zeige, was du hast. Gerade das, was du Makel nennst. Setze es bewusst in Szene, denn es hebt dich hervor. Das ist das Besondere an dir. Ansonsten wären alle Menschen austauschbar wie Klone.« Mae musterte mich von oben bis unten. »Okay. Der Gang stimmt, die Schuhe auch. Jetzt kümmern wir uns um den Rest. Oh, auf eines musst du aber immer achten, und das kann dir niemand zeigen: Sei du selbst. Und wenn du jemand anders sein musst, dann hilft dir Yoga und Meditation. Es gibt nichts Besseres, um sich ein Pokerface anzutrainieren.« Mae kramte in einer Tüte und zog einige T-Shirts hervor: in Bunt!

Ich zuckte zurück. »Nicht dein Ernst. Was ist das?« Ich griff mir ein Shirt und hielt es wie ein stinkendes Stück mit nur zwei Fingern.

»Magenta.«

»Das ist 'ne Farbe?«

»Na ja. Du findest sie jetzt nicht direkt im Regenbogen, aber ja. Es ist eine Farbe, und zwar eine, die dir ziemlich gut steht. Du bist ein Wintertyp mit natürlich dunklen Haaren, deine Haut ist eher olivfarben. Du hast ausdrucksstarke blaugraue Augen mit einem klaren Augenweiß.«

»Oh ja, toll. Und deshalb soll ich Farben wie ein Clown tragen?« Bei aller Liebe, aber das ging ehrlich zu weit. »Ich bin kein Papagei.«

Mae rollte mit ihren grünen Augen. »Hab ich das gesagt? Nein. Das hier ist nur eine Auswahl. Niemand sagt, dass du

Magenta tragen sollst. Aber du wirst es tun, auch wenn es noch ein paar Jahre dauern wird.«

»Niemals. Nicht mal, wenn ich tot bin. Aber das hier, das sieht nicht gleich so aus, als müsste ich mich übergeben!« Ich zog ein anderes Shirt aus dem Stapel.

»Das ist Chromgrün.«

»Sieht giftig aus.«

»Okay, dann probiere es mal an. Und dazu eine einfache schwarze Jeans, gerade geschnitten, aber einen Tick weiter als die, die du gerade trägst.« Sie wollte mir die Hose geben, doch ich wehrte ab.

»Ich würd gern die zitronengelbe Jeans probieren.«

Mae riss ihre Augenbrauen hoch, was ihrem Gesicht einen aufgeregt überraschten Ausdruck verlieh. »Super Idee! Aber übertreibe es nicht. Warte, ich zeige dir, was ich meine.« Sie warf mir eine silberne kurze Jacke zu, die ich über das T-Shirt zog. Ich stand wie festgenagelt vor dem Spiegel. War das da wirklich ich? Ja, und ich beherrschte den kompletten Raum.

»Siehst du. Zu viel. Du könntest als Discokugel im Studio 54 durchgehen.«

»Ich mag's«, meinte ich leichthin.

Mae bekam fast einen Ohnmachtsanfall. »Zu viel, Schätzchen!«, rief sie. »Zu viel! Trage nie mehr als drei Farben auf einmal. Eine davon sollte Schwarz oder Weiß sein. Immer nur ein gemustertes Teil, entweder oben oder unten, merk dir das! In dem Fall ist weniger wirklich mehr.«

Wir probierten noch eine Menge Kleider – Mini, Midi, Maxi. Röcke – kurze, lange, kniebedeckend. Hosen – Skinny, Röhre, Bootcut – und Pullover – lang, kurz, weit und eng. Blusen und Hemden in unterschiedlichen Stilen und Größen.

»Achte nie auf das Größenschild«, hämmerte mir Mae ein. »Sieh dir das Teil auf dem Bügel an, probiere es und entscheide, wie du es tragen willst. Ein weites Hemd, das drei Nummern größer ist, als du normal trägst, lässt sich mit einem Gürtel locker als Minikleid umstylen. Und wenn du das so nicht magst oder Mini dir nicht steht, weil du die Beine nicht dafür hast, was auf 95 Prozent der weiblichen Bevölkerung zutrifft, dann ziehst du einfach einen schwarzen Bleistiftrock drunter! Die Passform, vor allem an der Schulter, ist das Wichtigste überhaupt!«

»Ich dachte, das Wichtigste ist, dass ich mich darin wohlfühle?«, zog ich Mae mit ihren eigenen Worten auf.

»Und das tust du nur, wenn das Teil richtig passt!« Sie ließ sich nicht auf meinen Trick ein.

Ich weiß nicht, wie Mae es anstellte. Ich glaube, ich habe in meinem Leben noch nie so viel gelacht. Die Zeit war noch nie so schnell vergangen. Wir machten nur kurze Pausen, wenn Vincent uns still und leise ein Tablett mit Sandwiches und etwas zu trinken brachte. Wir lachten mit ihm, als auch er die unterschiedlichen Hüte anprobierte, die mich nicht an mir überzeugten. Ich sah mich nicht mit Hut, egal in welcher Form. Denn dann wirkte es, als hätte ich eine Glatze.

»Ich mag deinen kurzen Haarschnitt. Er passt zu dir. Zu viele Mädchen tragen lange Haare, weil sie meinen, die Jungs stünden darauf. Aber auch lange Haare brauchen den perfekten Schnitt und Style, sonst rennst du am Ende nur mit einem Pferdeschwanz durch die Gegend. Kurze Haare sind ein Statement, und du fällst damit garantiert auf«, kommentierte Mae.

»Mag sein. Aber zu all den vornehmen Kleidern für Bälle und den Kram, da passt meine Frisur nun wirklich nicht.«

»Du bist der H-Figurtyp«, erklärte Mae. »Bei dir sind Ober- und Unterkörper ähnlich stark ausgeprägt. Das macht es mit Kleidern nicht ganz einfach, stimmt. Aber das hat nichts mit deinen Haaren zu tun. Die Kleider müssen eine Taille andeuten, und das bekommst du mit entsprechenden gerade oder horizontal verlaufenden Einsätzen oder Farbverläufen hin. Eine Korsage wäre auch nicht schlecht. Und …«

»… es kommt darauf an, in welcher Zeit du dich siehst!« Ohne dass ich es gemerkt hatte, stand plötzlich Lord Peter in der Tür.

»Wie lange stehen Sie schon da?«, rief ich erschreckt.

»Ich bin gerade erst reingekommen«, entschuldigte sich Seine Lordschaft schmunzelnd. »Euer Lachen und Vincents Bemerkungen haben mich neugierig gemacht. Außerdem seid ihr nicht zum Abendessen in den Salon gekommen.«

»Oh!«, war meine einzige Reaktion.

»Zurück zum Thema«, durchbrach Mae auf ihre unnachahmlich lockere Art die etwas peinliche Situation. »Es stimmt, was Seine Lordschaft sagt. Wärst du in den 1920er-Jahren aufgewachsen, dann hättest du keine Probleme, mit deiner Figur ein umwerfendes Ballkleid zu finden. Die Designer haben damals exakt für deinen Typ gearbeitet. Selbst die Haare trugen die Frauen und Mädchen damals jungenhaft kurz.«

»Na toll. Das Schicksal der zu spät Geborenen heißt doch wohl nicht etwa Extensions«, rief ich erschreckt aus. »Ich will keine langen Haare. Damit sehe ich total bescheuert aus.« Vielleicht war ich zu müde oder ausgelaugt von dem heutigen Tag, ich weiß es nicht. Aber mir kamen fast die Tränen.

»Hey.« Mae umarmte mich sanft. »Keine Panik. Lord Peter hat die perfekte Idee gehabt. Du hast mir bis hierher vertraut, jetzt lass uns noch den letzten Schritt gemeinsam machen.«

Simon kämpfte sich durch die Stoffberge und kam zu mir gerannt. Er legte seine kleine Pfote auf den Fuß, seine Art eines aufmunternden Schulterklopfens. Ich richtete mich kerzengerade auf, atmete tief durch und wappnete mich für das Finale. Das hier war auch nichts anderes, als in die Rolle einer Kellnerin zu schlüpfen.

»Natürlich schaffen wir das zusammen«, antwortete Lord Peter sanft. Er hatte sich den Sessel freigeschaufelt und dort Platz genommen. Twinkle saß an seiner Seite und ließ sich den Kopf kraulen. »Ich musste mir nur Hilfe holen. Adels bemerken sofort, ob jemand zu ihnen gehört oder nicht. Sie können Angst riechen. Aber wie ich sehe, habe ich aufs richtige Pferd gesetzt. Nichts für ungut«, setzte er rasch nach, aber so schnell konnte man Mae nicht beleidigen. »Das Selbstbewusstsein, das du ausstrahlst, haut jeden um. Keine Sorge. Du schaffst das.«

»Und das richtige Kleid?«, gab ich zu bedenken.

»Das haben wir hier«, wies Lord Peter triumphierend auf einen grauen Kleidersack, der in meinem Schrank hing. Ich hatte ihn noch gar nicht bemerkt. Aber Grau war ja auch nicht meine Farbe, oder?

Mae lief hinüber und holte ihn heraus. »Na dann. Brezeln wir dich mal so richtig auf.«

Wir verschwanden in meinem Bad. Mae schminkte mich sehr dezent. Nur angedeutete Smokey Eyes mit silbernen Akzenten. Ein wenig Mascara und ein leicht roséfarbener Lippenstift. Meine Haare glättete sie mit Frisiercreme. Und wenn mir mein Bild im Spiegel schon den Atem raubte vor Freude, dann haute mich das Kleid vollends um. Ein Original-Designerkleid aus den Roaring Twenties, der Zeit, als der Film noch keinen Ton hatte. Das ärmellose Oberteil, mit V-Ausschnitt und Hunderten weißer Perlen besetzt, war eng, aber bequem. An meine Hüften schmiegte sich das seidene knöchellange Rockteil, das leise meine Beine umfloss, wenn ich mich bewegte. Auch hier waren horizontal Perlenornamente aufgebracht, die sich in den Schuhen, die einen kleinen, drei Zentimeter hohen Absatz hatten, fortsetzten. Und der Knaller: Das Kleid war komplett weiß.

Mae führte mich zurück in das Zimmer, in dem Lord Peter immer noch wartete. Als ich aus der Tür trat, hörte ich, wie er voll Bewunderung die Luft einsog. Er war sprachlos. Genau wie ich, als ich mich im Spiegel sah. Das Besondere aber war nicht das Kleid oder das Make-up. Das Besondere war, dass ich mich wiedererkannte. Ich war es, die sich dort im Spiegel sah! Selbst als Mae mir noch die schmale Tiara ins Haar steckte.

Ich schaute auf Seine Lordschaft. Irgendwann musste er ja mal was sagen.

Du siehst umwerfend aus. Fantastisch. Super! – Darauf war ich gefasst. Doch stattdessen sagte Lord Peter tonlos. »Du siehst ihr so ähnlich. Mein Gott, als hätte man die Uhr zurückgedreht.«

Noch bevor ich fragen konnte, wen er meinte, stürmte plötzlich Asim kurz anklopfend ins Zimmer. »Ich hab's geschafft. Wir sind im Sicherheitssystem drin und …«

Sein Mund blieb offen stehen. Und er hatte genau den gleichen Gesichtsausdruck wie in dem Moment, als er Mae heute das erste Mal gesehen hatte. Auch er brachte kein Wort heraus vor Überraschung.

»Na, wenn die Herren hier nichts zu sagen haben, dann muss ich wohl ran. Du siehst atemberaubend aus, Cat. Noch ein Schnelldurchlauf in Sachen Umgangsformen, und wir können dich auf die adlige Meute loslassen.«

Vor dem Schloss hupte es laut. Asim und Lord Peter liefen in die Halle, begleitet von Twinkle. Von einem Moment zum anderen waren Simon, Mae und ich wieder allein.

»Dann zieh ich mich mal wieder um«, meinte ich. Mae hängte das Kleid vorsichtig in den Schrank, während ich in meine schwarze Jeans schlüpfte. Diesmal griff ich aber zu einem eisblauen leichten Baumwolltop.

»Sehr schick«, kommentierte Mae. »Ich hab einen Mordshunger. Aber ich weiß nicht, ob ich Vincent um die Uhrzeit noch einspannen soll.«

»Wie spät ist es denn?«

»22:30 Uhr.«

»In echt?« Ich konnte es nicht glauben. Aber ja, die Sonne war schon längst untergegangen. »Weißt du was? Lassen wir Vincent seinen wohlverdienten Feierabend. Wir gehen in die Küche, machen uns einen Salat und hauen uns ein paar Eier in die Pfanne. Was hältst du davon?«

»Du hattest mich schon bei Salat«, lachte Mae und lief mir

voraus. Als wir an der Halle vorbeikamen, hörte ich Asim laut mit jemandem streiten. Ich sah nur einen blonden Hinterkopf, und die Stimme des Mannes ließ sachte ein Glöckchen in meinem Hirn klingeln.

»Kommst du?«, rief mir Mae zu.

»Komme!«, rief ich zurück, und der Gedanke war weg.

TRACK: 15
TITLE: READY FOR TAKE-OFF

Wer kämpft, kann verlieren. Wer nicht kämpft, hat schon verloren.
Da fällt die Wahl ja wohl nicht schwer. Lieber habe ich blaue Flecken als gar keinen Standpunkt.

Die nächsten Tage vergingen ohne große Überraschungen. Ich trainierte und lernte mehr, als ich jemals wissen wollte. Auf die Schulprüfungen war ich perfekt vorbereitet, das war meine kleinste Sorge. Was sollte schon groß passieren? In diesem Leben würde kein Typ aus einer Personalabteilung je mein Zeugnis zu sehen bekommen. Ich brauchte einen Abschluss. Wie der aussah, war völlig egal. Mir jedenfalls.

Und ich lernte so viel mehr. Jeden Tag paukte Vincent mit mir die Grundlagen des guten Benehmens, wie er es nannte. Ich verbuchte es lieber unter chinesischer Tröpfchenfolter. Echt, es gab nichts Schlimmeres als zu üben, wie man sich als Lady richtig auf einen Stuhl, einen Sessel, eine Couch oder einen Motorradsattel schwang.

Ich lernte: wer wen zuerst grüßt. Wie ich mich beim Dinner durchs Besteck arbeiten sollte. Und dass ich bei einer Konversation lieber den Mund hielt, wenn ich zum Thema nichts zu sagen hatte. Nicht, dass ich das nicht schon immer so handhabte, aber bitte. Abgesehen davon hielten es Seine Lordschaft und Vincent für – Zitat – »angebracht«, dass ich so wenig wie möglich den Mund aufmachte, weil meine ungeschliffene Ausdrucksweise mich sofort verraten würde. Hey, wenn ich wollte, dann konnte ich genauso gespreizt quatschen wie die. Als ich ihnen einen Beweis dafür brachte, waren sie zum ersten Mal wirklich sprachlos. Ihre überraschten Gesichter werde ich so schnell nicht vergessen. Und immer hatte ich Maes Worte im Ohr: Ich solle auf dem Ball ganz natürlich sein, so wie ich bin. Ja, was denn jetzt?

Ich beschloss, diese Ballsache einfach auf mich zukommen zu lassen. Es würde schon gut gehen. Ich musste ja schließlich nur in das Haus und mit der Statue wieder raus. Wahrscheinlich würde ich die Leute in meinem Leben sowieso nie wiedersehen. Trotz aller Nerverei freute ich mich darauf, in einem supertollen Kleid dort aufzulaufen.

Und einen Vorteil hatte dieses ganze Lernen auch noch: Asim und ich sahen uns sehr wenig. Das schonte meinen Magen, der immer aufgeregt hüpfte, wenn ich ihn sah oder seine Stimme hörte. Von dem Herzklopfen mal ganz zu schweigen.

Inzwischen hatte sich Asim, getarnt als Techniker eines Unternehmens für Klimaanlagen, Zutritt zum Serverraum der Sicherheitsfirma verschafft. Lord Peter war immer noch begeistert davon, wie einfach Asim an die Uniform und den Wagen des Unternehmens gekommen war. Er hatte ihn mit dem Auto zu einer Zweigstelle der Klimaanlagenfirma im Süden Londons gefahren und ein paar Meter weiter am Straßenrand gewartet. Selbstbewusst war Asim auf den Hinterhof eines Gewerbezentrums, in dem sich verschiedene Unternehmen angesiedelt hatten, spaziert. Ohne zu zögern, hatte er sich eine Jacke sowie eine Baseballkappe mit dem Firmenlogo vom Haken genommen und war hinter einer Tür mit der Aufschrift *Office* verschwunden. Irgendwie war es ihm gelungen, der Bürosekretärin den Schlüssel für einen Transporter abzuschwatzen. Eine Minute später fuhr Asim vom Hof in Richtung Sicherheitsfirma. Lord Peter hängte sich an ihn dran, Asims Laptop auf dem Beifahrersitz. Sollte irgendetwas schieflaufen, konnte er jederzeit eingreifen und Asim rausholen. Aber alles lief glatt. Der Notruf von Living Security ging planmäßig auf Lord Peters Handy ein, der die aufgeregte Sekretärin beruhigte und versprach, dass ein Kollege gleich bei ihr sein könnte, da er gerade einen Auftrag in der Nähe bearbeitet hätte. Sie dankte Seiner Lordschaft überschwänglich, bevor er das Gespräch beendete. Er gab Asim Bescheid, und dieser glitt mit dem Van geschmeidig in die Einfahrt der Sicherheitsfirma.

Der Rest war ein Kinderspiel. Die Mitarbeiter von Living Security erwarteten Asim schon händeringend und winkten ihn ohne große Überprüfung in den Bunker, in dem die Server standen. Über den Ohrstecker gab Asim Lord Peter ein Zeichen für seinen Einsatz. Seine Lordschaft setzte das hochnäsigste Gehabe auf und stolzierte in das Büro der Sicherheitsfirma. Dort behauptete er lautstark, dass er sich bereits mehrmals telefonisch über die schlechte Ausführung der Installation einer Anlage beschwert habe, aber bisher nicht das Geringste geschehen sei. Er machte eine derart hervorragende Szene, dass alle, die sich im Gebäude befanden, herbeigeeilt kamen, um ihn zu beruhigen, inklusive des Chefs. Als

Asim fertig war, drückte er sich an Lord Peter und der Menschentraube vorbei, um sich noch die Erledigung des Auftrags bestätigen zu lassen. Danach verließ er unaufgeregt das Gelände. Lord Peter tat so, als hätte er sich in der Firma geirrt, entschuldigte sich tausendmal und steckte ein Werbeprospekt ein, mit dem Versprechen, sich die Angebote von Living Security näher anzusehen. Er setzte sich in seinen Wagen und fuhr ein paar Straßen weiter auf einen Parkplatz beim Sportcenter Camberwell. Asim stieg zu ihm ein und überprüfte zuerst seinen Laptop. Die Installation der Weiche war geglückt. Asims Rechner zeichnete alles auf, was die Kameras im Haus von Lord Sansibar Drummond aufnahmen. Das Wichtigste: Der Nat-Reiter stand immer noch an Ort und Stelle.

Wenn ich mich auf den Ball zur Genüge vorbereitet fühlte, konnte man das für den Steal Deal selbst leider nicht behaupten. Am Tag vor dem großen Ball hatten wir zwar Zugang zu den Sicherheitsdaten, aber immer noch keinen genauen Plan.

Und es kam noch schlimmer.

»Wir haben ein Problem!« Asim stolperte mit seinem Laptop unterm Arm in die Bibliothek, in der Lord Peter sich durch irgendwelche Aktenberge grub und ich zum x-ten Mal über dem Bauplan von Lord Drummonds Stadtvilla brütete, den mir Asim verschafft hatte.

»Was ist?« Lord Peter ließ das Blatt sinken, in das er sich gerade vertieft hatte. Und ich legte die Pläne beiseite.

»Ich dachte, es läuft alles wie am Schnürchen. Gibt es wieder Probleme mit der Sicherheitsanlage?«, wollte Seine Lordschaft wissen.

»Nein, das nicht. Aber so ähnlich«, schnaufte Asim und setzte sich in den zweiten Ohrensessel neben dem Kamin, in dem tatsächlich ein kleines Feuer brannte. Bei einer Außentemperatur von 30 Grad im Schatten! Aber, um ehrlich zu sein, in diesem Steinkasten, auch Schloss genannt, wurde es nie so richtig warm. Wenn man mal länger an einem Platz saß, fröstelte es einen schnell. Kein Wunder, dass im Winter der Landsitz nicht bewohnt war. Die Heizkosten hätten in Nullkommanichts Lord Peters Vermögen verschlungen. Selbst wenn ich keine Ahnung hatte, wie groß das eigentlich war.

»Cat, nimm dir einen Stuhl und setz dich zu uns«, forderte Lord Peter mich auf.

»Oh, nein, warte.« Asim schnellte aus seinem Sessel. »Entschuldige, ich hab dich gar nicht gesehen. Du kannst dich hier hinsetzen. Ich nehm den Stuhl.«

»Ist schon okay«, wiegelte ich ab, obwohl ich mich darüber ärgerte, dass er mich nicht wahrgenommen hatte.

»Du siehst toll aus«, raunte er mir schüchtern zu, als wir aneinander vorbeiliefen, so als würde er sich entschuldigen wollen. Aber er hatte recht. Das kobaltblaue T-Shirt harmonierte wirklich super mit dem schwarzen Rock und den Plateausandalen.

»Seid ihr zwei endlich fertig? Ich würde nämlich gern erfahren, was denn nun genau unser Problem ist.«

»Lord Drummond hat anlässlich des Balls das Sicherheitsteam verstärkt und lässt den Raum mit den Kunstwerken extra bewachen.«

»Wie ist er denn da draufgekommen?«, wollte Lord Peter wissen und setzte sich gerade auf.

»Das Darknet läuft gerade über, was die Spekulationen über seine Sammlung angeht. Die einen sagen, er gibt den Ball für potenzielle Käufer, weil er Geld braucht. Und die anderen sagen, er will nur allen zeigen, dass es keine Probleme mit seiner Firma gibt.«

Lord Peter nickte. »Es stimmt, der gute Sans hat mit seinen Spekulationen in den vergangenen Jahren viel Geld an der Börse verloren. Sehr viel! Und die Produktion von geografischen Karten entwickelt sich rückläufig, seit es Navigationssysteme gibt.«

»Dann hat er aber ziemlich gepennt. Ich meine, seit Jahren kauft doch keiner mehr diese unhandlichen Stadtpläne«, wunderte ich mich.

Lord Peter stimmte mir zu. »Das ist der eine Grund. Aber er dachte wohl, dass er sich mit Seekarten über Wasser halten könnte, aber auch da hat er sich geirrt.«

»Nettes Wortspiel«, lächelte Asim in Gedanken versunken. »Nur ist es völlig egal, warum und ob Lord Drummond kein Geld mehr hat. Fakt ist, dass er die Sammlung unter massiven Schutz gestellt hat, für den einen Abend.«

Ich zog fragend eine Augenbraue in die Höhe.

»Er war schon immer etwas exzentrisch«, beantwortete Lord Peter meinen Blick und entschuldigte sich für einen Moment. Dann verließ er den Raum und ich hörte, wie er Vincent bat, ihm das Telefon zu bringen.

Asim und ich sahen uns verwundert an und zuckten dann mit den Schultern.

Asim scrollte weiter durchs Internet und murmelte vor sich hin. Ich saß in meinem Ohrensessel und strich mir mit einer Verlegenheitsgeste den Rock glatt.

Dann kam Lord Peter wieder zu uns. »Es stimmt. Ich habe gerade mit einem vertrauenswürdigen Kontaktmann telefoniert. Drummond will direkt nach dem Ball eine stille Auktion abhalten.«

Lord Peter schaute über meine Schulter mit auf den Monitor. »Hat schon jemand unseren Nat-Reiter erwähnt?«, wollte Lord Peter von Asim wissen.

»Nein.«

»Was machen wir jetzt?«, fragte ich in die Runde.

»Nichts«, meinte Asim und ließ den Bildschirm nicht aus den Augen. »Wir bleiben bei unserem Plan. Nur dass er aufgehen muss. Eine zweite Chance kriegen wir nicht.«

»Nur keinen Druck. Ich rolle die Statue einfach zusammen und klemme sie mir unter den Arm«, wandte ich sarkastisch ein.

Lord Peter konnte sich ein Grinsen nicht verkneifen, als er Asims Blick sah.

»Was?«, rief ich laut aus. »Ich bin frustriert. Von welchem Plan redest du denn, wenn ich fragen darf? Ich hab immer noch keine Idee, wie wir das schwere Teil da raustragen sollen. Können wir nicht doch über das Dach einsteigen?« Ich hatte mir den Grundriss und die Baustruktur des zweiseitigen Hauses genau angesehen. Die Ausstellungsräume befanden sich im obersten Stock, dem ausgebauten Dachgeschoss. Ein fast flächendeckendes Oberlicht beherrschte den Raum. Ideal, um die Kunstwerke perfekt zur Geltung zu bringen, und einfach zum Einsteigen.

»Absolut unmöglich.« Lord Peter schüttelte den Kopf. »Das Dach ist mit Kameras und Sensoren übersät. Und selbst wenn wir die ausschalten können …«

»… was wir könnten …«, unterbrach Asim.

»… wir kriegen die Statue nicht vom Dach, ohne dass uns einer der Nachbarn sieht oder eine ihrer Außenkameras aufs Bild bekommt.«

»Ich könnte mich in den Rechner der Stadt hacken und die Stromversorgung in diesem Viertel lahmlegen«, schlug Asim vor.

»Spar's dir«, winkte ich ab. »Dazu musst du nur die Kabel im Verteilerkasten kappen. Aber diese Superreichen haben mit Sicherheit eine Notstromversorgung.«

»Nicht nur das. Wenn bei Sans der Strom ausfällt oder das Sicherheitssystem angegriffen wird, schließt sich der Raum selbst hermetisch ab, indem Rollläden mit einer undurchdringbaren Stahllegierung heruntergefahren werden …«, gab Seine Lordschaft von seinem Wissen preis.

»Wenn's nur das ist«, unterbrach ich ihn.

»… und das Oberlicht wird ebenfalls mit einem Stahlvorhang abgesichert«, beendete Lord Peter seinen Satz.

»Verdammt!« Damit war meine Theorie beerdigt.

»Wir kommen nur von drinnen an die Figur heran.«

»Na schön. Aber da ist noch was. Er wird sofort merken, dass die Statue verschwunden ist. Das ist ein klassischer Raub. Wir müssen direkt verschwinden, und da ist noch ein Problem. Denn wenn nur einer von uns, Sie, Lord Peter, oder ich, die Party vorzeitig verlassen, dann weiß Drummond, dass wir dahinterstecken. Und es ist nicht schwer, uns zu finden. Warum tauschen wir nicht einfach den Reiter gegen eine Kopie, so wie in der Tate Modern?«

»Zum einen: Weil es unmöglich ist, für eine dreidimensionale Figur, von der nur ein altes Foto existiert, eine Kopie anzufertigen, die den Besitzer auch nur eine Minute lang täuschen würde. Und bei der Geschichte des Reiters ist es nicht einmal nötig. Lord Drummond kann sich nicht an die Polizei wenden, da er laut seinen Versicherungsunterlagen den Nat-Reiter gar nicht angegeben hat. Offiziell besitzt er ihn überhaupt nicht. Seit Jahrzehnten wird von der Regierung in Myanmar nach der Statue gefahndet. Sie hat an alle Kunstsammler der Welt Briefe verschickt, in denen sie darum bat, sie direkt zu kontaktieren, sollte jemand den Sammlern den Nat-Geist zum Kauf anbieten. Die Statue gehört zum kulturellen Erbe des Landes. Wenn rauskommt, dass der Reiter seit mehr als zwei Generationen in Lord Sansibar Drummonds Familie ist und es niemals Bestrebungen gab, ihn wieder zurückzuführen, dann ist das sein gesellschaftliches Ende. Er kann nicht behaupten, nichts von der Suche der Regierung von Myanmar gewusst zu haben.«

»Mhm. Na dann. Wie gehen wir's an?« Ich lehnte mich bequem in meinen Ohrensessel.

Je mehr Lord Peter über den Job nachdachte, desto klarer wurde ihm, dass es notwendig war, einen vierten Mann für den Job heranzuziehen. Keiner von ihnen dreien würde die Chance haben, einfach so zu verschwinden, um ein Ablenkungsmanöver zu initiieren, wenn sie eines brauchten. Asim, der im Van die Schaltzentrale der *Operation Myanmar* bildete, würde seinen Posten nicht verlassen können. Cat musste den Diebstahl durchführen und er selbst war unter ständiger Beobachtung durch die Gäste des Balls. Es musste jemand sein, den die Leute kannten, den sie nicht neugierig verfolgten. Jemand, der sich im Haus frei bewegen konnte. Und der sich darauf verstand, andere zu täuschen.

»Sag mal, gibt es echt keinen anderen Weg?«, hörte Lord Peter Cat fragen und schreckte aus seinen Überlegungen auf. Sie schien irgendwie sauer auf Asim zu sein. Besser, er konzentrierte sich jetzt wieder auf das aktuelle Geschehen.

»Wenn Asim meint, dass es nicht anders geht.«

»Na super, Sie müssen sich ja nicht an Wänden entlangschleichen, damit die Kameras Sie nicht einfangen. Was doch absoluter Blödsinn ist. Ich bin offiziell eingeladen, da kann ich doch einfach neugierig durchs Haus streifen. Ich kann ja sagen, ich würde die Toilette nicht finden.«

»Nicht auf dem Weg ins Dachgeschoss«, erwiderte Asim. »Wie willst du denen erklären, dass du die Toilette da suchst, während du auf dem Weg dahin an dreien vorbeigelaufen bist.«

»Ich könnte behaupten, sie wären besetzt gewesen«, nölte Cat Asim an, und Lord Peter wurde das Gefühl nicht los, dass etwas zwischen den beiden nicht stimmte.

»Keift ihr euch immer noch so an? Ich dachte, ihr würdet euch langsam besser verstehen.«

»Tun wir auch«, schossen die beiden gleichzeitig zurück.

Lord Peter hob abwehrend beide Hände hoch in die Luft. »Bitte um Vergebung. Aber so kommen wir nicht weiter. Entweder ihr arbeitet jetzt ordentlich zusammen oder ich schließe euch im Nahkampfraum ein und ihr könnt das da austragen.« In seiner Stimme lag dermaßen viel Autorität, dass sich beide augenblicklich zusammenrissen.

»Also gut«, stimmte Cat murrend zu. »Ich höre. Aber das heißt noch lange nicht, dass ich damit einverstanden bin.«

»Schluck's runter«, rutschte Asim versehentlich raus. »Tut mir leid. Tut mir leid«, entschuldigte er sich und zeigte Cat seine Handflächen als Zeichen, dass er aufgab. Was war das nur, dass er in Cats Gegenwart so unsicher wurde? Sein Herz raste jedes Mal, wenn er ihr begegnete. Wie konnte er denn nur denken, dass ein Mädchen wie sie sich für jemanden wie ihn interessieren würde?

»Warum kannst du nicht solche Filmschleifen von den Kamerabildern einspielen, wie du es in der Tate Modern gemacht hast?«, wollte Lord Peter wissen.

Asim wies auf den Bildschirm seines Laptops. »Deswegen!«

Cat und Lord Peter sahen Menschen in weißen Hosen und T-Shirts in den Gängen und Räumen herumwuseln. Einige räumten alte Blumengebinde ab, während manche neue hineintrugen und arrangierten. Wieder andere schoben Stühle und Tische hin und her, und einige staubwedelten über alle Möbel und Wände. Es ging zu wie in einem Bienenstock.

»Die sind seit Stunden am Arbeiten. Ich bekomme einfach keine anderen Bilder. Außerdem ist für morgen Abend ein heftiges Gewitter angekündigt …«

»Im Moment scheint aber die Sonne«, setzte Cat dazwischen.

»Eben. Selbst wenn auf den Bildern keine Menschen wären, würde die Lichtstimmung nicht passen. Ein einigermaßen geschulter Securitymann würde das sofort bemerken, und glaubt mir, die Kerle sind hervorragend ausgebildet.«

»Na super. Und was machen wir dann mit dem Kunstraum?«

Lord Peter schwieg und dachte nach. »Wie lange brauchst du, um die Statue aus dem Schaukasten zu nehmen und wieder aus dem Raum zu gehen?«

Cat überlegte laut: »Nach allem, was wir wissen, sind die Sicherheitsvorkehrungen innerhalb des Raumes sehr begrenzt. Das Hineinkommen ist schwieriger. Im Raum selbst gibt es nur Bewegungsmelder, die beim Ausschalten des Sicherheitssystems ebenfalls deaktiviert werden. Die Glashaube wiegt ungefähr fünf Kilo. Panzerglas wegen Feuerschutz und so«, setzte Cat erklärend hinzu. »Aber das ist nicht so schwer. Alles in allem sollte ich Pi mal Daumen in zwei Minuten rein und wieder raus sein. Viel mehr Sorgen mache ich mir wegen der Kameras im Raum. Denn die kann ich beim besten Willen nicht umgehen. Irgendwie muss ich ja an die Figur ran.«

»Da hab ich eine Lösung. Ich simuliere einen Blitzeinschlag in den Sicherungskasten auf dem Dach, dann gehen alle Kameras im Haus aus.«

»Alle Kameras? Warum machst du das nicht früher, dann

muss ich nicht auf dem Weg zum Obergeschoss solche Verrenkungen machen«, beschwerte sich Cat, bevor Lord Peter sie daran hindern konnte, denn er kannte die Antwort.

»Weil Drummond eine Notstromanlage hat, die sich nach eineinhalb Minuten von selbst einschaltet. Das reicht gerade, dass du unbemerkt rein- und wieder rauskommst.«

»Aber rauschen bei Stromausfall nicht die Stahlrollos im Kunstraum runter? Dann bin ich ja eingesperrt!«

»Das wird nicht geschehen. Dieses System läuft über einen externen Sicherungskasten, der im Keller installiert wurde.«

»Na super. Wenn ich den Nat-Reiter habe, bleibt immer noch das Problem, dass ich ihn unmöglich aus dem Haus schmuggeln kann, ohne von jemandem bemerkt zu werden!«

Lord Peter nickte nachdenklich. »Es sind 70 Gäste auf der Einladungsliste. Keiner kommt rein, ohne gründlich überprüft zu werden. Und das gilt auch, wenn die Gäste wieder gehen wollen. Drummond ist so paranoid, dass er sogar Angst um sein Silberbesteck hat. Mal abgesehen davon, dass die Statue zu groß und zu schwer ist.«

Cat, Asim und er starrten auf den Monitor, wo die Menschen in Sansibar Drummonds Haus dabei waren, alles für einen unvergesslichen Ball herzurichten. Der Bildschirm war in zwölf Teilbilder unterteilt, die jeweils den Radius einer Kamera zeigten.

»Kriegst du die Küche ins Bild?« Cat beugte sich etwas vor, während Asim ein paar Tasten anschlug.

»Hier.« Die drei sahen die riesige Küche des Hauses, in der Köche, Beiköche und Küchenhilfen sich gegenseitig auf die Zehen traten.

»Und den Flur vor der Küche?«, fragte Cat weiter.

Asim zeigte ihr den gewünschten Ausschnitt.

»An was denkst du?«, wollte Seine Lordschaft wissen, aber Cat schwieg tief in Gedanken.

Dann plötzlich schoss sie aus ihrem Sessel. »Da. Ich hab's.« Sie zeigte auf das Bild des Flurs. »Aber dafür muss einer von uns heute noch in das Haus rein.«

Asim und Lord Peter sahen sich verwundert an. »Dann lass uns mal teilhaben an deinem Geistesblitz«, meinte Seine Lordschaft nur.

»Wir tauschen den Feuerlöscher aus!«

»Wie jetzt?«, wunderte sich Asim.

»Aber natürlich!« Lord Peter schlug sich an die Stirn. »Da hätten wir aber auch gleich draufkommen können.«

»Worauf?« Asim stand noch immer auf dem Schlauch.

»Hier.« Cat zeigte auf eine Ecke am unteren Bildschirmrand. »Das ist ein schmaler Speisenaufzug, wie wir ihn hier auch haben. Der geht bis unter das Dach. Damit lasse ich die Figur nach unten bis in die Küche. Vorher tauschen wir diesen Feuerlöscher für Großküchen«, dabei zeigte sie auf ein rotes Monster auf Rollen, an dem gerade ein Kellner vorbeilief, »mit einem aus, den wir präpariert haben. Die Teile sind einen Meter hoch und ungefähr einen halben Meter breit. Da passt der Nat-Reiter locker rein.«

»Wenn er leer ist«, gab Seine Lordschaft zu bedenken.

»Stimmt. Sollte doch aber kein Problem sein, oder?« Cat schaute Asim fragend an.

»Kein Problem«, antwortete der und hob abwehrend die Hände in die Luft.

»Dann muss ich nur noch den Feuerlöscher, der praktischerweise auf einer Art Sackkarre steht, vor die Tür rollen, wo du …«, Cat sah Asim direkt in die Augen, »… ihn aufsammeln musst.«

Asim schluckte schwer, aber nicht, weil ihm die Idee nicht behagte. »Das klingt machbar.«

»Wir brauchen ein Ablenkungsmanöver wie ein plötzliches Feuer in der Küche«, überlegte Lord Peter laut und betrachtete Twinkle, die, mit Simon zwischen den Pfoten, tief und fest vor dem Kamin eingeschlafen war. Als er aufschaute, sah er in zwei Augenpaare, die ihn mit einem erwartungsvollen Blick bedachten. »Ich? Nein, ich kann das nicht machen. Viel zu auffällig. Jemand meines Standes verirrt sich nicht so einfach in die Küche und zündet ein Feuer an. Außerdem wird mich Lady Grossern wieder mit Beschlag belegen und mich den ganzen Abend nicht aus den Augen lassen.«

»Lady Elisa! Waren Sie nicht mit ihr bei der Tate Modern?«, fragte Asim und Cat legte schmunzelnd nach. »Läuft da was zwischen Ihnen?«

»Haha«, meinte Lord Peter trocken und lenkte das Thema wieder in ruhigere Bahnen. »Wir brauchen einen vierten Mann. Ich habe auch schon den richtigen, der uns helfen kann.«

»Wen?«, wollten die beiden wissen.

»Das sag ich euch noch rechtzeitig.« Und damit war für Seine Lordschaft dieser Punkt abgehakt. Dass es William war, den er im Sinn hatte, würden die beiden noch früh genug erfahren. »Was machen wir mit den zwei zusätzlichen Wachleuten?«, wollte er von Asim wissen.

»Nun, den einen schicken wir zum Internat seines Sohnes. Wir simsen dem alleinerziehenden Vater die Nachricht, dass sein Sohn auf den Direktor losgegangen wäre und er sofort kommen müsse. Das zieht mit Sicherheit. Und dem anderen werde ich ein Abführmittel in seinen Kaffee zaubern.« Bei der Bemerkung hielt er ein kleines Zuckerpäckchen von Starbucks in die Höhe. »Der Kerl holt sich vor jeder Schicht eine Fuhre Koffein aus der Filiale gleich um die Ecke der Firma. Ich warte dort auf ihn und werde dafür sorgen, dass eines seiner vier Päckchen Zucker dieses hier sein wird. Das Zeug braucht zehn Stunden, um seine volle Wirkung zu zeigen, und das wäre genau in unserem Zeitfenster.«

Cat schaute Asim begeistert an. »Gute Arbeit, wirklich.« Und Lord Peter applaudierte leise.

»Bleibt nur noch eine Sache«, meinte Asim und das Lächeln verschwand wieder aus seinem Gesicht. »Drummonds Haus liegt in der Nähe der deutschen Botschaft. Das heißt, alle Wagen, die längere Zeit dort abgestellt werden oder mehrmals an der Botschaft vorbeifahren, sorgen für erhöhte Aufmerksamkeit der Sicherheitsleute. Ich kann auch nicht direkt vor Drummonds Haus stehen, zu auffällig.«

»Wenn Eure Lordschaft erlauben, hätte ich eine Lösung für dieses Problem«, sagte Vincent und trat durch die Tür. »Wie wäre es, wenn ich Seine Lordschaft und Mylady mit dem Porsche Cayenne chauffiere und Asim uns als ihr Bodyguard begleitet. So haben wir einen Grund, mit dem Wagen direkt vor Lord Drummonds Haus zu warten, ohne Verdacht zu erregen.«

Lord Peter erhob sich aus seinem Sessel.

»Vincent, Sie sind ein verflixtes Genie. Genauso machen wir es.«

Asim und Cat nickten und gratulierten dem Butler für seinen Geistesblitz.

Der kommentierte die ganze Aufregung um ihn nur mit einem Satz: »Das Abendessen ist im Salon angerichtet!«

TRACK: 16
TITLE: UND ACTION!

Das Leben ist wie ein Sprung vom Zehnmeterturm. Angriffslustig steigt man hinauf. Auf der Planke ist man immer noch guter Dinge. Bis – ja, bis man über den Rand schaut! Wagt man den Sprung oder kehrt man wieder um? Schön, wenn man die Wahl hat. Nur ist bei mir der Punkt längst überschritten. Ich befinde mich im freien Fall Richtung Becken. Ich kann nur hoffen, dass da unten wirklich Wasser drin ist.

Die Musiker im hinteren Teil der Eingangshalle kämpften tapfer gegen die Geräuschkulisse der Gäste an – erfolglos. Mozarts Streichquartett G-Dur KV 156 hatte nicht die geringste Chance gegen das Geschnatter ältlicher Damen, die unter dem Gewicht ihrer Saphire, Rubine und Diamanten fast in die Knie gingen. Meine Zurückhaltung wurde mal wieder auf eine harte Probe gestellt. Das Programmheft – ja, so ein Teil gab es tatsächlich für den gesamten Abend – knitterte in meinen Händen. Meine Gedanken kreisten wie die Kugel beim Roulette in meinem Hirn herum. Sollte ich nicht doch lieber den Mund halten? Was, wenn mir ein Fluch herausrutschte oder ich vor Nervosität zu stottern anfing? Und wie war das mit dem Besteck? Von innen nach außen oder anders herum? Und wer sprach noch mal wen zuerst an? Durfte ich etwas zu jemandem sagen, der mir nicht offiziell vorgestellt worden war? Verdammt: Warum konnte Mae nicht hier sein!? Hilfe!!!!!

»Bleib ruhig«, raunte mir Lord Peter leise zu. »Es läuft doch hervorragend!«

Hervorragend? Der Mann hatte wirklich Humor! Wir standen immer noch in der Reihe zur Garderobe, die auf der linken Seite des Atriums eingerichtet war, und begannen langsam zu trocknen. Asims Wetter-App hatte recht behalten. Der angekündigte Regen war sogar noch schneller gekommen als vorhergesagt. Wenn wir unsere Mäntel abgegeben hatten, konnten wir uns in die Reihe stellen, die grüßend am Hausherrn vorbeiflanierte. Bevor wir in den großen Salon geführt wurden, würde uns der Butler des Hauses laut als Lord Peter Haversham, Baron von Leonwood Castle, in Begleitung von Miss Catherine Sarantakos den Versammelten ankündigen, erst dann waren wir wirklich drin. Mag sein, dass das schon die halbe Miete war, aber damit hatte *Operation Myanmar* erst begonnen. Außerdem wusste ich noch immer nicht, wer die Unterstützung war, die Seine Lordschaft uns versprochen hatte. Das machte mich wahnsinnig. Ich hasste Überraschungen, vor allem bei einem Job, sagte ich das schon?

Ich konzentrierte mich auf die Musik, die bruchstückhaft zu uns durchdrang, und beobachtete neugierig die Leute um mich herum, die mich unverhohlen musterten. Man kannte sich schließlich, denn man blieb von Geburt an unter sich. Außenseiter rochen die hier schon hundert Meilen gegen den Wind. Mein Gestank brachte die wohl an den Rand einer Ohnmacht.

»Du drückst den Altersschnitt hier massiv nach unten«, lästerte mir Asim ins Ohr und ich hörte, wie Lord Peter leise in sich hineingrinste. »Wenn ich gewusst hätte, dass die hier alle um die hundert Jahre alt sind, dann hätte ich uns eine Tarnung als Rettungssanitäter besorgt.«

»Haha«, meinte ich. »Kannst du nicht einmal Funkdisziplin halten?«

»Nein, hier drin passiert nicht viel. Mir wird langsam langweilig.«

»Dann trink ’ne Cola!«, schlug ich vor.

»Nicht in diesem Wagen«, vernahm ich Vincent, der empört über meinen Vorschlag seine Stimme hob. Dann hörte ich, wie ihn Asim beruhigte und sagte, dass er bei der Arbeit im Wagen niemals essen oder trinken würde, wenn es in der Nähe keine Toilette gab.

Lord Peter und ich grinsten, rissen uns aber gleich wieder zusammen, denn wir waren nur noch ein paar Schritte vom Gastgeber entfernt.

»Peeeeeter! Was für eine Freude, Sie zu sehen.« Lord Drummond und Lord Peter gaben sich förmlich die Hand, was dem Überschwang, der in den Worten des Gastgebers lag, irgendwie nicht gerecht wurde. Ich tippte mal, dass es in diesen Kreisen nicht üblich ist, sich zur Begrüßung freudig auf die Schulter zu schlagen. Bei uns Frauen läuft das sowieso anders: Da wird richtig laut gekreischt vor Freude und fest umarmt. Obwohl, eine männliche Ausnahme gibt es, die es uns Frauen gleichtut, aber die ist schwul.

»Das ist meine Großnichte Catherine Sarantakos«, hörte ich plötzlich meinen Decknamen.

»Oh, wie entzückend«, flötete Lord Drummond und speichelte meine Hand ein.

Ich unterdrückte ein *Iiihh* und lächelte gequält. Vincent hatte mir den Handkuss anders gezeigt.

»Du meine Güte«, hörte ich ihn über die Intercom schimpfen, denn der Butler hatte seinen eigenen Ohrstöpsel erhalten. Er konnte meine Verzweiflung über die Kameras sehen. »Man beugt sich nur leicht über die Hand der Dame und deutet einen Kuss an. Niemals, unter keinen Umständen dürfen die Lippen des Herrn die Haut der Dame berühren! Und schon gar nicht so etwas. Oh, Mylady, Sie sind ja so tapfer!«

»Sie vergolden meine kleine Einladung vortrefflich. Ihr Kleid, einfach superb …« Ich sah, wie sich der Mund von Lord Drummond öffnete und schloss, aber ich hörte ihn nicht. Meine Ohren standen auf Durchzug, und mein Gesicht zeigte keine Regung, außer den nach oben gekrümmten Lippen. Ein Talent, das jeder Teenager beherrscht. Ich brauchte keine Meditation für ein Pokerface.

Bevor ich irgendwas antworten konnte, zog mich Lord Peter weiter, denn wir hielten die Schlange auf. Lord Drummond rief mir noch hinterher, wie sehr er sich darauf freue, nachher mit mir zu plaudern, und ich müsse ihm unbedingt etwas über die Akropolis erzählen.

»Keine Angst, der beißt nicht, und in zwei Sekunden hat er schon wieder vergessen, was er dir erzählt hat. Onkel Peter, willst du mir deine Begleitung nicht vorstellen?« Ein junger Mann war genau in dem Moment an unsere Seite getreten, als die Klarinette Mozarts Andante B-Dur KV 315 anstimmte. Ich bin kein großer Fan von klassischer Musik, aber bei Mozart mache ich eine Ausnahme. Selbst die Klarinette, die für mich immer irgendwie gequält beleidigt klingt, kann ich bei ihm ertragen. Woher ich die genaue Bezeichnung der Stücke kenne? Ganz einfach – stand im Programmheft.

Ich starrte den blonden Typen an. Irgendwas an ihm kam mir bekannt vor. Aber vielleicht irritierte mich auch nur die Tatsache, dass er Make-up trug. Unauffällig zwar, aber meinem Adlerauge entging nichts.

»Das ist Miss Catherine Sarantakos, eine entfernte Großcousine von dir.«

»Nun, dann bin ich hocherfreut, dich endlich kennenzulernen, Cousinchen.«

Dieser hochnäsige Tonfall und die Haare …

»Ist sie stumm?«

Lord Peter stupste mich kurz an. »Das ist mein Neffe William Forsythe.«

»Sehr erfreut dich kennenzulernen«, meinte dieser und gab mir einen vollendeten Handkuss. Ich musste ihm meine Hand automatisch entgegengestreckt haben.

»Oh«, schüttelte ich meine Gedanken ab und versuchte ein Lächeln. »Nein, natürlich nicht. Sie ist nicht stumm.«

»Das freut mich, denn ich hatte mich schon auf eine inspirierende Unterhaltung mit der hübschesten Frau dieses Abends gefreut.« William lächelte mich entwaffnend an und flüsterte mir ins Ohr: »Außerdem ist der Haufen hier so was von langweilig!« Damit verschwand er einfach im Salon.

Ich nahm Lord Peters Arm und konzentrierte mich wieder, denn wir waren jetzt an der Reihe für unsere Ankündigung. Als wir nach der Nennung unserer Namen und Lord Peters sämtlicher Titel in den großen Salon traten, blieb mir die Luft weg. Während das Haus von außen in schlichtem Sandstein gehalten war – dem Städtebauamt, das darauf achtete, dass die Londoner City ein homogenes Erscheinungsbild zeigte, sei Dank – und der Eingangsbereich auch eher einfach eingerichtet war, hatte sich Lord Drummond in diesem Raum ausgetobt, aber so richtig.

Der fünfzehn Meter lange und zehn Meter breite Saal platzte förmlich vor Art déco. Die runden Tische, die Stühle, die Kronleuchter, die von der Decke hingen, selbst das Porzellan und das Besteck wiesen die plakativen Muster und Farben jener Kunstepoche der 1920er-Jahre auf. Was jetzt an sich nicht schlimm wäre, wenn nicht überall antike Säulen und Stelen völlig ungeordnet herumgestanden und Teppiche mit orientalischen Mustern sowie Gemälde mit Alpenlandschaften die Wände verziert hätten. Und stand am Ende des Raumes wirklich ein …?

»Ja, das ist ein Totempfahl der Tlingit-Indianer. Er stammt aus Alaska, und ich habe nicht die geringste Ahnung, wie er an den hier gekommen ist«, raunte mir Lord Peter zu, der meine Schockstarre bemerkt hatte.

»Dieser Kerl hat keinen Geschmack«, antwortete ich tonlos. »Der hat einfach nur teure Sachen zusammengeklaut oder vielleicht auch gekauft und dann völlig ungeordnet in sein Haus gestellt. Der hat nicht die geringste Ahnung von Kunst«, quietschte ich und fühlte mich irgendwie beleidigt. Ich hatte mehr von einem Mann erwartet, den alle als den größten Kunstmäzen der Stadt priesen.

Die ersten Leute stürmten auf Lord Peter zu und verwickelten ihn in ein Gespräch. Ich wurde im wahrsten Sinne des Wortes an den Rand des Geschehens gedrängt, was mir aber nicht wirklich unangenehm war. Das gab mir die Möglichkeit, mir einen Überblick über die Gäste zu verschaffen.

Die meisten waren eher im Alter von Lord Peter. Und wie es schien, hatten einige ihre Enkel mitgebracht, die kaum älter waren als ich.

Ein Kellner lief auf mich zu und bot mir ein Glas Champagner an. Ich lehnte dankend ab, denn Alkohol störte meine Konzentrationsfähigkeit enorm. Die meisten Menschen enthemmt diese flüssige Droge. Sie fühlen sich stark und unbesiegbar. Mich macht sie schläfrig und geistesabwesend. Ich bat Joe, den Kellner, mir ein Glas Wasser zu bringen, und er kam meinem Wunsch umgehend nach. Um mich nicht ungesellig wirken zu lassen, servierte er mein Getränk in einem Weißweinglas. Ich bedankte mich mit einem Lächeln und schaute mich wieder im Raum um.

Bisher hatte niemand den Mut, mich anzusprechen. Stattdessen beäugten mich die Mädchen, die hier in der Überzahl waren, aus den Augenwinkeln, wenn sie nicht gerade vom gut aussehenden William in Beschlag genommen wurden. Er wusste genau, wie er sie in seinem maßgeschneiderten Frack, den er mit einer betont lässigen Pose trug, um den Finger wickeln konnte. Seine Körperhaltung, leicht zu seiner Partnerin gebeugt, ließ sie glauben, dass sie die einzige Person im Raum wäre, die ihn interessierte. Sein Lachen, immer einen minimalen Tick zu laut, verstärkte den Eindruck. Und obwohl ich das alles durchschaute, wurde ich neidisch darauf, denn er gab ihnen das Gefühl, der wichtigste Mensch auf der Erde zu sein, zumindest für diesen flirtigen Augenblick.

Ich nippte an meinem Wasser und sog das Schauspiel weiter auf, als es am Eingang zu einem lautstarken Gerangel kam.

Zwei ältere Damen stritten sich darum, welche von beiden als Erste angekündigt werden sollte.

»Lilly und Emelie von Moorbach-Scheltenstein. Zwillingsschwestern mit deutschen Vorfahren. Lilly, zwei Minuten älter als ihre Schwester, pocht stets auf das Recht der Älteren. Die beiden heizen jedem Ball ein, was einer der Gründe ist, warum sie immer eingeladen werden. Der zweite ist, dass sie steinreich sind und keine Erben haben. Jeder will in den Genuss ihrer Reichtümer kommen, sollten sie diese Erde mal verlassen. Und da sie älter als Gott sind, hofft jeder, dass es bald geschehen wird.« Ohne dass ich etwas gemerkt hatte, war William neben mir aufgetaucht. »Die anderen rätseln darüber, wer du bist, und haben mich vorgeschickt, dich auszuhorchen.« Das zur Begründung, warum er bei mir blieb.

Wir hielten unsere Gläser in den Händen und schauten wieder in den Saal.

»Na, dann gib dir mal Mühe«, ermunterte ich ihn halbherzig.

»Ach«, winkte er ab. »Was ich wissen muss, das weiß ich, und es geht die anderen nichts an.«

»So, was weißt du denn über mich?« Lässig schweifte mein Blick durch den Salon, vorbei an den griechischen Säulen, zwischen denen sich Leute begrüßten und Smalltalk betrieben.

»Du bist klug. Neugierig, ohne Angst vor dem Unbekannten, und du schwimmst gern gegen den Strom.« Williams weiche Stimme lullte mich fast ein, aber nur fast.

Ich drehte mich zu ihm um und grinste. »Ich lehn mich mal jetzt ganz weit aus dem Fenster und behaupte, dass du das über jedes Mädchen hier im Raum sagen könntest.«

»Oh nein!« William hob leicht entrüstet seine Stimme. »Ich weiß, dass du klug sein musst, sonst würde sich mein Onkel nicht mit dir abgeben. Er ist kein Philanthrop. Übertriebene Menschenliebe gehört nicht zu seinen Charaktereigenschaften. Dass du die Einladung zu diesem Ball angenommen hast, zeigt mir, dass du neugierig bist und dich von unserer Gesellschaft nicht einschüchtern lässt. Und mutig bist du, weil du dich traust, im Gegensatz zu allen anderen hier, deinen ganz eigenen Kleidungsstil zu pflegen. Außerdem ist es dein erster Ball und du verhältst dich wie ein Profi.«

»Woher …?« Ich war überrascht und zupfte nervös an den weißseidenen Handschuhen, die mir bis zu den Ellbogen reichten.

»Ganz einfach. Ich bin zu fast allen Bällen eingeladen und ich habe dich noch nie auf einem gesehen. Und selbst wenn ich auf den Bällen nicht anwesend gewesen wäre, hätte ich mit Sicherheit von dir gehört.« Er berührte leicht meinen Arm. »Eine Erscheinung wic du blcibt niemals im Geheimen.« Seine Worte rieselten über meine Haut, und ganz ehrlich: Wenn ich William noch länger zuhörte, dann würde ich keinen Champagner brauchen, um high zu werden.

»Und warum tauche ich gerade jetzt hier auf?«, neckte ich ihn und genoss es, dass ich scheinbar Williams Gedanken beherrschte. Er zeigte kein Interesse mehr an den anderen Mädchen. Diese dafür umso mehr an uns. Sie standen tuschelnd in Grüppchen zusammen und zerrissen sich wahrscheinlich das Maul über *die Neue*, also mich.

»Über die genauen Umstände rätsle ich noch«, ließ sich William auf den Schlagabtausch ein. »Vor allem, wie du meinen Onkel so dermaßen beeindrucken konntest, dass er dich heute Abend zu seiner Begleitung auserkoren hat.«

»Er hätte doch auch allein hier auftauchen können?«, erwiderte ich.

»Oh nein. Die Einladung galt ausdrücklich für zwei. Allein hier zu erscheinen, wäre keine Option gewesen.«

»Nun, dann hätte Lord Peter doch einfach absagen können. Ein Ball mehr oder weniger!?«

»Besser nicht. Eine Balleinladung von Lord Drummond schlägt man lieber nicht aus.«

Das stimmte. Wenn auch aus ganz anderen Gründen, als William ahnen konnte. Ich hob fragend die Augenbrauen.

»Hier nicht zu erscheinen, wäre der gesellschaftliche Tod. Frag mich nicht warum, aber es ist so. Die einzige Entschuldigung, die zählen könnte, ist dein reales Ableben. Obwohl?«

Ich kicherte. William hatte schon einen schrägen Sinn für Humor.

»Du siehst in diesem Kleid wirklich atemberaubend aus.«

»Und ich passe auch noch hervorragend zur Einrichtung, nicht wahr?«

William lachte. »Das lässt sich nicht bestreiten.«

Eine ältere Dame trat auf uns zu. »Was für eine bezaubernde junge Dame du da mal wieder an deiner Seite hast, mein lieber William.«

»Tante Agnes!« William verneigte sich leicht. »Darf ich vorstellen. Miss Catherine Sarantakos. Meine Großcousine vierten Grades aus Griechenland. Sie ist zu Besuch bei Onkel Peter, und er war so freundlich, sie heute Abend mitzubringen.«

»Oh wie nett!« Die alte Dame ergriff meine Hand. »Erzählen Sie mir ein bisschen von sich. William kann Sie nachher noch lange genug mit Beschlag belegen. Er hat alle Zeit der Welt, aber ich könnte jeden Moment tot umfallen.«

»Tante Agnes!«, tat William entrüstet.

Ich lächelte Tante Agnes, die einen halben Kopf kleiner war als ich, herzlich an. »Gerne würde ich Ihnen etwas von mir erzählen. Nur bin ich mir sehr sicher, dass Sie, gnädige Frau, viel spannendere Geschichten in Ihrem Leben erlebt haben.« Ich sah, wie mir Lord Peter vom anderen Ende des Saals anerkennend zunickte.

»Das ist wahr, mein Schätzchen, das ist wahr. Wissen Sie, als ich so jung war wie Sie, da hatte ich meinen ersten richtigen Flirt. Das war kurz nach dem Krieg. Dem zweiten selbstverständlich.«

»Nichts anderes hätten wir bei deiner jugendlichen Ausstrahlung angenommen, Tante Agnes«, erwiderte William galant. Tante Agnes holte gerade Luft, um uns von ihrem Jugendschwarm zu erzählen, als eine andere Dame sie am Ellbogen von uns wegzog.

»Und, was hast du über sie erfahren?«, hörten wir die andere Frau laut flüstern.

»Nichts!«, erregte sich Tante Agnes. »Du hast mich zu früh weggeholt.«

»Das ist Lady Ashbury. Die Klatschzentrale dieser Generation.«

»Sie schickt wohl ihre Spione aus, um an Informationen zu kommen?«

»Ja und nein. Sie haben ein Auge auf mich.«

Fragend schaute ich in Williams Augen, deren Farbe mich an meine eigenen erinnerte.

»Nein, nein«, wehrte William lachend ab. »So ist das nicht gemeint. Du meine Güte. Sie könnten alle locker meine Urgroßmutter sein. Nein, sie wollen mir eine gute Partie verschaffen und achten deshalb peinlich genau auf jedes weibliche Wesen an meiner Seite.«

»Sie wollen dich verkuppeln, das ist es?«

»So ungefähr, und damit ich auf keine geldgierige Hochstaplerin hereinfalle, checken sie jedes weibliche Wesen, mit dem ich mich unterhalte und das sie nicht kennen.«

»Sehe ich aus wie eine *geldgierige Hochstaplerin*?« Ich versuchte empört zu klingen.

»Wer weiß das schon? Sehe ich aus wie ein Hochstapler?«

»Nein.« Ich musterte William von oben bis unten. »Nein. Ich glaube nicht.« Ich wurde plötzlich verlegen und fragte mich unwillkürlich, woran man denn solche Menschen auf den ersten Blick erkennen soll.

William lenkte mich ab, erzählte mir noch ein paar Geschichten und zeigte mir die dazugehörigen Menschen im Raum. Ich fühlte mich erstaunlich wohl in seiner Nähe. Es kam nicht sehr oft vor, dass sich jemand mit mir so lange und intensiv unterhielt – und ich das genoss. Wir lachten gerade, als Joe, der Kellner, auf seiner Runde an uns vorbeikam.

William nahm zwei Gläser von seinem Tablett und überreichte mir eines davon. »Veuve Clicquot!«

Ich meinte nur: »Ich trinke nichts, was ich nicht aussprechen kann.«

»Champagner! Das ist Champagner, und zwar der beste. Man kann vom alten Sansibar halten, was man will, aber kleinlich ist er nicht.«

Ich lehnte trotzdem ab.

»Ach ja. Du bist ja nicht zum Spaß, sondern zum Arbeiten hier. Obwohl ich sagen muss, solche Bälle machen nie Spaß. Aber man gewöhnt sich an sie. Vor allem, wenn es hiervon genug gibt.« Er zeigte auf das Glas in meiner Hand. Joe schlenderte erneut an uns vorbei und ich stellte mein volles Glas auf dem Tablett ab, das er in der Hand hielt. Dabei achtete ich darauf, das Glas mittig zu platzieren, damit er nicht die Balance verlor. Dankend lächelte er mich an und warf dabei einen Seitenblick auf William, der mich leicht irritierte.

»Woher weißt du ...?«, wollte ich William fragen, als es mir dämmerte. »Du bist der Helfer, den Lord Peter angeheuert hat!«

»Helfer? Das ist nicht gerade das Wort, das ich dafür suchen würde. Unterstützer dürfte es wohl eher treffen.«

»Und schon ist er gekränkt. Gut gemacht, Cat«, feixte Asim, den ich ganz vergessen hatte, über die Intercom. Vor Schreck zuckte ich zusammen, als hätte mich jemand mit einer Nadel gestochen.

»Was ist los?« William konnte meine Reaktion nicht einordnen. »Oh. Hat Asim was zu dir gesagt?« William trat nah an mich heran und hauchte mir ins Ohr. »Hallo, Asim, alter Kumpel. Kann ich auch so ein Ding kriegen?«

Ein Schauer rieselte meinen Hals herunter und hinterließ eine Gänsehaut. Er roch verlockend. Verlockend nach Haselnüssen und Milch mit einem Schuss Vanille.

Haselnüsse – Milch – Vanille!

In diesem Moment machte es klick.

William war der Typ, der mich auf dem Dach abgezogen hatte!

»Soll ich ihm einen geben?« Asims Frage erreichte Lord Peter über eine getrennte Intercomleitung, sodass Vincent und Cat das Gesagte nicht mitbekamen.

Seine Lordschaft, einige Meter von Cat und William entfernt, sah zu den beiden hinüber und beobachtete, wie das Gesicht des Mädchens plötzlich einfror. Nur eine Zehntelsekunde. Die aber reichte aus, um ihm Angst zu machen. Hatte sie bemerkt, dass sie William nicht zum ersten Mal begegnete?

»Lord Peter!«, sickerten Asims Worte zu ihm durch und er schaute schnell in eine andere Richtung, bevor sich Cat vielleicht beobachtet fühlte. »Soll William auch einen Ohrstöpsel bekommen?«

»Ja. Ja, ich denke, das wäre nicht schlecht. Wir brauchen alle Kontakt untereinander.«

»Okay. Ich sag Cat Bescheid. So gut, wie die beiden sich amüsieren, wird sie wohl nichts dagegen haben.«

Hörte Lord Peter da so etwas wie Traurigkeit in Asims Stimme? Wie ein Magnet zog Cat wieder seinen Blick an. Sie wirkte wie immer. Gerade griff sie in ihre weiße Ledercluch und holte aus der Innentasche einen Ohrstöpsel, den sie heimlich in Williams' Jacketttasche fallen ließ, als sie seinen Arm nahm. Lachend machten sie sich auf zu ihren Plätzen. Lord Drummonds Butler hatte gerade das Signal gegeben, die Tische zu besetzen.

Das Essen – Hummerravioli auf einem Bett aus Rucola, Rinderfilet Madras an warmem Couscous mit heimischem Gemüse der Saison und flambierte Birnen an Vanilleparfait – wurde serviert. Für die vegetarisch orientierten Gäste hatte der Chefkoch den Hummer durch ein Pfifferlingsmus ersetzt und statt Rindfleisch Tofu verwendet.

William, der nicht an Cats und Lord Peters Tisch platziert worden war, schnappte sich eine Namenskarte vom Tisch und tauschte sie unauffällig mit seiner aus. Nun saß er an der linken Seite von Cat, während Lord Peter zur rechten Platz nahm.

Die erste Hürde, den Smalltalk, hatte Cat mit Bravour gemeistert. Alle Gäste waren absolut hingerissen von seiner unechten Großnichte.

Jetzt kam der wirklich schwierige Teil. Sie musste zeigen, dass sie die Tischmanieren vortrefflich beherrschte. Und sie übertraf sich selbst, machte keine Fehler in der Handhabung der Gläser und des Bestecks, ließ sich Wein eingießen, erhob das Glas zum Toast auf den Gastgeber, nippte aber nur leicht daran. Das gesamte Essen über hielt sie sich an Tischwasser. Ihre Konversation floss mit einer Leichtigkeit dahin, dass sich Lord Peter erstaunt eingestand, es bei Cat mit einem Naturtalent zu tun zu haben. Als läge es ihr im Blut.

Sie und William schienen sich hervorragend zu verstehen und agierten wie ein eingespieltes Paar. Erleichtert seufzte er auf und aß den letzten Bissen des großartigen Desserts.

»Es ist so weit. Der erste Türsteher am Eingang zum Kunstraum macht sich gerade auf den Weg zum Internat seines Sohnes. Der wird heute nicht wieder hier auftauchen«, erstattete Asim Meldung. Cat, William und Lord Peter warfen sich einen kurzen Blick zu.

»Sind wir sicher, dass es auch keinen Ersatz geben wird?« William stellte die Frage, verpackt in einem Diskurs über die Auslegung von Kricketregeln, den er mit Lord Drummond führte.

»Keine Panik«, reagierte Asim leicht angefressen auf Williams Frage. »Ich habe mich in die Funkverbindung des Sicherheitsservice gehackt und den Männern versichert, dass ein Ersatz unterwegs wäre. Ich verstehe was von meinem Job. Du solltest dich besser mal um die Aktion in der Küche kümmern.«

»Keinen Streit bitte, Lord Drummond. Ich würde viel lieber etwas über Ihre sagenumwobene Kunstsammlung hören«, mischte sich Cat in das Tischgespräch ein, das etwas zu hitzig wurde.

»Sie haben recht, meine Teuerste! Der Abend ist einfach zu angenehm, um ihn mit einem Disput zu vergiften. Und was meine Kunstsammlung betrifft, so ist sie wahrlich imposant.«

William schluckte ein Lachen hinunter, und Lord Peter räusperte sich vernehmlich. »Ich denke nicht, dass heute der richtige Abend ist, um Lord Drummond über seine andere Leidenschaft auszufragen. Das ist ein Ball, meine Liebe«, ermahnte er Cat. Die bedachte ihn mit einem merkwürdigen Blick und machte keine Anstalten, sich nach den Worten ihres Begleiters zu richten.

»Nun, das Essen ist zwar beendet, aber der Tanz hat noch nicht begonnen«, redete sie ungerührt weiter.

»Ja, ja. Famose Idee.« Lord Drummond klatschte in die Hände. »Die Zeit bis zum Tanz überbrücken wir einfach damit, dass ich Ihnen meine Sammlung zeige!«

»Stehlen wir uns davon. Das merkt bestimmt niemand«, stimmte Cat erfreut der Idee zu.

»Verdammt. Was soll das? Das bringt unseren gesamten Plan in Gefahr! Wenn Drummond mit Cat nach oben geht, dann merkt er sofort, dass etwas nicht stimmt, und wir können einpacken. Das heute ist unsere einzige Chance, an die Reiterfigur zu kommen. Was denkst du dir nur dabei?«, schimpfte Asim mit Cat. Und alle hörten den Donner, der Asims Worte unbeabsichtigt unterstrich. Das Gewitter begann sich über dem Gebäude zusammenzubrauen.

Gute Frage, dachte sich Seine Lordschaft und schaute Cat mit unbewegter Miene an. Trotzig erwiderte sie seinen Blick. Irgendetwas hatte sich verändert. Erste Beden ken überkamen ihn, dass er ihr mit dem Training, dem Ball und all dem Neuen zu viel zugemutet, er ihre Professionalität vielleicht überschätzt hatte. Hatte Cat in William doch den Jungen vom Dach erkannt? Sollte die Idee, mit Drummond den Kunstsaal zu betreten, ihre Art von Rache sein? Das wäre doch zu billig. Sosehr Lord Peter sich auch anstrengte, er konnte keinen plausiblen Grund für Cats Verhalten finden.

Seine einzige Hoffnung war, dass Cat doch noch zu Verstand kam. Und das musste schnell geschehen oder der Job löste sich vor ihren Augen im Nichts auf. Nervös schaute er sich um, als sein Blick den von William traf. Dessen Finger trommelten aufgeregt auf die Tischdecke. Wenn nur endlich die Tafel aufgehoben würde! Dann könnten sie sich unauffällig besprechen.

Nachdem die Wasserschalen zum Waschen der Finger rumgegangen waren, erhob sich der Gastgeber von seinem Platz, was für die anderen Gäste das Zeichen war, ebenfalls aufzustehen. Er reichte Cat seinen Arm, den das Mädchen lächelnd nahm.

»Lassen Sie sich von meinen Schätzen verzaubern. Sie werden Kunstwerke sehen, die Sie noch nie in Ihrem Leben zu Gesicht bekommen haben.«

»Ich bin so gespannt, Eure Lordschaft. Sie müssen wissen, ich habe vor Kunstgeschichte zu studieren«, säuselte Cat dem Mann ins Ohr.

»Na, dann wird es mir ein besonderes Vergnügen sein.« Er küsste ihre Hand. »Und bitte, nennen Sie mich Sansibar!«

Lord Peter griff Williams Schulter und zog ihn in eine ruhige Ecke, weg von den Gästen, die sich in alle Winde zerstreuten, um einen kleinen Verdauungsspaziergang durch das Haus zu unternehmen. In der Pause wurde der Salon für den Tanz umgestaltet. Das Streichquartett setzte sein Konzert, das es während des Essens unterbrochen hatte, um die Unterhaltungen an den Tischen nicht zu stören, mit Mozart fort.

»Was ist denn in Cat gefahren?«, wollte Seine Lordschaft nervös wissen.

»Keine Ahnung.« William zuckte die Schultern. Sein Blick verriet, dass er sich ebenfalls Sorgen machte. »Wir müssen den Plan straffen. Die Ablenkung muss jetzt passieren, bevor der alte Drummond mit Cat den Kunstsaal erreicht und merkt, dass einer der Wachposten fehlt!«

»Mach zwei draus«, meldete sich Asim. »Der andere Mann ist auch nicht mehr auf seinem Posten. Das Abführmittel schlägt durch.«

Lord Drummond redete wie ein Wasserfall. Ich hörte ihn, aber der Sinn dessen, was er sagte, erreichte mich nicht. In meinen Ohren rauschte es. Ich musste mich beherrschen, damit meine Finger nicht vor Wut zitterten. Mein Hirn wollte nicht glauben, dass William der Typ war, der mich auf dem Dach überfallen hatte, um mir das Armband abzunehmen! Es fühlte sich an, als wäre das alles in einer anderen Welt passiert, und nun brach diese in meine neue Welt ein. Oder gab es da einen Zusammenhang? Es war doch komisch, dass ausgerechnet Lord Peter der Auftraggeber für den Armband-Job war und sein Neffe derjenige, der mich überfiel! Anderseits, vielleicht hatte Seine Lordschaft keine Ahnung von dem, was sein Verwandter so alles trieb? Vielleicht hatte William einfach nur Geld gebraucht und in dem Armband seine beste Chance gesehen? Oder wollte ich hier gerade nur Entschuldigungen finden, damit ich William weiter mögen konnte? Er war so anders als alle Jungs, die ich bisher kannte. Konnte ich das nicht einfach genießen? Konnte ich mich nicht, ohne Hintergedanken, zu jemandem hingezogen fühlen, der das Gleiche für mich empfand?

Mit Sicherheit war es ein Zufall, dass William genauso

roch wie der Kerl auf dem Dach! William und er konnten unmöglich ein und dieselbe Person sein.

Am liebsten hätte ich William direkt zur Rede gestellt oder – noch besser – alles, was ich im Training mit Tom gelernt hatte, angewendet, um ihn zum Reden zu bringen. Stattdessen hielt ich still und setzte mein Pokerface auf. Entschlossen drängte ich meine Emotionen zurück. Die Beantwortung der Frage, was William mit all dem hier zu tun hatte, musste warten. Ich hatte einen Job zu erledigen.

Einen Job, den ich gerade eigenhändig in große Gefahr gebracht hatte. Mein kindisches Verhalten hatte uns in eine ziemlich dämliche Lage katapultiert. So cool, wie ich dachte, war ich dann wohl doch nicht. Mochte sein, dass die neue Situation, der Ball und die Menschen hier mich total durcheinanderbrachten. Und dann musste ich auch noch ständig aufpassen, nicht das falsche Messer zu nehmen, die Serviette auf dem Schoß zu behalten und immer zu lächeln. Von der ganzen Gesichtsakrobatik taten mir schon alle Muskeln weh. Aber jetzt war der Schaden angerichtet. Also wie kam ich aus der Nummer wieder raus? Zeit gewinnen!

Über die Intercom hörte ich Asim, William und Lord Peter aufgeregt durcheinanderreden. Sie versuchten herauszubekommen, was ich vorhatte. Aber ich wusste es ja selbst nicht!

Ich sah die letzte Stufe der Treppe zum ersten Stock näher kommen und ohne groß nachzudenken, stolperte ich gekonnt in den Gang. »Oh!«, rief ich und tat so, als würde ich das Gleichgewicht verlieren.

Lord Drummond fing mich erschrocken auf. »Ist alles in Ordnung, meine Liebe?«

»Ja.« Ich rieb mir den linken Knöchel und hüpfte zu einer schmalen Sitzbank an der Wand. »Ich muss irgendwie hängen geblieben sein.«

»Bleiben Sie einen Moment ruhig sitzen. Ich rufe meinen Butler, der wird Ihnen eine kalte Kompresse bringen.«

»Nein, nein.« Ich hielt Lord Drummond am Ärmel fest. »Das ist nicht nötig. Es geht schon wieder.«

Das Gemurmel der Gäste, gemischt mit Mozarts Klängen, drang zu uns hinauf, und ich betete, dass William meinen gefakten Sturz mitbekommen hatte. Ihm musste es einfach gelingen, Lord Drummond abzulenken und uns wieder in den Plan zu bringen.

Die Schreie, die kurz darauf aus der Küche hallten, waren mein Signal zum Start.

»Lieber Gott, das kann doch nicht wahr sein. Ein Feuer in der Küche. Also entweder ist das ein dummer Scherz oder jemand wird hier seinen Job verlieren!« Schimpfend schritt Lord Drummond wieder die Treppe hinunter. »Machen Sie sich keine Sorgen, Catherine. Ich bin gleich wieder bei Ihnen.«

»Nur keine Eile! Ich gehe hier nicht weg.«

Lord Drummond bog um die Ecke, und als hätte sich ein Schalter umgelegt, begann ich wieder zu funktionieren. Plötzlich wusste ich ganz genau, was ich zu tun hatte. Ich schlüpfte aus meinen Schuhen, schob sie unter die Bank und rannte die Treppe zum Kunstsaal hoch. Oben angekommen presste ich mich gegen die Wand und wartete ab, bis die Kamera über mir ihre Drehung beendet hatte. Vorsichtig zog ich die Kopfhörer meines iPod Shuffle, der an meinem

BH klemmte, hervor, steckte einen Kopfhörer in mein freies Ohr und startete den Song, nach dem ich den Bruch gestern choreografiert und trainiert hatte: The Kills – Future Starts Slow – 4:05. Gemeinsam mit Lord Peter hatte ich Papierabdrücke für die Schrittfolge auf den Boden des Flurs im Nordflügel seines Anwesens geklebt, nach denen ich den Tanz einstudierte. Mit den ersten Takten fielen alle Nervosität und alle Zweifel von mir ab. Ich war Cat Deal. Ich würde das durchziehen.

In dem Moment, in dem die Kamera wieder in die Gegenrichtung wechselte und ich mich im toten Winkel befand, tauchte ich unter ihr hindurch.

3:35 – Ich stand vor der Tür zum Kunstsaal.

»Asim, bist du so weit?«

»Das Sicherheitsschloss ist deaktiviert. Du kannst rein. Und Cat?«

»Ja.«

»Danke.«

»Wofür?« Die Traurigkeit in Asims Stimme irritierte mich.

»Dass du immer noch dabei bist.«

»Jetzt werd mal nicht sentimental. Ich muss mich konzentrieren.«

Problemlos schlüpfte ich in den Saal. Ich hielt inne, den Rücken an die Tür gelehnt, schaute mich um und ließ die Musik meine Muskeln entspannen. Durch das Oberlicht in der Decke drang diffuses Licht. Blitz und Donner schlugen gleichzeitig aus den Wolken hinab und fluteten den Raum mit grellem Licht. Die Nat-Gottheit war zentral in der Mitte des Raumes unter einer Glaskuppel platziert. Lediglich angestrahlt von LED-Lichtern, die im Sockel eingelassen und kombiniert waren mit den Drucksensoren. Die nahmen jede Erschütterung der Glaskuppel wahr und lösten Alarm aus. Verdammt, das hatte ich nicht erwartet. Nur jemand, der extrem paranoid war, sicherte auch noch jedes einzelne Kunstwerk. Mann, ich hätte mir so was denken können. Und was jetzt?

2:55 – Der nächste Blitz knallte über das Dach.

»Deine Chance, Asim«, flüsterte ich und hoffte, dass es ihm mit einem simulierten Blitzeinschlag gelungen war, die Kameras im Haus auszuschalten. Statt einer Antwort spürte ich eine leichte Vibration in der Wand. »Was war das?«

»Unglaublich«, hauchte Asim. »Leg los. Der Blitz hat nicht nur gerade den Schaltkasten über dir gegrillt, sondern die gesamte Elektrik im Haus lahmgelegt.«

Ich hörte Asim nicht länger zu, denn zu meiner großen Freude erloschen leise die Lichter der Sensoren im Glaskasten.

Also los! Nur leider …

Ein kratzig quietschendes Geräusch, das nichts mit dem Gewitter zu tun hatte.

Scheiße. Die automatische Sicherung bei Stromausfall.

Ohne nachzudenken, stemmte ich mich mit aller Kraft gegen eine massive Holzbank, die neben mir stand, und schob sie unter lautem Fluchen in die Türschwelle. Dann schickte ich ein Stoßgebet zum Himmel, dass die Bank der Wucht des Metallrollos standhalten würde. Sie tat es!

Jetzt, wo mein Fluchtweg gesichert war, konnte ich mich um den eigentlichen Job kümmern. Ich lief hinüber zum Nat-Reiter. Mit einer ultraflachen Metallschiene, die ich aus dem

Saum meines Kleides zog, hob ich die Kuppel leicht an, sodass ich meine Finger darunterbekam. Ich stemmte das Glas nach oben, bis ich mit beiden Händen die Kuppel abheben konnte. Ich legte das schwere Stück auf meiner Brust ab und wollte sie gerade vorsichtig auf den marmornen Boden stellen, als das blöde Ding ins Rutschen kam. Meine Handschuhe mochten zwar gut zum Kleid passen und Fingerabdrücke vermeiden, aber festhalten konnte man damit nichts. Schwer atmend kniete ich mich langsam hin. Mit einem leisen Pling rutschte es auf den Boden. Erleichtert stieß ich einen Pfiff aus. Alles heil geblieben.

2:00 – Ich steckte die Schiene zurück ins Kleid, griff mir den kleinen Mann zu Pferde, sauste zur Tür und rutschte auf dem Boden durch den Spalt. Ich versetzte der Bank einen beherzten Tritt, sodass sie umkippte und das Rollo sich vollends schließen konnte. Auf den ersten Blick sah so alles normal aus und das konnte für mich wertvolle Minuten bedeuten. Die Figur fest an meine Brust gedrückt, rannte ich zu der schmalen Luke am Ende des Flurs. Ich schob sie nach oben und stellte die Figur, die wirklich ziemlich schwer war, in den Lift, schloss die Luke und drückte den Knopf an der Seite des kleinen Hausaufzugs mit der Aufschrift Küche. Lautlos setzte sich die Fuhre in Bewegung.

1:27 – Ich lief zurück in den ersten Stock, nahm meine Clutch wieder zur Hand, zog die Schuhe an und stieg, als wäre nichts geschehen, weiter hinab ins Erdgeschoss. Eine Verletzung vorzutäuschen, sparte ich mir.

Unten lief die Hälfte der Gäste immer noch aufgeregt durcheinander. William hatte in der Küche ganze Arbeit geleistet. Was als kleiner Fettbrand auf dem Herd angefangen hatte, breitete sich gerade auf den Flur aus. Ich drückte mich an Tante Agnes vorbei, die unter dem Sirenengeheul der Rauchmelder den Kellnern vom Catering-Service lautstark Befehle erteilte. Die rannten nur mit ihren Tabletts wie aufgescheuchte Hühner zwischen dem Vorraum der Küche und dem Salon, in dem man tatsächlich tanzte, hin und her und verteilten Alkohol in Massen. Frei nach dem Motto: The Show must go on!

»Unfassbar«, murmelte ich. »Wäre es nicht besser, die Leute zu evakuieren?«

»Lord Drummond will die Leute nicht unnötig in Panik versetzen«, hörte ich Lord Peters Stimme. »Er meint, sie bekämen das schon allein in den Griff.«

Ich schaute auf die Typen vom Sicherheitsdienst, die für den Ball hier unten eingeteilt waren und nun versuchten, mit Feuerlöschern das Inferno in den Griff zu bekommen.

Feuerlöscher – da war doch noch was!

Schnell lief ich zum Lastenaufzug, neben dem unser präparierter Feuerlöscher stand. Ich schraubte den Deckel ab und holte die Luftpolsterfolie heraus, in die ich die Figur zu ihrem Schutz einwickeln würde.

0:45 – Statt die Blasen der Folie fröhlich platzen zu lassen – was mich wirklich eine Menge Selbstbeherrschung kostete –, wickelte ich die Statue darin ein und stellte sie vorsichtig in den Feuerlöscher. Dann schraubte ich ihn wieder zu, um ihn vor die Tür zu fahren, als plötzlich einer der Sicherheitsleute danach griff.

»Den brauche ich.«

»Nein«, wehrte ich mich und hielt den Griff des Feuerlöschers fest umklammert. »Der ist leer. Ich wollte ihn gerade rausbringen und zu den anderen stellen«, stotterte ich eine Ausrede zurecht und drückte mich an dem Mann vorbei. Der skeptische Blick des Typen hielt mich aber zurück. Er wollte mir schon den Feuerlöscher aus der Hand reißen, als William zu uns trat.

»Da sind Sie ja, Mann. Lord Drummond sucht nach Ihnen. In den oberen Stockwerken ist der gesamte Strom ausgefallen. Sie sollen mal aufs Dach steigen und nachsehen, ob es den Verteilerkasten erwischt hat.«

»Bei dem Wetter!?«, protestierte der Securityangestellte, der fast einen Kopf größer und um einiges muskulöser war als sein Gegenüber.

»Wollen Sie den Befehl Seiner Lordschaft infrage stellen, Mann?« Williams Stimme schnappte fast über vor Entrüstung. »Muss ich ihn wirklich holen, damit er Sie eigenhändig entlassen kann?«

Mit starrem Blick stierte uns der Neandertaler an, zuckte dann mit den Schultern und lief wortlos davon, entweder um seinen Auftrag zu erfüllen oder um seine Kündigung einzureichen.

0:15 – Ich atmete tief durch, warf William einen dankenden Blick zu und schob den rollenden Feuerlöscher schnell nach vorn zum menschenleeren Haupteingang. Zu unserem Glück hatte sich das Sicherheitskonzept von Lord Drummond durch das Feuer in der Küche in Rauch aufgelöst. Keine Kontrollen mehr beim Verlassen des Hauses! Als ich die Tür öffnete, wartete Vincent, vollständig in einen Regenanzug gekleidet, bereits auf mich und nahm mir unsere Beute ab. Schnell schloss ich die Tür wieder.

Über meinen Ohrstecker hörte ich, wie Vincent das schwere Gestell in den Wagen wuchtete, den Motor startete und dann seinen Posten verließ. In einer halben Stunde würde er Lord Peter und mich wieder abholen. So war der Plan.

»Fertig«, meldete ich über die Intercom an Asim, der in den Van gewechselt war und ein paar Straßenblocks vom Haus entfernt parkte.

»Super gelaufen, klasse. Bleib auf Empfang«, meldete er zurück.

0:00 – Ich stopfte meinen Kopfhörer und den iPod wieder in meinen BH, schlenderte zurück in den Salon und hielt Ausschau nach Lord Peter. Der wartete am Eingang zum Salon auf mich, getarnt mit einer der beiden Moorbach-Scheltenstein-Schwestern. Leise trat ich neben ihn, um den Monolog der alten Dame nicht zu stören. Doch Seine Lordschaft nahm mich als willkommene Unterbrechung.

»Da bist du ja, liebe Catherine. Ich hoffe, du warst nicht in der Nähe der Küche, als das Feuer ausbrach. Dein Kleid sieht irgendwie nicht gut aus.«

Beunruhigt schaute ich an mir hinunter. Das Kleid war nicht mehr weiß, sondern grau und überall waren Rußflecken verteilt. Der Abdruck des Feuerlöschers stach besonders hervor. Mist!

»Kindchen, was haben Sie denn angestellt?« Lady Moorbach-Scheltenstein ruderte aufgeregt mit den Armen. »Aber keine Bange, das Kleid bekommt man wieder hin. Das ist gar kein Problem. Bringen Sie es am besten zu Stringerfield, die

Reinigung in der Argyle Street in der Nähe der Universität. Fragen Sie nach Chester und berufen Sie sich auf mich. Der Mann ist ein Magier.«

»Danke, Lady Moorbach-Scheltenstein. Vielen Dank, das werde ich tun. Ich habe gar nicht gemerkt, dass ich mich so beschmutzt habe. Ich war gerade auf der Treppe, als das Feuer in der Küche ausbrach. Dann wollte ich natürlich helfen und habe alle Feuerlöscher im Haus zusammengetragen und zum Brandherd gebracht.« Ich blickte kurz über meine Schulter. »Wie es aussieht, haben die Männer wieder alles unter Kontrolle. Aber, Lord Peter, wenn es Ihnen nichts ausmacht, würde ich mich gerne von Lord Drummond verabschieden und nach Hause fahren.«

»Selbstverständlich, meine Liebe«, nahm Lady Moorbach-Scheltenstein Lord Peter die Antwort ab. »Der gute Peter wird Sie sicher nach Hause bringen. Sie sind ja völlig aufgewühlt, und sagen Sie Vincent, dem Guten, dass er das Kleid nicht ausputzen soll, das treibt den Ruß nur noch mehr ins Gewebe.« Mit dieser Mahnung schwebte sie davon, zurück in den Salon, in dem die Paare ihre Runden über das Parkett drehten und die Musiker einen klassischen Walzer spielten, als wäre nichts geschehen.

Lord Peter nickte mir zu. »Mach du dich schon mal auf die Suche nach William. Er hat seinen Ohrstecker herausgenommen und ist nicht erreichbar. Ich werde dich bei Lord Drummond entschuldigen, dann musst du nicht in dem Kleid den ganzen Salon durchqueren und für neugierige Blicke sorgen.«

»Okay. Eine Ahnung, wo William sein könnte?«

»Versuch es zuerst am Hinterausgang. Wahrscheinlich raucht er eine. Wir treffen uns an der Garderobe. Hoffentlich müssen wir nicht nach Hause schwimmen. Draußen scheint die Welt unterzugehen.« Passend unterstrich ein heftiger Donnerschlag seine Worte.

Im Ostflügel des Hauses führte mich eine Terrassentür in den kleinen italienisch anmutenden Hof, der von den fensterlosen Hausmauern der Nachbarn eingeschlossen wurde. Das Wasser stand zentimeterhoch, und die Regentropfen hüpften nach ihrer eigenen Melodie in die Pfützen. Jemand musste die Sicherung ausgetauscht haben, denn vom Dach verteilten die LED-Leuchten ihr Licht in den Hof. Auf der anderen Seite sah ich einen Schatten unter dem schmalen Dachvorsprung der Hintertür zur Küche stehen.

Nein.

Halt.

Es waren zwei Schatten, eng ineinander verschlungen, als würden sie sich küssen. Einer davon war William. Ein kleiner Stich fuhr mir durchs Herz. Warum küsste er eine andere? Warum nicht mich? Ich wollte gerade laut zu den beiden hinüberrufen, als sich die andere Person ins Licht bewegte. Jetzt setzte mein Herz einen Schlag aus. Es war kein Mädchen, das William dort in den Armen hielt. Es war Joe, der Kellner!

Völlig durcheinander öffnete und schloss ich die Augen. Aber an der Szenerie änderte sich nichts. Der Schreck lähmte mich. Was sollte ich jetzt tun?

So wie ich William kennengelernt hatte, ging er nicht sehr offensiv mit der Tatsache um, dass er auf Männer abfuhr. Im

Gegenteil, er flirtete mit allem, was einen Rock trug. Außerdem konnte ich mir nicht vorstellen, dass seine Familie begeistert davon wäre, dass der Stammbaum mit William einen Ast verlor. Ich war nur durch Zufall auf sein Geheimnis gestoßen. Ein so privates, dass ich beschloss, es für mich zu behalten.

»Ich kann William nicht finden«, meldete ich an Lord Peter.

»Macht nichts«, antwortete dieser. »Lass uns fahren. Vincent wartet auf uns.«

Ich lief zur Garderobe, schlüpfte in meinen Mantel, den mir Lord Peter hinhielt, und duckte mich unter den Schirm, mit dem Vincent mich zum Auto führte. Lord Peter rannte durch den Regen und sprang auf den Fahrersitz. Als Vincent und ich eingestiegen waren, machten wir uns mit quietschenden Reifen davon.

»Wow!«, rief ich aus und sank erleichtert in das weiche Leder der Rücksitzbank. »Das war der Hammer.«

»Da muss ich Mylady zustimmen!« Vincent, der neben Seiner Lordschaft auf dem Beifahrersitz saß, schob seine rechte Hand nach hinten und wir klatschten uns ab.

»Ich habe echt nicht gedacht, dass wir das so reibungslos hinkriegen«, freute ich mich.

»Ja. Ich bin auch froh, dass wir letztendlich nicht das ganze Haus von Lord Drummond in Schutt und Asche gelegt haben.«

»Sorry. War meine Schuld. Wenn ich ihn nicht überredet hätte, mir die Sammlung zu zeigen, hätte William bei dem Brand nicht so übertreiben müssen«, entschuldigte ich mich für meinen Aussetzer.

Weder Seine Lordschaft noch Asim, der über die Intercom mithörte, reagierten auf meine Beichte.

»Wo bliebe der Spaß an der Sache, wenn immer alles glattlaufen würde?«, wandte Vincent ein und lächelte mich mit einem verschwörerischen Blick über seine Schulter hinweg an. Damit war die Angelegenheit geklärt.

»Ich hätte jetzt richtig Lust zu feiern. Was meint ihr?«, fragte ich in die Runde.

»Noch ist der Auftrag nicht komplett über die Bühne gegangen. Wir müssen das Objekt erst zum Flughafen schaffen, damit es das Land so schnell wie möglich verlassen kann«, erwiderte Lord Peter. »Aber wir werden es nachholen, versprochen.« Damit lächelte er mir im Rückspiegel kurz zu.

In einer halben Stunde würde der Nat-Geist, der in seiner Heimat als Gottheit verehrt wurde, in Richtung Myanmar abheben. Ich war sicher, dass sich die Mönche im Kloster genauso über die Rückgabe freuen würden wie Zelda Markstein. Der Gedanke erwärmte mein Herz, stimmte mich aber auch traurig.

»Schade«, meinte ich. Ich war so zapplig, dass ich in den kommenden Stunden nicht an Schlaf denken konnte. »Es ist ein absolut geniales Gefühl, wenn die Zahnräder ineinandergreifen und alles wie geschmiert läuft. Wir machen Sachen möglich, die unmöglich sind. Hey …«, unterbrach ich meinen eigenen Gedanken, »… das sollten wir uns sofort als Werbeslogan patentieren lassen! Aber es ist irgendwie doof, dass niemand erfahren wird, was für einen genialen Job wir gemacht haben.«

Lord Peter lachte laut auf. »Das ist der Nachteil, wenn man

einer illegalen Tätigkeit nachgeht. Na ja, eine Kröte muss man schlucken, oder?«

»Ich unterbreche die Freude ja nur ungern«, meldete sich Asim über die interne Leitung. »Simon lässt fragen, wann er denn endlich nach Hause kommt. Er hat Hunger!«

»Wo bist du gerade?«, wollte Seine Lordschaft wissen.

»Sloane, Ecke Basil.«

»Warte da auf uns. Cat kann dann zu dir einsteigen und du kannst die beiden nach Hause fahren. Ist das okay?« Die Frage war an uns beide gerichtet.

Ich nickte zum Einverständnis und Asim gab sein *Okay* über Funk.

Ein paar Minuten später verabschiedete ich mich von den beiden Herren und sprang auf den Beifahrersitz des Vans. »Na, mein Schatz, wie geht's dir?« Simon saß auf dem Handschuhfach und schaute zur Windschutzscheibe hinaus.

»Gut, danke der Nachfrage«, antwortete Asim.

Ich schaute ihn mit ironisch hochgezogener Augenbraue an. »Ich habe nicht dich gemeint.«

»Schade«, meinte er und startete den Wagen.

Ich wollte Simon auf meinen Schoß setzen, aber er zappelte so viel herum, dass ich ihn dann doch wieder auf seine Aussichtsplattform setzte.

»Simon und ich hatten viel Spaß. Für die Zukunft werde ich ihm wohl einen schmalen Verschlag im Wagen einbauen, mit ein bisschen Spielzeug und so. Damit keine Langeweile aufkommt.«

»Hey, er ist *mein* Partner«, protestierte ich. »Außerdem wird er mich beim nächsten Mal wieder begleiten.«

Asim schmunzelte. »Dann wird es also ein nächstes Mal geben!? Freut mich.«

Wir hielten vor dem Hausboot, und Asim begleitete mich noch bis zur Treppe am Eingang. Es war eine merkwürdige Stimmung. Irgendwie wollten wir uns nicht voneinander verabschieden, obwohl jeder von uns beiden wusste, dass wir das jetzt tun würden. Wir sahen uns in die Augen. Einen Moment zu lang.

»Ich muss los.« Asims Stimme klang belegt, und er räusperte sich kurz.

»Okay«, sagte ich leise und überlegte fieberhaft, was ich noch sagen könnte, als Simon auf meine Schulter kletterte. »Wir sehen uns!«

»Mit Sicherheit.« Asim drehte sich noch einmal kurz um, bevor ich die Tür hinter mir schloss.

Ich kuschelte meine Wange an Simon. »Ach verdammt, Simon. Ich habe heute wirklich keine Lust, schlecht drauf zu sein.«

Doch statt einer Antwort kitzelte er mich nur mit seinen Barthaaren. Emotionen waren ihm fremd. Ihn interessierte nur, wann es wieder etwas zu fressen geben würde.

Ich gab ihm einen gesunden Snack zum Schlafengehen. Schloss hin und Butler her – es war super, wieder zu Hause zu sein. In meinen eigenen vier Wänden. Und nach einem erfolgreichen Deal! Sagte ich schon, dass Adrenalin eine geile Sache ist?

An Schlafengehen war nicht zu denken. Ich rief Ben an, der zum Glück heute nicht hinter irgendeiner Bar arbeiten musste. Wir verabredeten uns im *Star* in der Bethnal Green

Road. Schnell sprang ich unter die Dusche, warf mich in eine zitronengelbe Jeans, einen silbergrauen Pullover mit Rollkragen und passenden flachen Halbschuhen, gab Simon ein Küsschen und brauste auf meiner Vespa fröhlich in die Nacht.

Dann kam ich ja doch noch zum Feiern!

TRACK: 17
TITLE: CURIOSITY KILLED THE CAT

Neugier ist der Katze Tod. Aber wo ziehe ich die Grenze? Wo hört lebensnotwendige Information auf und wo fängt Neugier an? Kann eine philosophische Frage lebenswichtig werden?

Lord Peter hatte es sich in der Bibliothek seines Hauses am Eaton Place gemütlich gemacht und blätterte durch die Nachrichten aus aller Welt. Früher hatte er versucht, jeden Tag die wichtigsten Zeitungen zu lesen. Heute ließ er eine Software für sich arbeiten, die ihm eine automatisierte Zusammenfassung aller Publikationen weltweit nach ausgewählten Stichworten erstellte. So bekam er in einem Bruchteil der Zeit einen objektiven Überblick über das, was in der Welt geschah.

Die Tür wurde leise geöffnet und Asim trat ins Zimmer.

»Darf ich kurz stören?«

»Sicher, Asim. Was gibt es denn?« Lord Peter legte die Ausdrucke wieder in die Nachrichtenmappe zurück. Er wies auf den Sessel und bedeutete Asim, dass er sich setzen sollte.

»Ich habe gerade die Bestätigung erhalten, dass die Nat-Statue wieder an ihrem ursprünglichen Platz steht. Ich soll Ihnen noch einmal herzlich danken und Ihnen ausrichten, dass, wenn wir einmal Hilfe brauchen, wir uns melden sollen. Wobei ich mich frage, inwiefern uns ein buddhistisches Kloster mal von Nutzen sein kann?«

»Oh, da findet sich bestimmt etwas«, lachte Lord Peter und freute sich über das nun schon zweite Hilfsangebot. Davon konnte man nie genug haben.

»Wie auch immer. Wir sollten langsam anfangen, uns um Amsterdam zu kümmern.«

»Dir kribbelt es wohl wieder in den Fingern, was?«

»Lange nichts mehr gehackt.« Asim zuckte halb entschuldigend die Schultern. »Ich kann nichts dafür. Ich werde nun mal schnell ungeduldig.«

»Steckt da nicht noch mehr dahinter?« Lord Peter schaute seinen Schützling amüsiert an. »Ein Mädchen?«, neckte er den Jungen weiter. Er konnte nicht anders.

»Na ja. Ja! Was wollen Sie denn hören. Ich vermisse Cat.«

»Soweit ich unterrichtet bin, kommuniziert ihr täglich über die sozialen Netzwerke!«

Asim grinste von einem Ohr zum anderen. »Wie kommt es, dass digitale Kommunikation sich bei Ihnen anhört, als wäre es etwas Schmutziges?«

Da lachte auch Lord Peter. »Der Job bei Drummond ist jetzt vierzehn Tage her. Gönne Cat noch ein paar ruhige Minuten. Amsterdam wird kompliziert, auch wenn wir alles gut planen.«

»Unsere Pläne sind immer sicher und so flexibel, dass wir auf alles reagieren können. Amsterdam wird ein Kinderspiel«, winkte der junge Mann lässig ab.

»Oh, du ahnungslose Jugend!« Seine Lordschaft klatschte lachend in die Hände. »Es wird immer Dinge geben, auf die wir nicht vorbereitet sind. So wie ein aus dem Ruder laufender Küchenbrand zum Beispiel. Wir sind deshalb ein so gutes Team, weil wir alle als Einzelgänger gelernt haben, mit Unwägbarkeiten umzugehen. Wir fallen nicht sofort in Panik, sondern analysieren in Ruhe die Situation und reagieren auf das Problem. Wir sind, jeder für sich, Meister im Improvisieren und unser Zusammenschluss macht uns zum besten Team der Welt.«

»Weil wir allein schon die Besten waren!«, sinnierte Asim. Er lehnte sich in dem bequemen, mit grünem Seidenbrokat bezogenen Sessel zurück. »Aber, darf ich ehrlich sein?«

»Asim, du kannst mir alles sagen und mich alles fragen.« Lord Peter beugte sich vor. »Du kennst mich gut genug, um zu wissen, dass ich das nicht einfach so sage.«

Asim atmete hörbar ein. »Warum haben Sie Ihren Neffen ins Team geholt?«

»William?« Lord Peter schwieg einen Moment und dachte über den Grund von Asims Frage nach. »Wir brauchen ihn.« Er hob die Hand, um Asims Protest im Keim zu ersticken. »Wir brauchen einen hervorragenden Hochstapler und Trickbetrüger. Jemanden, der Menschen um den Finger wickeln und sie so ablenken kann, dass sie nicht einmal wissen, dass sie abgelenkt werden. William ist der Beste auf diesem Gebiet. Er könnte Eskimos Kühlschränke andrehen. Wahrscheinlich hat er schon mit der Muttermilch aufgesogen, wie man sich glaubhaft verstellt. Dass William mein Neffe ist, macht ihn nicht zu etwas Besonderem. Er ist ein normales Mitglied des Teams. Nicht mehr und nicht weniger.«

Asim schien seinem Gesichtsausdruck nach zu urteilen nicht überzeugt, aber er gab sich erst einmal zufrieden. Für den Moment.

Plötzlich klopfte es und Vincent trat in die Bibliothek. »Verzeihen Sie, aber Mister Jonas ist eingetroffen.«

»Jonas?«, fragte Lord Peter überrascht. »Persönlich? Ich hatte nur einen neuen Bericht erwartet.«

»Ich geh dann mal wieder an die Arbeit«, entschuldigte sich Asim. Das Thema Jonas war eindeutig nicht für seine Ohren bestimmt. Er wusste, dass es sich bei dem Mann um den Privatdetektiv handelte, den Seine Lordschaft immer dann mit einer Aufgabe betraute, wenn alle anderen, selbst das Internet, an ihre Grenzen stießen. Das Netz seiner Kontakte und Informanten war so fein gewoben, dass nichts und niemand seiner Suche entkam. Wie ein Bluthund blieb er an seiner Fährte dran, egal wie lange die Suche auch dauerte. Und Jonas war verschwiegen wie ein Grab.

Asim hatte den Mann nie gesehen. Er war wie ein Geist, aber solange Lord Peter zufrieden war, war er es auch. Schon als kleiner Junge hatte Asim gelernt, dass alles wissen zu wollen oft schmerzhafte Nebenwirkungen haben konnte.

»Danke, Asim. Und bitte frag Cat, ob sie heute Abend zum Essen vorbeikommen möchte. Dann können wir schon ein paar Einzelheiten für den nächsten Auftrag besprechen. Du hast recht. Wir sollten langsam loslegen«, entließ ihn Lord Peter.

Asim versprach, Cat eine Nachricht zukommen zu lassen.

Nachdem Asims Schritte verklungen waren, schaute Lord Peter verwundert zu Vincent auf. »Hat Jonas gesagt, was er will?«

»Selbstverständlich nicht, Eure Lordschaft«, antwortete Vincent leicht verwundert. »Mister Jonas würde dem Personal nie seine Beweggründe mitteilen und ich, mit Verlaub, würde auch niemals fragen.«

»Entschuldigen Sie, alter Knabe. Natürlich nicht. Ich bin nur, gelinde gesagt, verwirrt. Jonas kommt nur persönlich vorbei, wenn die Sache von äußerster Dringlichkeit ist.« Fahrig nahm Lord Peter die Nachrichtenmappe zur Hand und legte sie sofort wieder auf den Tisch.

»Nun. Wenn Eure Lordschaft gestatten, schlage ich vor, Sie begeben sich in den Salon.«

»Selbstverständlich, Vincent.« Lord Peter sah aus dem Fenster und wendete Vincent den Rücken zu. »Melden Sie Mister Jonas, dass ich sofort bei ihm sein werde, und servieren Sie ihm bitte einen Tee.«

»Wie Eure Lordschaft wünschen.« Vincent verneigte sich leicht und ging.

Nachdenklich schritt Lord Peter zum Salon, in dem sein ältester Freund auf ihn wartete. Jonas und er hatten sich auf dem Internat kennen- und schätzen gelernt. Beide waren sie Außenseiter gewesen, wenn auch aus unterschiedlichen Gründen. Während Jonas ein grüblerisches und introvertiertes Kind war, zeichnete sich der kleine Lord durch kritischen Wissensdurst und die Ablehnung von Autoritäten aus. Eigenschaften, die weder bei Lehrern noch bei Mitschülern beliebt waren. Doch irgendwie hatten die beiden unterschiedlichen Jungen einen Draht zueinander gefunden. Und diese Bindung hielt nun schon ihr ganzes Leben. Wenn Jonas ihn in einer Angelegenheit persönlich sprechen musste, dann war diese Angelegenheit mehr als ernst. Lord Peter wappnete sich innerlich, atmete tief durch und betrat den freundlichen, von Sonnenschein durchfluteten Raum.

»Jonas, alter Freund. Was hast du für mich?« Die Fröhlichkeit in Lord Peters Stimme klang aufgesetzt. Er wusste es, und sein Gegenüber wusste es auch. Aber seine Erziehung verlangte nach Disziplin bis zur Selbstverleugnung, und er konnte einfach nicht aus seiner Haut.

»Haversham!« Jonas kam auf ihn zu, und die beiden Freunde gaben sich die Hand.

Lord Peter wies auf die Couch. »Setz dich doch.«

»Es geht um das Mädchen.« Ohne Umschweife kam Jonas direkt zur Sache.

Lord Peter setzte sich Jonas gegenüber auf die Couch und wartete.

»Ich konnte das hier unmöglich einem Boten überlassen. Nicht, dass ich Vincent nicht trauen würde, aber diese Angelegenheit ist einfach zu heikel. Es ist besser, das unter vier Augen zu besprechen und es auch dabei zu belassen. Ganz ehrlich, alter Freund. Es wäre mir sogar lieber, wenn du die Papiere, nachdem du sie gelesen hast, direkt verbrennen würdest.«

»Du liebe Güte, Jonas. Ich ahnte ja nicht, dass du so theatralisch sein kannst. Übertreibst du da nicht ein bisschen?«

Wortlos schob Jonas eine Akte über die Basaltplatte des niedrigen Tisches zwischen ihnen. »Sieh selbst«, war alles, was er sagte, ohne den Augenkontakt zu Lord Peter zu unterbrechen.

Ohne hinzusehen, nahm der Hausherr den schmalen hellbraunen Papierhefter zur Hand und schlug ihn auf. Er las die ersten Einträge auf dem Blatt, und das Blut wich aus seinem Gesicht. Sein Magen sackte immer tiefer, je weiter er las.

Lautlos öffnete Vincent die Tür, stellte das Tablett mit dem silbernen Teeservice vor den Männern ab und wollte einschenken, als Jonas ihn mit seiner Hand davon abhielt. »Danke, Vincent. Ich mache das.«

Vincent warf nur einen kurzen Blick auf Seine Lordschaft und schlich noch leiser, als er gekommen war, wieder hinaus.

Die Minuten vergingen. Jonas hatte bereits seine erste Tasse Earl Grey mit einem Spritzer Zitrone genossen, bevor sein Freund den Blick wieder von der Akte hob. Obwohl sie nur zwei Blätter umfasste, war ihr Inhalt dazu angetan, die Worte mehr als einmal zu lesen, um sie zu verstehen.

»Wo hast du das her?«, fragte Lord Peter mit tonloser Stimme.

»Das ist nicht wichtig. Wichtig ist nur, dass meine Quelle zu hundertzehn Prozent sicher ist.«

»Wird sie auch schweigen?«

»Keine Sorge, sie weiß nicht einmal, welche Brisanz ihre Informationen haben. Sie hat keine Ahnung.«

»Gibt es noch andere Quellen? Eine Krankenakte oder Ähnliches?«

»Ja. Es gab eine Akte.«

»Es gab?«

Jonas nickte.

»Peter!«, fuhr er fort. »Du kannst es dem Mädchen nicht vorenthalten.« Er beugte sich vor, um seinen Worten mehr Nachdruck zu verleihen.

»Das geht nicht. Sie darf es nie erfahren. Das bringt das Team, unseren Auftrag, einfach alles in Gefahr.«

»Sie wird es erfahren! Wenn nicht heute, dann morgen oder irgendwann. So etwas bleibt nicht geheim.«

»Es muss«, bestimmte Seine Lordschaft. »Du und ich sind die Einzigen, die davon wissen, und ich für meinen Teil kann das Geheimnis für mich behalten.«

Jonas seufzte. »Das kann ich auch. Aber du weißt genau, Peter, ein Geheimnis zwischen zwei Menschen ist nur sicher, wenn einer der beiden tot ist.«

Lord Peter schmunzelte über den Spruch. Er würde Jonas niemals etwas antun und umgekehrt genauso wenig.

»Was schlägst du vor? Was soll ich tun? Außer es ihr zu sagen?«

»Letztendlich ist es deine Entscheidung, Peter. Ich kann dir nur den Rat geben, es nicht für dich zu behalten. Solche Dinge, die das Potenzial für einen ausgewachsenen Skandal haben, kommen ans Licht, immer.«

»Aber das alles liegt seit mehr als 16 Jahren im Dunkeln, und eine Person, die mit der Sache in Verbindung steht, ist bereits tot.«

»Ja, aber zwei weitere Personen, die davon wissen, leben noch. Außer uns beiden, meine ich.«

»Aber sie haben das Geheimnis bis heute bewahrt.« Lord Peter wollte einfach nicht klein beigeben.

»Der Schlüssel ist *bis heute*.«

»Ich kann mir nicht vorstellen, dass eine der beiden Frauen Cat nach all den Jahren reinen Wein einschenken würde.« Lord Peter schüttelte den Kopf. »Dafür sind zu viele Jahre vergangen. Cat würde ihre Tante Jasmin aus ihrem Leben ausschließen. Diese Lüge würde sie ihr niemals verzeihen.«

»Ja, genau. Diese Lüge oder dieses Verschweigen würde sie niemandem jemals verzeihen.«

»Wenn sie es je erfahren würde.« Lord Peter ließ nicht locker und ignorierte, dass sein Freund das Wort »niemandem« besonders eindringlich ausgesprochen hatte.

»Peter. Ich gebe dir die Unterlagen. Mach damit, was du für richtig hältst.« Jonas erkannte, dass er seinen alten Freund nicht überzeugen konnte, und erhob sich. »Ich muss leider schon gehen. Ich habe noch einen anderen Termin. Melde dich, wenn du irgendetwas brauchst.«

Lord Peter erhob sich ebenfalls und warf die Akte gedankenverloren wieder auf den Tisch. Er begleitete seinen Freund an die Haustür. Sie umarmten sich zum Abschied. Eine Geste, die beide nur sehr selten zuließen.

»Du wirst dich richtig entscheiden, mein Freund«, flüsterte Jonas in Lord Peters Ohr. »Aber ich kenne dich. Du wirst dieses Geheimnis nicht bewahren können. Es wird dich innerlich zerfressen. Du liebst das Mädchen. Sie ist klüger und cleverer als wir beide zusammen. Vertrau ihr. Sie wird die richtige Entscheidung treffen. Keine Angst.« Mit dieser Ermahnung verließ Mister Jonas das Haus am Eaton Place.

»Vielleicht hast du recht«, murmelte Seine Lordschaft. »Vielleicht aber auch nicht.«

Seit vierzehn Tagen versackte ich in meinem Bett und surfte ziellos durchs Internet. Meine Prüfungen waren erledigt, sogar ziemlich gut, wenn ich nach meinem Gefühl ging. Jetzt aber musste ich erst einmal bis zur Verkündung der Noten Geduld haben, und das war bekanntermaßen nun wirklich nicht meine Stärke.

Seit vierzehn Tagen wohnte ich wieder mit Simon auf dem Hausboot. Und ich genoss meine Freiheit in vollen Zügen.

Zwar gewöhnt man sich schnell daran, Menschen um sich zu haben, die man mag. »Hunde natürlich auch«, entschuldigte ich mich bei Simon, der Twinkle sicher mehr vermisste als Lord Peter, Asim oder Vincent. Wobei ich für Letzteren nicht die Hand ins Feuer legen würde, denn Vincent hatte Simon verwöhnt, wann immer er konnte. Aber erst jetzt, hinterher, merkte ich, wie fremdbestimmt ich in dieser Zeit gewesen war. Auch wenn ich, zugegeben, viel gelernt hatte.

Um in Form zu bleiben, hatte ich mir einen täglichen Trainingsplan erstellt. Joggen am Regent's Canal entlang, inklusive eines leichten Parkours über Bänke, Treppengeländer, niedrige Mauern und alles andere, was mir im Weg stand. Danach Nahkampfübungen an einer lebensgroßen Puppe, die ich mitten im Boot hatte installieren lassen. Zum Abschluss noch Yoga mit anschließender Meditation.

Nachdem die erste Euphorie über den gelungenen Deal verklungen war, hatte ich Zeit gehabt nachzudenken. Eins und eins zusammenzuzählen. Und wütend zu werden. Ich war William damals auf dem Dach begegnet, dessen war ich mir zu hundert Prozent sicher. Lord Peter war der Auftraggeber für den Diebstahl des Armbands. William war Lord Peters Neffe. Der Zufall war einfach zu groß. Daraus ergab sich nur ein logischer Schluss: William hatte mich mit Lord Peters Wissen abgezogen. Nur so konnte er mich zwingen, den Job in der Tate Modern durchzuziehen, und mir den ganzen Schmalz mit dem »unser Team will Menschen helfen, denen sonst niemand hilft« erzählen. Und ich Idiotin war auch noch darauf reingefallen. Ein abgekartetes Spiel. Ich war eiskalt reingelegt worden.

Als meine erste Wut verraucht war, blieb nur noch Enttäuschung übrig. Enttäuschung und eine Form von Einsamkeit, die ich bisher nicht kannte. Auch wenn ich es ungern zugab: Die Tate, der Ball – diese Jobs im Team hatten mir mehr Spaß gemacht und mehr Befriedigung gegeben als alle anderen zuvor. Und Asim? Außerdem war ich für den Job auf dem Ball wirklich fürstlich entlohnt worden.

»Was sollen wir nur mit dem ganzen Geld anfangen?«, wollte ich von Simon wissen, der sich neben mir auf einem Kissen rekelte. Jedes Mitglied des Teams wurde von Lord Peter bezahlt. Das Geld musste direkt von Lord Peter kommen, denn eine Bezahlung durch unsere Auftraggeber hätten wir alle strikt abgelehnt.

Simon beäugte mich.

»Wir könnten Klamotten kaufen? Nein. Wie viel kann ein einzelner Mensch schon tragen, zumal wenn sein Kleiderschrank kurz vorm Platzen ist.« Ich hatte die Sachen, die mir Mae mitgebracht und die ich haben wollte, behalten können. Selbst das Abendkleid, das nach einer gründlichen Reinigung wieder wie neu aussah. »Erinnere mich dran, dass ich Lady Moorbach-Scheltenstein eine Dankeskarte für ihren Tipp schreibe.« Simon notierte es in seinem kleinen Hirn.

Vincent wäre stolz auf mich. Ich hatte seine Benimmregeln gut gelernt.

»Wir können noch ein paar Schönheitsreparaturen am Boot vornehmen lassen. Aber dann bleibt immer noch was übrig. Ich kann auch nicht ständig Sofie zum Essen einladen. Und wenn ich Tante J. so viel Geld zustecke, fängt sie irgendwann an, Fragen zu stellen.«

Simon sah mich auffordernd an.

»Was? Ja, ich weiß, was du sagen willst. Ich könnte vielleicht doch aufs College.«

Simon nickte mir aufmunternd zu. Oder bildete ich mir das nur ein?

»Ich könnte Kunstgeschichte studieren. Vielleicht noch ein bisschen Betriebswirtschaft dazu. Schaden kann es jedenfalls nicht.«

Ohne dass es mir richtig bewusst war, scrollte ich durch die Angebote verschiedener Colleges.

»Das bringt nichts!« Entschlossen klappte ich mein MacBook zu. »Wer weiß, vielleicht ist mein Notenschnitt so mies, dass ich das College sowieso vergessen kann.«

Ich sah auf meine Uhr und erschrak. »Ups. Schon so spät!? Wir müssen los.«

Hastig stolperte ich durch das Boot, warf mir die Lederjacke über und setzte Simon in seinen Transportkorb, den ich vorn an der Vespa befestigte. Dann stülpte ich mir den Helm auf den Kopf, startete den Motor und fuhr los in Richtung Eaton Place.

Es würde mein letzter Besuch dort sein.

Ich war fest entschlossen, Lord Peter damit zu konfrontieren, dass er mich belogen und in eine Falle gelockt hatte. Ich würde aus dem Team aussteigen, denn das war ja nun wirklich keine Basis für eine Zusammenarbeit und schon gar nicht für eine Partnerschaft. Bei dem Gedanken an Zelda Markstein verkrampfte sich mein Magen für einen kurzen Moment. Aber ich änderte meinen Entschluss nicht. Ich gab kräftig Gas und ließ meiner Vespa freien Lauf.

Immer noch hatte sich die Stadt nicht wirklich abgekühlt. Der Asphalt der Straße wärmte meine Füße, die trotz der Hitze in Lederstiefeln steckten: Sicherheit geht vor. Wenn es dich einmal von einem Motorrad geschleudert hat, dann weißt du, dass Schürfwunden ein sehr schmerzhaftes Accessoire sein können.

Der Verkehr um diese Zeit war überschaubar, und so kam ich pünktlich am Haus Seiner Lordschaft an. Wie immer stellte ich die Maschine auf dem Hinterhof ab. Und wie immer öffnete Vincent mir die Tür, um mich ins Haus zu lassen.

»Vinnie, schön Sie zu sehen. Wie geht es Ihnen?« Wir schlugen unsere Fäuste gegeneinander, und Simon kletterte zur Begrüßung auf seine Schulter.

»Ganz hervorragend, Mylady, wie immer. Danke der Nachfrage«, erhielt ich zur Antwort.

Ich lächelte schwach und ermahnte ihn erneut, mich nicht immer *Mylady* zu nennen.

»Sehr wohl, Mylady«, antwortete Vincent geflissentlich und zwinkerte mir zu. Vincent und unser Running Gag würden mir fehlen.

»Seine Lordschaft erwartet Sie in der Bibliothek.«

»Gut, dann gehe ich gleich hin. Aber könnte ich schnell noch mal … Sie wissen schon?«

»Selbstverständlich können Sie sich erst einmal frisch machen. Ich werde Sie bereits ankündigen, dann können Asim und Sir William sich ebenfalls in der Bibliothek einfinden.«

Asim und William. Perfekt. Dann konnte ich alle Heuchler und Betrüger auf einmal konfrontieren. Auf dem Weg zum Bad hängte ich meine Jacke in den schmalen begehbaren

Schrank neben dem Haupteingang, der als Garderobe diente, und legte meinen Helm auf die Ablage. Im Bad betrachtete ich mein Gesicht im Spiegel und redete mir Mut zu. »Du schaffst das, Mädchen. Alle sind hier. Du sagst einfach, dass du aus dem Team aussteigst, und fertig. Keine große Sache. Du hast deinen Auftrag erfüllt, sogar mehr als das. Sicher, sie werden enttäuscht sein. Wäre auch schlimm wenn nicht, aber was soll schon schiefgehen?« Wie zur Bestätigung klatschte ich in die Hände und machte mich auf den Weg zur Bibliothek.

Die Tür zum Salon stand offen. Überrascht hielt ich inne. Normalerweise schloss Vincent gewissenhaft jede Tür im Haus. Bevor ich weiter darüber nachdenken konnte, sah ich, wie meine Lieblingsratte in den Salon schlüpfte.

»Simon?«, flüsterte ich, aber mein Freund streunte direkt auf die Bar zu, in der Lord P. die Weintrauben versteckt hatte. »Hey, Simon. Komm sofort zu mir.« Ich stand in der Tür und winkte nach ihm.

Simon sah mich kurz an, und in seinem Blick lag so etwas wie *Träum weiter*. Er lief einfach hinein. Besser als wenn er mich komplett ignoriert hätte, oder? Ich schaute mich um, ob mich jemand sah, und schlüpfte dann Simon hinterher. Seit einiger Zeit ging ich zwar in diesem Haus ein und aus, aber ich war immer Gast. Und das hieß für mich, nicht einfach in die Räume zu gehen, als würden sie mir gehören.

»Simon, komm sofort her«, knurrte ich.

Aber der kleine Kerl hörte nicht. Ratten konnten ziemlich dickköpfig sein.

»Verdammt, Simon. Das ist kein Spiel!« Auf allen Vieren krabbelte ich auf dem Boden herum. Simon versteckte sich unter dem Couchtisch, und ich rutschte ihm hinterher. Ich griff nach ihm, aber er entwand sich meiner Hand und rannte davon. Am Ende des Tisches, außerhalb meiner Reichweite, blieb er sitzen und schaute mich an.

»Das ist ein Spiel für dich, oder? Du willst fangen spielen! Ach, Simon. Können wir das nicht …« Auf dem Bauch robbte ich wieder unter dem Tisch hervor. Als ich aufstehen wollte, stieß ich gegen die Platte und hob den Tisch leicht an. Ein Aktendeckel fiel herunter und blieb offen auf dem Boden liegen. Ich zuckte erschreckt zusammen und stutzte.

Ich wollte die Papiere nicht lesen, ich schwöre es. Aber im Kopf der ersten Seite las ich meinen Namen. Und dann konnte ich nicht mehr aufhören. Jede Zeile war wie ein Sog, der mich immer tiefer in die Akte zog, und was ich daraus erfuhr, zog mir im wahrsten Sinne des Wortes den Boden unter den Füßen weg. Zitternd setzte ich mich auf die Lehne der Couch.

William war mein Halbbruder!

Ich wusste, dass mein Vater keine Kinder außer mir hatte. Was im Umkehrschluss bedeutete, dass William … der Sohn meiner Mutter war!

Meine Lunge krampfte sich zusammen. Ich rang nach Luft. Eine ausgewachsene Panikattacke rollte über mich hinweg. Ich wollte den Gedankengang nicht weiterführen, aber mein Gehirn gehorchte mir nicht.

William war Lord Peters Neffe. Seine Mutter oder sein Vater mussten demzufolge Schwester oder Bruder Seiner Lordschaft sein. Wenn es die Mutter war, dann gehörte ich zum Adel, wenigstens zur Hälfte. Warum und vor allem seit wann wusste Lord Peter davon? Wer hatte den Inhalt der Akte noch zu Gesicht bekommen? Was für ein Spiel lief hier?

Ich spürte etwas Warmes, Weiches an meiner linken Wange. Ohne dass ich es bemerkt hatte, war Simon auf meine Schulter geklettert.

Plötzlich hörte ich Schritte. Hastig sprang ich auf, stopfte die Papiere in die Akte zurück und legte sie wieder auf den Tisch.

Im Flur stieß ich mit William zusammen.

»Hey, du hast es aber eilig.« Er legte seine Hand auf meinen Oberarm. »Alles in Ordnung mit dir? Du siehst aus, als hättest du einen Geist gesehen.«

»Nein. Nein, alles gut«, erwiderte ich fahrig und versuchte mich zu beruhigen. »Ich muss was Falsches gegessen haben.«

»Dann soll dir Vincent einen Magentee bringen. Ich sag ihm schnell Bescheid. Geh schon mal vor.«

Auf dem Weg zur Bibliothek im ersten Stock bekam ich mich wieder in den Griff und konnte einigermaßen klar denken.

Die große Frage war: War Williams Mutter auch meine? Und lebte sie noch?

»Cat!«, begrüßte mich Lord Peter erfreut, als ich in die Bibliothek trat. »Schön dich zu sehen. Bitte nimm Platz.«

Automatisch lächelnd – gelernt ist gelernt – erwiderte ich seinen Gruß und setzte mich auf den Stuhl neben Asim.

»Geht's dir gut?«, wollte Asim wissen. »Du siehst ein bisschen mitgenommen aus. Kann ich was für dich tun?«

»Danke, nein. Es geht schon. Die letzten Tage waren doch stressiger, als ich dachte«, log ich.

Unsere Augen begegneten sich und ich ahnte, dass ihn meine Worte nicht überzeugt hatten.

»Wenn du was brauchst oder einfach nur reden willst, dann bin ich für dich da. Okay?«

»Okay.«

»Hier ist dein Tee, Cat. Der wird dir guttun!« William betrat den Raum und stellte die Tasse vor mir auf dem kleinen Beistelltisch ab.

»Das ist sehr aufmerksam von dir, William«, freute sich Lord Peter über seinen Neffen.

»Immer doch«, meinte der und setzte sich auf den letzten freien Stuhl.

»Außerdem sind wir doch wie eine Familie, nicht wahr. Und dann wäre William mein großer Bruder«, meinte ich, so cool es ging.

»Und Geschwister tun liebevolle Dinge füreinander«, führte William lächelnd meinen Satz fort. Täuschte ich mich oder wirkte er tatsächlich ganz unbefangen?

Für einen Sekundenbruchteil fror das Gesicht seines Onkels ein. Aber er hatte sich erstaunlich schnell wieder im Griff. »Na, wenn das so ist. Dann wäre ich wohl der Vater hier und Asim dein zweiter Bruder, nicht wahr?«, spielte Lord Peter mit.

Asim hielt sich aus dem Gespräch raus. »Bevor wir hier eine Art von Familienzusammenführung feiern, sollten wir uns lieber auf Amsterdam konzentrieren. Der Job wird weitaus schwerer, als wir vermutet haben …« Er verteilte an jeden eine Akte mit allen Informationen, die er bisher zu dem neuen Auftrag gesammelt hatte.

Lord Peter, Asim und William versenkten sich darin, während ich nicht ein Wort von dem wahrnahm, was da vor mir stand.

In diesem Moment stand mein Entschluss fest.

Das Team und die Menschen, denen wir helfen wollten, konnten weiter auf mich zählen. Denn ich hatte einen geheimen Vorsatz. Ich würde alles daran setzen, zu erfahren, was Lord Peter über mein Leben und meine Familie wusste. Ich würde meine Mutter finden. Koste es, was es wolle.

Zufrieden trank ich einen Schluck Tee, atmete tief durch und versenkte mich in Asims Notizen.

– to be continued –

GUT ZU WISSEN

Hiermit gebe ich zu Protokoll, dass Cat, Simon, Lord Peter, William, Asim und alle Figuren in diesem Buch frei erfunden sind – so wie die Abenteuer, in die sie sich begeben.

Leider trifft das nicht auf die beschriebene Kunstszene zu. In allen Kriegen, die die Menschen je geführt haben und führen, ist der Raub und die Zerstörung von Kunst- und Kulturgütern Teil der Kriegsführung. Die deutschen Nationalsozialisten erhoben mit dem *Einsatzstab Reichsleiter Rosenberg* das strukturierte Ausbeuten von kulturellen Einrichtungen und Privatpersonen zu einem System. Im Gegenzug entstand in den alliierten Armeen eine Abteilung zur Sicherung von Kunst- und Kulturschätzen, die *Monuments Men*. Ihre Arbeit rettete unzählige Objekte vor der Zerstörung, verhinderte aber nicht, dass einige Schätze als Beutekunst unter den Siegermächten aufgeteilt wurden.

Das Wissen um die Zerstörung und den illegalen Handel mit Kulturgütern aus Kriegsgebieten wächst stetig. 2016 deckten Journalisten in den Panama-Papers illegale Kunstgeschäfte über Briefkastenfirmen auf. Der Internationale Strafgerichtshof in Den Haag verurteilte erstmalig einen ehemaligen Chef der Moralpolizei des malischen Al-Kaida-Ablegers Ansar Dine für die Zerstörung des UNESCO-Weltkulturerbes in Timbuktu zu neun Jahren Haft. Doch in vielen Teilen der Welt gehen der Raub und die Zerstörung bis heute weiter. Beispielsweise durch den sogenannten Islamischen Staat in Syrien oder die chinesischen Besatzer im Tibet.

DANKSAGUNG

Ein Buch ist Teamarbeit. Ich habe mir die Geschichte ausgedacht und bei meinen Recherchen auf die Arbeit von Menschen zurückgegriffen, die ich nicht einzeln aufzählen kann, bei denen ich mich aber bedanken möchte.

Mein tiefster Dank gilt Harry und Tabea, meinen ersten Kritikern, die mich immer unterstützen und anstacheln. Und natürlich Kristina, Claudia, Thomas, Daniela und Pasquale für die Gedankenspiele, das Mutmachen und den ein oder anderen Espresso for free.

Ich danke meiner Literaturagentin Gabi Strobel für ihre Energie und den Glauben an meine Geschichten.

Vor allem danke ich dem Team vom Ueberreuter Verlag, allen voran meiner Lektorin Emily Huggins, für das Vertrauen in mich und die fantastische Zusammenarbeit von der Textumsetzung bis hin zur wundervollen Covergestaltung.

Last but not least danke ich dir, liebe Leserin, lieber Leser, dass du dir die Zeit genommen hast, Cat auf ihrem Abenteuer zu begleiten.

1	37	73	109	145	181	217	253	289
2	38	74	110	146	182	218	254	290
3	39	75	111	147	183	219	255	291
4	40	76	112	148	184	220	256	292
5	41	77	113	149	185	221	257	293
6	42	78	114	150	186	222	258	294
7	43	79	115	151	187	223	259	295
8	44	80	116	152	188	224	260	296
9	45	81	117	153	189	225	261	297
10	46	82	118	154	190	226	262	298
11	47	83	119	155	191	227	263	299
12	48	84	120	156	192	228	264	300
13	49	85	121	157	193	229	265	301
14	50	86	122	158	194	230	266	302
15	51	87	123	159	195	231	267	303
16	52	88	124	160	196	232	268	304
17	53	89	125	161	197	233	269	305
18	54	90	126	162	198	234	270	306
19	55	91	127	163	199	235	271	307
20	56	92	128	164	200	236	272	308
21	57	93	129	165	201	237	273	309
22	58	94	130	166	202	238	274	310
23	59	95	131	167	203	239	275	311
24	60	96	132	168	204	240	276	312
25	61	97	133	169	205	241	277	313
26	62	98	134	170	206	242	278	314
27	63	99	135	171	207	243	279	315
28	64	100	136	172	208	244	280	316
29	65	101	137	173	209	245	281	317
30	66	102	138	174	210	246	282	318
31	67	103	139	175	211	247	283	319
32	68	104	140	176	212	248	284	320
33	69	105	141	177	213	249	285	321
34	70	106	142	178	214	250	286	322
35	71	107	143	179	215	251	287	323
36	72	108	144	180	216	252	288	324